聽聽那冷雨
余光中

目錄

萬里長城……005
山盟……012
南半球的冬天……023
聽聽那冷雨……031
蝗族的盛宴……038
朋友四型……041
借錢的境界……044
幽默的境界……048
雲開見月——初論劉國松的藝術……053

新現代詩的起點——羅青的《吃西瓜的方法》讀後……066
變通的藝術——思果著《翻譯研究》讀後……091
向歷史交卷——《中國現代文學大系》總序……104
中國人在美國——序於梨華的《會場現形記》……119
澀盡回甘味諫果——序何懷碩的《苦澀的美感》……123
從畢卡索到愛因斯坦——《大學英文讀本》編後……127
用現代中文報導現代生活……130
《錄事巴托比》譯後……138

外文系這一行……141
後浪來了……147
大詩人的條件……153
現代詩怎麼變？……158
傳奇以外……163
現代詩之重認
——把一切交給歷史……167
漢江之濱
——記第二屆亞洲文藝研討會……173
論瓊·拜斯
——〈聽，這一窩夜鶯〉之一……191
論久迪·柯玲絲
——〈聽，這一窩夜鶯〉之二……205
苦雨就要下降……218

論披頭的音樂……229
後記……247
九歌新版後記……250

萬里長城

那天下午，心情本來平平靜靜，既不快樂，也不不快樂。後來收到元月三日的《時代週刊》，翻著翻著，忽然瞥見一張方方的圖片，顯示季辛吉和一票美國人站在萬里長城上。像是給誰當胸猛捶了一拳，他定睛再看一遍。是長城。雉堞儼然，樸拙而宏美，那古老的建築物雄踞在萬山脊上，蟠蟠蜿蜿，一直到天邊。是長城，未隨古代飛走的一條龍。而季辛吉，新戰國策的一個洋策士，竟然大模大樣地站在龍背上，而且褻瀆地笑著。

「我操他娘！」一拳頭打在桌上。煙灰缸嚇了一大跳。「什麼東西，站在我的長城上！」四個小女孩吃驚地望著他。爸爸出口這麼粗鄙，還當著她們的面，這是第一次。

「爸爸，」最小的季珊不安地喊他。

沒有解釋。他拿起雜誌，在餘怒之中，又看了一遍。

「是長城，」他喃喃說。然後他忽然推椅而起，一口氣衝上樓去。

在書桌前悶坐了至少有半個鐘頭，盛怒漸漸壓下來，積成堅實沉重的悲壯。對區區一張照片，反應那樣地劇烈，他自己也很感到驚訝。萬里長城又不是他的，至少，不是他一個人的。他是一個典型的南方人，生在江南，柔櫓聲中多水多橋的江南。他的腳底從未踏過江北的泥土，更別說見過長城。可是感覺裡，長城是他的。因爲長城屬於北方北方屬於中國中國屬於他正如他屬於中國。幾萬萬人只有這麼一個母親，可是對於每一個孩子她都是百分之百的母親而不是幾萬萬分之一。中國，他只到過九省，可是美國，他的腳底和車輪踏過二十八州。可是感覺裡，密西根的雪猶他的沙漠加州的海都那麼遙遠，陌生，而長城那麼近。他生下來就屬於長城，可是遠在他出生之前長城就歸他所有。從公元以前起長城就屬於他祖先。天經地義，他繼承了萬里長城，每一面牆每一塊磚。

繼承了，可是一直還沒有看見。幾十年來，一直想撫摸想跪拜的這一座遺產，忽然爲一雙陌生而鹵莽的腳捷足先登。這乃是大不敬！長城是神聖的，不容侵犯！長城是中國人長達萬里的一面哭牆，僅有一面牆的一座巨廟。伏爾泰竟然說它是一面紀念碑，豎向恐怖；令他非常不快。也許，長城是每個中國人的脊椎，不容他人歪曲。看到季辛吉站在那上面，他的憤怒裡有妒恨，也有羞辱。

「竟敢吊兒郎當站在我的長城上！這乃是大不敬！」立刻他有一股衝動，要寫封信去慰問長城。他果然拿出信紙來。

「長城公公：看到洋策士某某貿然登上……」他開始寫下去。從蒙恬說到單于和李廣說到吳三桂和太陽旗一直說到季辛吉的美製皮鞋，他振筆疾書，一口氣寫了兩張信箋。最後的署名是「一個中國人」。

一個中國人？究竟是誰呢？似乎有標明的必要吧。他停筆思索了一會。「有了，」從抽屜裡他拿出自己的一張照片，翻過面來，註道：「這就是我。你問大陸就知道的。」然後他把信紙疊好，把照片夾在裡面，一起裝進信封裡。

「該貼多少郵票呢？」他遲疑起來。「這倒是一個問題。」

他想和太太商量一下。太太不在房裡。一回頭，太太的梳妝鏡叫住了他。鏡中出現一個中年人，兩個大陸的月色和一個島上的雲在他眼中，霜已經下下來，在耳邊。「你問大陸就知道的。」大陸會認得這個人嗎？二十年前告別大陸的，是一個黑髮青睞的少年啊。

愈想愈不妥當。最後他回到書房裡，滿心煩躁地把信撕個粉碎。那張照片分成了八塊。他重新坐下，找出一張明信片。匆匆寫好，就走下樓去，披上雨衣，出門去了。

「請問，這張明信片該貼多少郵票？」

那位女職員接過信去，匆匆一瞥，又皺皺眉，然後忍住笑說：

「這怎麼行？地名都沒有。」

「那不是地名嗎？」他指指正面。

「萬里長城？就這四個大字？」她的眉毛揚得更高了。

「就是這地址。」

「告訴你，不行！連區號都沒有一個，怎麼投遞呢？何況，根本沒有這個地名。」

其他的女職員全圍過來窺看。大家似笑非笑地打量著他。其中的一位忍不住唸起來。

「萬里長城：我愛你。哎呀，這算寫的什麼信嘛？笑死……這種情書我還是第一次看見。王家香，我問你，萬里長城在哪裡？」

王家香搖搖頭，摀著嘴笑。

「一封信，只有七個字。」另一位小姐說。「恐怕是世界上最短的信了吧？」

「才不！」他吼起來。「這是世界上最長的信。可惜你們不懂！」

「這個人好兇，」圍在他身後的寄信人之一忍不住說。

他從人叢中奪門逃出來，把眾多的笑聲留在郵局裡。

「你們不懂！」他回過身去，揮拳一吼。

冒雨趕到電信局，已經快要黃昏了。

那裡的職員也沒有聽說過什麼萬里長城。

「對不起，先生，」一個青年發報員困惑地說。「這種電報我們不能發。我們只能發給一個人或者一個團體，不能發給一個空空洞洞的地名。先生，你能夠把收方寫得確定些嗎？」

「不能。萬里長城就是萬里長城，不是任一扇雉堞任一塊磚。」

「好吧，」那職員耐住性子說。「就爲你找找看。」

說著，他把一本其厚無比的地址簿搬到櫃檯上來。密密麻麻的洋文地名，從A一直翻到Z，那青年發報員眼睛都看花了。

「眞對不起，先生。沒有這個地名啊。如果是巴黎、紐約、東京，甚至南極洲的觀測站，我們都可以爲你拍了去。可是……」

「萬里長城，萬里長城你都不知道？」

「眞對不起，從來沒有聽說過。先生，你眞的沒有弄錯嗎？」

他氣得話都說不出來。一把抓過電報稿子，回頭就走。

「眞是怪人，」青年發報員搖搖頭。

街上還在下雨。他的雨衣，他的雨衣呢？這才想起，激動中，竟已掉在郵局裡了。「管它去！」在冷冷的雨中他夢遊一般步行回家去，他的心境需要在雨中獨行，他需要那一股冷和那一片潮濕。自虐也是一種過癮。其實他不是獨行。他走過陸橋。他越過鐵路。他在週末的人潮中擠過。前後左右，都是年底大減價的廣告，向洶湧的人潮和市聲兜售大都市七十年代廉價的繁榮。可是感覺裡，他仍是在獨行。人潮海嘯而來，衝向這個公司那個餐廳衝向車站和十字路口，只有他一個人逆潮而泳，泳向萬里長城。萬里長城。好怪的名字。這大都市裡沒有一個人聽說過。如果他停下來問警察，問萬里長城該怎麼走，說不定會給警察拘捕。說不定明天的晚報……

頓然，他變成了一個幽靈，來自另一個世界的孤魂野鬼。沒有人看見他。他也看不見汽車和行人。真的。他什麼也看不見了，行人，汽車，廣告，門牌，燈。市聲全部啞去。他站在十字路口，居然沒有撞到任何東西！他一個人，站在一整座空城的中央。

「萬里長城萬里長，」黑黝黝的巷底隱隱傳來熟悉的歌聲。「長城外面是……」那聲音低抑而且淒楚，分不清是從巷子底還是從歲月的彼端傳來，竟似詭異難認的電子音樂，祟著迷幻的空間。他諦聽了一會，臉頰像浸在薄薄的酸液裡那樣噬痛。直到那歌聲繞過迷宮似的斜衕和曲巷，終於消失在莫名的遠方。

於是市場一下子又把他拍醒。一下子全回來了，行人，汽車，廣告，門牌，燈。

終於回到家裡。家人都睡了。來不及換下濕衣，他回到書房裡。地板上紛陳著撕碎了的信。桌上，猶攤開著雜誌。他諦視那幅圖片，迷幻一般，久久不動。不知不覺，他把焦點推得至深至遠。雉堞儼然，樸拙而宏美，那古老的建築物雄踞在萬山脊上，蟠蟠蜿蜿，一直到天邊。未隨古代飛走的一條龍啊萬里長城萬里長。雨聲停了。城市不復存在。時間停了。他茫然伸出手去，摸到的，怎麼，不是他書房的粉壁，是肌理斑剝風侵雨蝕秦月漢關屹然不倒的古牆。他愕然縮回手來。那堅實厚重的觸覺仍留在他掌心。

而令他更驚訝的是，季辛吉不見了，那一票美國人怎麼全不見了？長城上更無人影。眞的是全不見了。正如從古到今，人來人往，馬嘶馬蹶，月缺月圓，萬里長城長在那裡。李陵出去，蘇武回來，孟姜女哭，季辛吉笑，萬里長城長在那裡。

——一九七二年二月一日深夜

山盟

山，在那上面等他。從一切曆書以前，峻峻然，巍巍然，從五行和八卦以前，就在那上面等他了。樹，在那上面等他。從漢時雲秦時月從戰國的鼓聲以前，就在那上面。就在那上面等他了，虬虬蟠蟠，那原始林。太陽，在那上面等他。赫赫洪洪荒荒。太陽就在玉山背後。新鑄的古銅鑼。噹地一聲轟響，天下就亮了。

這個約會太大，大得有點像宗教。一邊是，山，森林，太陽，另一邊，僅僅是他。山是島的貴族，正如樹是山的華裔。登島而不朝山，是無禮。這山盟，一爽竟爽了二十年。其間他曾經屢次渡海，膜拜過太平洋和巴士海峽對岸，多少山。在科羅拉多那山國一閉就閉了兩年，海拔一英里之上，高高晴晴冷冷，是六百多天的鄉愁。一萬四千英尺以上的不毛高峰，狼牙交錯，白森森將他禁錮在裡面，遠望也不能當歸，高歌也不能當泣。他成了世界上最高的浪子，石囚。只是山中的歲月，太長，太靜了，連搖滾樂的電吉打也不能一聲劃破。那種高高在上的岑寂，令他不安。一場大劫正蹂躪著東方，多少族人在水裡，火裡，唯獨他學桓景登高避難，過了兩個重九還不下山。

春秋佳日，他常常帶了四個小女孩去攀落磯山。心驚膽戰，腳麻手酸，好不容易爬到峰顛。站在一叢叢一簇簇的白尖白頂之上，反而悵然若失了。爬啊爬啊爬到這上面來了又怎麼樣呢？四個小女孩在新大陸玩得很高興。她們只曉得新大陸，不曉得舊大陸。「問君西遊何時還？畏途巉巖不可攀。」忽然他覺得非常疲倦。體魄魁梧的崑崙山，在遠方喊他。母親喊孩子那樣喊他回去，那崑崙山系，所有橫的嶺側的峰，上面所有的神話和傳說。落磯山美是美雄偉是雄偉，可惜沒有回憶沒有聯想不神祕。要神祕就要峨嵋山五台山普陀山武當山青城山華山廬山泰山，多少寺多少塔多少高僧，隱士，豪俠。那一切固然令他神往，可是最最縈心的，是噶達素齊老峰。那是崑崙山之根，黃河之源。那不是朝山，是回家，回到一切的開始。有一天應該站在那上面，下面攤開整幅青海高原，看黃河，一條初生的臍帶，向星宿海吮取生命。他的魂魄，就化成一隻鵰，向山下撲去。浩大圓渾的空間，旋，令他目眩。

那只是，想想過癮罷了。山不轉路轉，路不轉人轉。七四七才是一隻越洋大鵬，把他載回海島。一九七二年。崑崙山仍在神話和雲裡。黃河仍在詩經裡流著。島有島神，就先朝島上的名山吧。

上山那一天，正碰上寒流，氣溫很低。他們向冷上加冷的高處出發。朱紅色的小火車衝破寒霧，在漸漸上升的軌道上奔馳起來，不久，嘉義城就落在背後的平原上了。兩側的甘蔗田和香蕉變成相思樹和竹林。過了竹崎，地勢漸高漸險，軌旁的林木也漸漸挺直起來，在已經夠陡的坡上，將自己拔向更高的空中。最後，車窗外升起鐵杉和扁柏，像十里蒼蒼的儀隊，在路側排開。也許怕風景不夠柔媚，偶爾也亮起幾樹流霞一般明艷的複重櫻花，只是驚喜的一瞥，還不夠爲車道鑲一條花邊。

路轉峰迴，小火車嗚嗚然在狹窄的高架橋上馳過。隔著車窗，山谷愈來愈深，空空茫茫的雲氣裡，腳下遠遠地，只浮出幾叢樹尖，下臨無地，好令人心悸。不久，黑黝黝的山洞一口接一口來吞噬他們的火車。他們嚥進了山的盲腸裡，汽笛的驚呼在山的內臟裡迴盪復迴盪。阿里山把他們吞進去又吐出來，算是朝山之前的小小磨練。後來才發現，山洞一共四十九條，窄橋一共八十九座。一關關闖上去，很有一點西遊記的味道。

過了十字路，山勢益險，饒它是身材窈窕的迷你紅火車，到三千多呎的高坡上，也迴身乏術了。不過，難不倒它。行到絕處，車尾忽然變成車頭，以退爲進，瀟瀟灑灑，循著Z字形zigzagzig那樣倒溜冰一樣倒上山去。同時森林愈見濃密，枝葉交疊的翠蓋下，難得射進一隙陽光。濃影所及，車廂裡的空氣更覺得陰冷逼人。最後一個山洞把他們吐出來，洞外的天藍得那樣徹底，阿里山，已經在腳下了。

終於到了阿里山賓館，坐在餐廳裡。巨幅玻璃窗外，古木寒山，連綿不絕的風景匍匐在他的腳下。風景時時在變，白雲怎樣迴合群峰就怎樣浮浮沉沉像嬉戲的列島。一隊白鴿在谷口飛翔，有時退得遠遠的，有時浪沫一樣地忽然捲回來。眺者自眺，飛者自飛。目光所及，橫臥的風景手卷一般展過去展過去展開米家靄靄的煙雲。他不知該餐腳下的翠微，或是，回過頭來，滿桌的人間煙火。

山中清純如釀的空氣，才吸了幾口，饑意便在腹中翻騰起來。他餓得可以餐赤松子之霞，飲麻姑之露。

「爸爸，不要再看了，」佩佩說。

「再不吃，獐肉就要冷了，」咪也在催。

回過頭來，他開始大嚼山珍。

午後的陽光是一種黃橙橙的幸福，他和矗立的原始林和林中一切鳥一切蟲自由分享。如果他有那樣一把剪刀，他眞想把山上的陽光剪一方帶回去，掛在他們廈門街的窗上，那樣，雨季就不能圍困他了。金輝落在人肌膚上，乾爽而溫暖，可是四周的空氣仍然十分寒冽，吸進肺去，使人神清意醒，有一種要飄飄昇起的感覺。當然，他並沒有就此飛逸，只是他的眼神隨昂昂的杉柏從地面拔起，拔起百尺的尊貴和肅穆之上，翠矗青蓋之上，是藍空，像傳說裡要我們相信的那樣酷藍。

而且靜。海拔七千英尺以上那樣的，萬籟沉澱到底，闃寂的隔音。值得歌頌的，聽覺上全然透明的靈境。森林自由自在地行著深呼吸。柏子閒閒落在地上。綠鳩像隱士一樣自管自地吟嘯。所以耳神經啊你就像琴弦那麼鬆一鬆吧今天輪到你休假。沒有電鈴會奇襲你的沒有電話沒有喇叭會施刑。沒有車要躲燈要看沒有繁複的號碼要記沒有鐘錶。就這麼走在光潔的青板石道上，聽自己清清楚楚的足音，也是一種悅耳的音樂。信步所之，要慢，要快，或者要停。或者讓一隻螞蟻橫過，再繼續向前。或者停下來，讀一塊開裂的樹皮。

或者用驚異的眼光，久久，向殭斃的斷樹樁默然致敬。整座阿里山就是這麼一所戶外博物館，到處暴露著古木的殘骸。時間，已經把它們雕成神奇的藝術。雖死不朽，醜到極限竟美了起來。據說，大半是日治時代伐餘的紅檜巨樹，高貴的軀幹風中雨中不知矗立了千年百年，砉砉的斧斤過後，不知在什麼懷鄉的遠方爲棟爲樑，或者凌遲寸磔，散作零零星星的傢具器皿。留下這一盤盤一壔壔碩老無朋的樹根，夭矯頑強，死而不仆，而日起月落秦風漢雨之後，虯蟠糾結，筋骨盡露的指爪，章魚似地，猶緊緊抓住當日哺乳的后土不放。霜皮龍鱗，肌理縱橫，頑比鏽銅廢鐵，這些久殭的無頭尸體早已風化爲樹精木怪。風高月黑之夜，可以想見滿山蠢蠢而動，都是這些殘缺的山魈。

幸好此刻太陽猶高，山路猶有人行。艷陽下，有的樹樁削頂成台，寬大可坐十人。有的扭曲迴旋，畸陋不成形狀。有的枯木命大，身後春意不絕，樹中之王一傳而至二世，再傳而至三世，發爲三代同堂，不，同根的奇觀。先主老死枯槁，蝕成一個巨可行牛的空洞；父王的殭屍上，卻亭亭立著青翠的王子。有的昂然龐然，像一個象頭，鼻牙嵯峨，神氣儼然。更有一些斷首缺肢的巨檜，獰然戟刺著半空，猶不甘忘卻，誰知道幾世紀前的那場暴風雨，劈空而來，橫加於他的雷殛。

正嗟歎間，忽聞重物曳引之聲，沉甸甸地，輾地而來。異聲愈來愈近，在空山裡激盪相磨，很是震耳。他外文系出身，自然而然想起凱茲奇爾的仙山中，隆隆滾球爲戲的那群怪人。大家都很緊張。小女孩們不安地抬頭看他。輾聲更近了。隔著繁密的林木，看見有什麼走過來。是——兩個人。

兩個血色紅潤的山胞，氣喘咻咻地拖著直徑幾約兩呎的一截木材，輾著青石板路跑來。怪不得一路上盡是細枝橫道，每隔尺許便置一條。原來拉動木材，要靠它們的滑力。兩個壯漢哼哼哈哈地曳木而過，臉上臂上，閃著亮油油的汗光。

姐妹潭一掬明澄的寒水，淺可見底。迷你小潭，傳說著阿里山上兩姐妹殉情的故事。管他是不是眞的呢，總比取些道貌可憎的名字好吧。

「你們四姐妹都丟個銅板進去，許個願吧。」

「看你做爸爸的，何必這麼歐化？」

「看你做媽媽的，何必這麼缺乏幻想。管它。山神有靈，會保祐她們的。」

珊珊、幼珊、佩珊，相繼投入銅幣。眼睛閉起，神色都很莊重，丟罷，都綻開滿意的笑容。問她們許些什麼大願時，一個也不肯說。也罷。輪到最小的季珊，只會嬉笑，隨隨便便丟完了事。問她許的什麼願，她說，我不知道，姐姐丟了，我就要丟。

他把一枚銅幣握在手邊，走到潭邊，面西而立，心中暗暗禱道：「希望有一天能把這幾個小姐妹帶回家去，帶回她們眞正的家，去踩那一片博大的后土。新大陸，她們已經去過兩次，玩過密西根的雪，涉過落磯山的溪，但從未被長江的水所祝福。希望，有一天能回到后土上去朝山，站在全中國的屋脊上，說，看啊，黃河就從這裡出發，長江就在這裡吃奶。要是可能，給我七十歲或者六十五，給我一間草廬，在廬山，或是峨嵋山上，給我一根藤杖，一卷七絕，一個琴僮，幾位棋友，和許多猴子許多雲許多鳥。不過這個願許得太奢侈了。阿里山神啊，能爲我接通海峽對面，五嶽千峰的大小神明嗎？」

姐妹潭一展笑靨，接去了他的銅幣。

「爸爸許得最久了，」幼珊說。

「到了那一天，無論你們嫁到多遠的地方去，也不管我的事了，」他說。

「什麼意思嗎？」

「只有猴子做我的鄰居，」他說。

「哎呀好好玩！」

「最後，我也變成一隻——千年老猿。像這樣，」他做出欲攫季珊的姿態。

「你看爸爸又發神經了。」

慈雲寺缺乏那種香火莊嚴禪房幽深的氣氛。島上的寺廟大半如此，不說也罷。倒是那所「阿里山森林博物館」，規模雖小，陳設也簡陋單調，離國際水準很遠，卻樸拙天然，令人覺得可親。他在那裡面很低徊了一陣。才一進館，頸背上便吹來一股肅殺的冷風。昂過頭去。高高的門楣上，一把比一把獰惡，排列著三把青鋒逼人的大鋼鋸。森林的劊子手啊，鐵杉與紅檜都受害於你們的狼牙。堂下陳列著阿里山五木的平削標本，從淺黃到深灰，色澤不一，依次是鐵杉、巒大杉、臺灣杉、紅檜、扁柏。露天走廊通向陳列室。阿里山上的飛禽走獸，從雲豹、麂、山貓、野山羊、黃鼠狼到白頭鼯鼠，從綠鳩、蛇鷹到黃魚鴞，莫不展現它們生命的姿態。一個玻璃瓶裡，浮著一具小小的桃花鹿胚胎，白色的胎衣裡，鹿嬰的眼睛還沒有睜開。令他低徊的，不是這些，是沿著走廊出來，堂上龐然供立，比一面巨鼓還要碩大的，一截紅檜木的橫剖面。直徑寬於一隻大鷹的翼展，堂堂的木面豎在那裡，比人還高。樹木高貴的族長，它生於宋神宗熙寧十年，也就是西元一〇七七年。中華民國元年，也就是明治四十五年，日本人採伐它，千里迢迢，運去東京修造神社。想行刑的那一天，鬚髯臨風，傾天柱，倒地根，這長老長嘯仆地的時候，已經有八百三十五歲的高齡了。一個生命，從北宋延續到清末，成爲中國歷史的證人。他伸出手去，撫摸那偉大的橫斷面。他的指尖溯帝王的朝代而入，止於八百多個同心圓的中心。多麼神秘的一點，一個崇高的生命便從此開始。那時蘇軾正是壯年，宋朝的文化正盛開，像牡丹盛開在汴梁，歐陽修墓土猶新，黃庭堅周邦彥的靈感猶暢。他的手指按在一個古老的春天上。美麗的年輪輪迴著太陽的光圈，一圈一圈向外推開，推向元，推向明，推向清。太美了。太奇妙了。這些黃褐色的曲線，不是年輪，是中國臉上的皺紋。推出去，推向這海島的歷史。哪，也許是這一圈來了葡萄牙人的三桅戰船。這一年春天，紅毛鬼闖進了海峽。這一年，國姓爺的樓船渡海東來。大概是這一圈殺害了吳鳳。有一年龍旗降下升起太陽旗。有一年他自己的海輪來泊在基……不對不對，那是最外的一圈之外了，哪，大約在這裡。他從古代的夢中醒來，用手指劃著虛空。

「爸爸，你在幹什麼呀？」季珊抬頭看著他。

他抓住她的小手指，從外向內數，把她的指尖按在第十六圈上。

「公公就是這一年，」他說。

「公公這一年怎麼啦？」她問。

走回賓館，太陽就下山了。宋朝以前就是這樣子，漢以前周以前就是這太陽，神農和燧人以前。在那尊巨紅檜的心中，春來春去，畫了八百圈年輪的長老，就是這太陽。在他眼中，那紅檜，和島上一切的神木，都像小孩子一樣幼稚吧。后羿留給我們的，這太陽。

此刻他正向谷口落下去，像那巨紅檜小時候看見的那樣，緩緩落了下去。千樹萬樹，在無風的岑寂中肅立西望，參加一幕壯麗無比的葬禮。火葬燒著半邊天。宇宙在降旗。一輪橙紅的火球降下去，降下去，圓得完美無憾的火球啊怪不得一切年輪都是他的摹仿因爲太陽造物以他自己的形相。

快要燒完了。日輪半陷在暗紅的灰燼裡，愈沉愈深。山口外，猶有殿後的霞光在抗拒四周的夜色，橫陳在地平線上的，依次是驚紅駭黃悵青惘綠和深不可泳的詭藍漸漸沉溺於蒼黛。怔望中，反托在空際的林影全黑了下來。

最後，一切都還給縱橫的星斗。

但是太陽會收復世界的，在玉山之顚。在崦嵫山裡這隻火鳳凰會鑄冶新的光芒。高處不勝苦寒。

他在兩條厚毛毯裡，瑟縮猶難入夢，盤盤旋旋的山路，還在腿上作痲。夜，太靜了。毛黑茸茸的森林似乎有均勻的鼾息。不要錯過日出不要，他一再提醒自己。我要親眼看神怎樣變戲法，那隻火鳳凰怎樣突破蛋黃怎樣飛起來，不要錯過不要。他似乎枕在一座活火山上，有一種美麗的不安。夢是一床太短的被，無論如何也蓋不完滿。約會女友的前夕，從前，也有過這症狀。無以名之，叫它做幸福症吧。睡吧睡吧不要眞錯過了不要。

走到祝山頂上，已經是六點半了。雖然是華氏四十度的氣溫，大家都喘著氣，微有汗意。臉上都紅通通的，「阿里山的姑娘」，他戲呼她們。天色透出魚肚白，群峰睡意尚未消盡。霧氣在下面的千壑中聚集。沒有風。只有一隻鳥，在新鮮的靜寂中試投著牠的清音。啾啾唧啾啾唧囀囀唧唧。屛息的期待中，東方的天壁已經炙紅了一大片。「快起來了，快起來了。」他回過頭去，觀日樓下的廣場上，已然麕集了百多位觀衆，在迎接太陽的誕生。已經凍紅的臉上，更反映著熊熊的霞光。

「上來了！」

「上來了！」

「太陽上來了上來了！」

浩闊的空間引爆出一陣集體的歡呼。就在同時，巍峨的玉山背後，火山猝發一樣迸出了日頭，赤金晃晃，千臂投手向他們投過來密密集集的標鎗。失聲驚呼的同時，一陣刺痛，他的眼睛也中了一鎗。簇簇的光，簇新簇新的光，剛剛在太陽的丹爐裡鍊成，蝟集他一身。在清虛無塵的空中飛啊飛啊飛了八分鐘，撲倒他身上這簇光並未變冷。巨銅鑼玉山上捶了又捶，神的噪音金熔熔的讚美詩火山熔漿一樣滾滾而來，觀禮的凡人全擎起雙臂忘了這是一種無條件降服的儀式在海拔七千呎以上。一座峰接一座峰在接受這樣燦爛的祝福，許多綠髮童子在接受那長老摩挲頭顱。不久，福建和浙江也將天亮。然後是湖北和四川。廬山與衡山。秦嶺與巴山。然後是漠漠的青海高原。溯長江溯黃河而上噫吁戲危乎高哉天蒼蒼野茫茫的崑崙山天山帕米爾的屋頂。太陽撫摸的，有一天他要用腳踵去膜拜。

可是他不能永遠這樣許下去，這長願。四個小女孩在那邊喊他。小紅火車在高高的站上喊他，因爲嘉義在下面的平原上喊小紅火車。該回家了，許多聲音在下面那世界喊他。許多街許多巷子許多電話電鈴許多開會的通知限時信。許多電梯許多電視天線在許多公寓的屋頂。許多許多表格在陰暗的許多抽屜等許多圖章的打擊。第二手的空氣。第三流的水。無孔不入無堅不摧，文明的讚美詩，噪音。什麼才是家呢？他屬於下面那世界嗎？

火車引吭高呼。他們下山了。六千呎。五千五。五千。他的心降下去，四十九個洞。八十九座橋。煞車的聲音起自鐵軌，令人心煩。把阿里山還給雲豹。還給鷹和鳩。還給太陽和那些森林。荷蘭旗。日本旗。森林的綠旄綠幟是不降的旗。四十九個洞。千年億年。讓太陽在上面畫那些美麗的年輪。

——一九七二年二月廿八日

南半球的冬天

飛行袋鼠「曠達士」（Qantas）才一展翅，偌大的新幾內亞，怎麼竟縮成兩隻青螺，大的一隻，是維多利亞峰，那麼小的一隻，該就是塞克林峰了吧。都是海拔萬呎以上的高峰，此刻，在「曠達士」的翼下，卻纖小可玩，一簇黛青，嬌不盈握，虛虛幻幻浮動在水波不興一碧千哩的「南溟」之上。不是水波不興，是「曠達士」太曠達了，俯仰之間，忽已睥睨八荒，遊戲雲表，遂無視於海濤的起起伏伏了。不到一杯橙汁的工夫，新幾內亞的鬱鬱蒼蒼，倏已陸沉，我們的老地球，所有故鄉的故鄉，一切國恨家愁的所依所託，頃刻之間都已消逝。所謂地球，變成了一隻水球，好藍好美的一隻水球，在好不眞實的空間好緩好慢地旋轉，晝轉成夜，春轉成秋，青青的少年轉成白頭。故國神遊，多情應笑我早生華髮。水汪汪的一隻藍眼睛，造物的水族館，下面泳多少鯊多少鯨，多少億兆的魚蝦在暖洋洋的熱帶海中悠然擺尾，多少島多少嶼在高敢的夢史蒂文森的記憶裡午寐，鼾聲均勻。只是我的想像罷了，那澄藍的大眼睛笑得很含蓄，可是什麼秘密也沒有說。古往今來，她的眼裡該只有日起月落，星出星沒，映現一些最原始的抽象圖形。留下我，上捫無天，下臨無地，一隻

「曠達士」鶴一般地騎著，虛懸在中間。頭等艙的鄰座，不是李白，不是蘇軾，是雙下巴大肚皮的西方紳士。一杯酒握著，不知該邀誰對飲。

有一種叫做雲的騙子，什麼人都騙，就是騙不了「曠達士」。「曠達士」，一飛沖天的現代鵬鳥，經緯線織成密密的網，再也網它不住。北半球飛來南半球，我騎在「曠達士」的背上，「曠達士」騎在雲的背上。飛上三萬呎的高空，雲便留在下面，製造它騙人的氣候去了。有時它層層疊起，雪峰競拔，冰崖爭高，一望無盡的皚皚，疑是西藏高原雄踞在世界之脊。有時它皎如白蓮，幻開千朵，無風的岑寂中，「曠達士」翩翩飛翔，入蓮出蓮，像一隻戀蓮的蜻蜓。仰望白雲，是人。俯玩白雲，是仙。仙在常中觀變，在陰晴之外觀陰晴，仙是我。那怕是幻覺，那怕僅僅是幾個時辰。

「曠達士」從北半球飛來，五千哩的雲驛，只在新幾內亞的南岸息一息羽毛。摩爾斯比（Port Moresby）浸在溫暖的海水裡，剛從熱帶的夜裡醒來，機場四週的青山和遍山的叢林，曉色中，顯得生機鬱勃，綿延不盡。機場上見到好多巴布亞的土人，膚色深棕近黑，闊鼻、厚唇、凹陷的眼眶中，眸光炯炯探人，很是可畏。

從新幾內亞向南飛，下面便是美麗的珊瑚海（Coral Sea）了。太平洋水，澈澈澄澄清清，浮雲開處，一望見底，見到有名的珊瑚礁，綽號「屏藩大礁」（Great Barrier Reef），迤迤邐邐，零零落落，繫住澳洲大陸的東北海岸，好精巧的一條珊瑚帶子。珊瑚是淺紅色，珊瑚礁呢，說也奇怪，卻是青綠色。開始我簡直看不懂。雙層玻璃的機窗下，奇蹟一般浮現一塊小島，四周湖綠，托出中央的一方翠青。正覺這小島好漂亮好有意思，前面似眞似幻，竟又浮來一塊，形狀不同，青綠色澤的配合則大致相同。猜疑未定，遠方海上又出現了，不是一個，而是一群，長的長，短的短，不規不則得乖乖巧巧，玲玲瓏瓏，那樣討人喜歡的圖案層出不窮，令人簡直不暇目迎目送。詩人侯伯特（George Herbert）說：

色澤鮮麗
令倉促的觀者拭目重看

驚愕間，我眞的揉揉眼睛，被香港的紅塵吹翳了的眼睛，仔細再看一遍。不是島！青綠色的圖形是平舖在水底，不是突出在水面。啊我知道了，這就是聞名世界的所謂「屏藩大礁」了。透明的柔藍中漾現變化無窮的青綠翠礁，三種涼涼的顏色配合得那麼諧美而典雅，織成海神最豪華的地氈。數百叢的珊瑚礁，檢閱了一個多小時才看完。

如果我是人魚，一定和我的雌人魚，選這些珊瑚爲家。風平浪靜的日子，和她並坐在最小的一叢礁上，用一隻大海螺吹起杜布西嫋嫋的曲子，使所有的船都迷了路。可是我不是人魚，甚至也不是飛魚，因爲「曠達士」要載我去袋鼠之邦，食火鷄之國，訪問七個星期，去會見澳洲的作家，畫家，學者，參觀澳洲的學府，畫廊，音樂廳，博物館。不，我是一位訪問的作家，不是人魚。正如普魯夫洛克所說，我不是猶力西士，女神和雌人魚不爲我歌唱。

越過童話的珊瑚海，便是淺褐土紅相間的荒地，澳大利亞龐然的體魄在望。最後我看見一個港，港口我看見一座城，一座鐵橋黑虹一般架在港上，對海的大歌劇院蚌殼一般張著複瓣的白屋頂，像在聽珊瑚海人魚的歌吟。「曠達士」盤旋撲下，傾側中，我看見一排排整齊的紅磚屋，和碧湛湛的海水對照好鮮明。然後是玩具的車隊，在四線的高速公路上流來流去。然後機身轆轆，「曠達士」放下它蜷起的腳爪，觸地一震，雪梨到了。

但是雪梨不是我的主人，澳大利亞的外交部，在西南方二百哩外的山區等我。「曠達士」把我交給一架小飛機，半小時後，我到了澳洲的京城坎貝拉。坎貝拉是一個計劃都市，人口目前只有十四萬，但是建築物分佈得既稀且廣，發展的空間非常寬大。圓闊的草地，整潔的車道，富於線條美的白色建築，把曲折多姿迴環成趣的柏麗・格里芬湖圍在中央。神造的全是綠色，人造的全是白色。坎貝拉是我見過的都市中，最清潔整齊的一座白城。白色的迷宮。國會大廈，水電公司，國防大廈，聯鳴鐘樓，國立圖書館，無一不白。感覺中，坎貝拉像是用積木，不，用方糖砌成的理想之城。在我五天的居留中，街上從未見到一片垃圾。

我住在澳洲國立大學的招待所，五天的訪問，日程排得很滿。感覺中，許多手向我伸來，許多臉綻開笑容，許多名字輕叩我的耳朶，繽繽紛紛墜落如花。我接受了沈錡大使及夫人，章德惠參事，澳洲外交部，澳洲國立大學亞洲研究所，澳洲作家協會，坎貝拉高等教育學院等等的邀宴；會見了名詩人侯普（A. D. Hope）、康波（David Campbell）、道布森（Rosemary Dobson）和布禮盛頓（R. F. Brissenden）；接受了澳洲總督海斯勒克爵士（Sir Paul Hasluck）、沈錡大使、詩人侯普、詩人布禮盛頓，及柳存仁教授的贈書，也將自己的全部譯著贈送了一套給澳洲國立圖書館，由東方部主任王省吾代表接受；聆聽了坎貝拉交響樂隊；接受了《坎貝拉時報》的訪問；並且先後在澳洲國立大學的東方學會與英文系發表演說。這一切，當在較爲正式的〈澳洲訪問記〉一文中，詳加分述，不想在這裡多說了。

「曠達士」猛一展翼，十小時的風雲，便將我抖落在南半球的冬季。坎貝拉的冷靜，高亢，和香港是兩個世界。和臺灣是兩個世界。坎貝拉在南半球的緯度，相當於濟南之在北半球。中國的詩人很少這麼深入「南蠻」的。「大招」的詩人早就警告過：「魂乎無南！南有炎火千里，腹蛇蜒只。山林險隘，虎豹蜿只。鰅鱅短狐，王虺騫只。魂乎無南，蜮傷躬只！」柳宗元才到柳州，已有萬死投荒之歎。韓愈到潮州，蘇軾到海南島，歌哭一番，也就北返中原去了。誰會想到，深入南荒，越過赤道的炎火千里而南，越過南回歸線更南，天氣竟會寒冷起來，赤火炎炎，會變成白雪凜凜，虎豹蜿只，會變成食火鷄，袋鼠，和攀樹的醉熊？

從坎貝拉再向南行，科庫斯可大山便擎起鬚髮盡白的雪峯，矗立天際。我從北半球的盛夏火鳥一般飛來，一下子便投入了科庫斯可北麓的陰影裡。第一口氣才注入胸中，便將我滌得神清氣爽，豁然通暢。欣然，我呼出臺北的煙火，香港的紅塵。我走下寂靜寬敞的林蔭大道，白幹的猶加利樹葉落殆盡，楓樹在冷風裡搖響眩目的艷紅和鮮黃，剎那間，我有在美國街上獨行的感覺，不經意翻起大衣的領子。一隻紅冠翠羽對比明麗無倫的考克圖大鸚鵡，從樹上倏地飛下來，在人家的草地上略一遲疑，忽又翼翻七色，翩翩飛走。半下午的冬陽裡，空氣在淡淡的暖意中兀自挾帶一股醒人的陰涼之感。下午四點以後，天色很快暗了下來。太陽才一下山，落霞猶金光未定，一股凜冽的寒意早已逡巡在兩肘，伺機噬人，躲得慢些，冬夕的冰爪子就會探頸而下，伸向行人的背脊了。究竟是南緯高地的冬季，來得遲去得早的太陽，好不容易把中午烘到五十幾度，夜色一降，就落回冰風刺骨的四十度了。中國大陸上一到冬天，太陽便垂垂傾向南方的地平，所以美宅良廈，講究的是朝南。在南半球，冬日卻貼著北天冷冷寂寂無聲無嗅地旋轉，夕陽沒處，竟是西北。到坎貝拉的第一天，茫然站在澳洲國立大學校園的草地上，暮寒中，看夕陽墜向西北的亂山叢中。那方向，不正是中國的大陸，亂山外，不正是崦嵫的神話？西北望長安，可憐無數山。無數山。無數海。無數無數的島。

到了夜裡，鄉愁就更深了。坎貝拉地勢高亢，大氣清明，正好飽覽星空。吐氣成霧的寒顫中，我仰起臉來讀夜。竟然全讀不懂！不，這張臉我不認得！那些眼睛啊怎麼那樣陌生而又詭異，閃著全然不解的光芒好可怕！那些密碼奧秘的密碼是誰在拍打？北斗呢？金牛呢？天狼呢？怎麼全躲起來了，我高貴而顯赫的朋友啊？踏的，是陌生的土地，戴的，是更陌生的天空，莫非我誤闖到一顆新的星球上來了？

當然，那只是一瞬間的驚詫罷了。我一拭眼睛。南半球的夜空，怎麼看得見北斗七星呢？此刻，我站在南十字星座的下面，戴的是一頂簇新的星冕，南十字，古舟子航行在珊瑚海塔斯曼海上，無不仰天頂禮的赫赫華冑，閃閃徽章，澳大利亞人升旗，就把它升在自己的旗上。可惜沒有帶星譜來，面對這麼奧秘幽美的夜，只能讚歎讚歎扉頁。

我該去紐西蘭嗎？塔斯曼冰冷的海水對面，白人的世界還有一片土。澳洲已自在天涯，紐西蘭，更在天涯之外之外。龐然而闊的新大陸，澳大利亞，從此地一直延伸，連連綿綿，延伸到帕斯和達爾文，南岸，封著塔斯曼的冰海，北岸，浸在暖腳的南太平洋裡。澳洲人自己訴苦，說，無論去甚麼國家都太遠太遙，往往，向北方飛，騎「曠達士」的風雲飛馳了四個小時，還沒有跨出澳洲的大門。

美國也是這樣。一飛入寒冷乾爽的氣候，就有一種重踐北美大陸的幻覺。記憶，重重疊疊的複瓣花朵，在寒顫的星空下反而一瓣瓣綻開了，展開了每次初抵美國的記憶，楓葉和橡葉，混合著街上淡淡汽油的那種嗅覺，那麼強烈，幾乎忘了童年，十幾歲的孩子，自己也曾經擁有一片大陸，和直徑千哩的大陸性冬季，只是那時，祖國覆蓋我像一條舊棉被，四萬萬人擠在一張大床上，一點也沒有冷的感覺。現在，站在南十字架下，背負著茫茫的海和天，企鵝為近，銅駝為遠，那樣立著，引頸企望著企望著長安，洛陽，金陵，將自己也立成一頭企鵝。只是別的企鵝都不怕冷，不像這一頭啊這麼怕冷。

怕冷。怕冷。旭日怎麼還不升起？霜的牙齒已經在咬我的耳朵。怕冷。三次去美國，晝夜倒輪。

南來澳洲。寒暑互易。同樣用一枚老太陽，怎麼有人要打傘，有人整天用來烘手都烘不暖？而用十字星來烘腳，是一夜也烘不成夢的啊。

——一九七二年七月十四日於雪梨

聽聽那冷雨

驚蟄一過，春寒加劇。先是料料峭峭，繼而雨季開始，時而淋淋漓漓，時而淅淅瀝瀝，天潮潮地溼溼，即連在夢裡，也似乎把傘撐著。而就憑一把傘，躲過一陣瀟瀟的冷雨，也躲不過整個雨季。連思想也都是潮潤潤的。每天回家，曲折穿過金門街到廈門街迷宮式的長巷短巷，雨裡風裡，走入霏霏令人更想入非非。想這樣子的臺北凄凄切切完全是黑白片的味道，想整個中國整部中國的歷史無非是一張黑白片子，片頭到片尾，一直是這樣下著雨的。這種感覺，不知道是不是從安東尼奧尼那裡來的。不過那一塊土地是久違了，二十五年，四分之一的世紀，即使有雨，也隔著千山萬山，千傘萬傘。二十五年，一切都斷了，只有氣候，只有氣象報告還牽連在一起。大寒流從那塊土地上瀰天捲來，這種酷冷吾與古大陸分擔。不能撲進她懷裡，被她的裾邊掃一掃吧也算是安慰孺慕之情。

這樣想時，嚴寒裡竟有一點溫暖的感覺了。這樣想時，他希望這些狹長的巷子永遠延伸下去，他的思路也可以延伸下去，不是金門街到廈門街，而是金門到廈門。他是廈門人，至少是廣義的廈門人，二十年來，不住在廈門，住在廈門街，算是嘲弄吧，也算是安慰。不過說到廣義，他同樣也是廣義的江南人，常州人，南京人，川娃兒，五陵少年。杏花春雨江南，那是他的少年時代了。再過半個月就是清明。安東尼奧尼的鏡頭搖過去，搖過去又搖過來。殘山剩水猶如是。皇天后土猶如是。紜紜黔首紛紛黎民從北到南猶如是。那裡面是中國嗎？那裡面當然還是中國永遠是中國。只是杏花春雨已不再，牧童遙指已不再，劍門細雨渭城輕塵也都已不再。然則他日思夜夢的那片土地，究竟在哪裡呢？

在報紙的頭條標題裡嗎？還是香港的謠言裡？還是傅聰的黑鍵白鍵馬思聰的跳弓撥弦？還是安東尼奧尼的鏡底勒馬洲的望中？還是呢，故宮博物院的壁頭和玻璃櫥內，京戲的鑼鼓聲中太白和東坡的韻裡？

杏花。春雨。江南。六個方塊字，或許那片土就在那裡面。而無論赤縣也好神州也好中國也好，變來變去，只要倉頡的靈感不滅美麗的中文不老，那形象，那磁石一般的向心力當必然長在。因爲一個方塊字是一個天地。太初有字，於是漢族的心靈他祖先的回憶和希望便有了寄託。譬如憑空寫一個「雨」字，點點滴滴，滂滂沱沱，淅瀝淅瀝淅瀝，一切雲情雨意，就宛然其中了。視覺上的這種美感，豈是什麼 rain 也好 pluie 也好所能滿足？翻開一部《辭源》或《辭海》，金木水火土，各成世界，而一入「雨」部，古神州的天顏千變萬化，便悉在望中，美麗的霜雪雲霞，駭人的雷電霹雹，展露的無非是神的好脾氣與壞脾氣，氣象臺百讀不厭門外漢百思不解的百科全書。

聽聽，那冷雨。看看，那冷雨。嗅嗅聞聞，那冷雨，舔舔吧那冷雨。雨在他的傘上這城市百萬人的傘上雨衣上屋上天線上雨下在基隆港在防波堤在海峽的船上，清明這季雨。雨是女性，應該最富於感性。雨氣空濛而迷幻，細細嗅嗅，清清爽爽新新，有一點點薄荷的香味，濃的時候，竟發出草和樹沐髮後特有的淡淡土腥氣，也許那竟是蚯蚓和蝸牛的腥氣吧，畢竟是驚蟄了啊。也許地上的地下的生命也許古中國層層疊疊的記憶皆蠢蠢而蠕，也許是植物的潛意識和夢吧，那腥氣。

第三次去美國，在高高的丹佛他山居了兩年。美國的西部，多山多沙漠，千里乾旱，天，藍似安格羅·薩克遜人的眼睛，地，紅如印地安人的肌膚，雲，卻是罕見的白鳥。落磯山簇簇耀目的雪峰上，很少飄雲牽霧。一來高，二來乾，三來森林線以上，杉柏也止步，中國詩詞裡「盪胸生層雲」，或是「商略黃昏雨」的意趣，是落磯山上難睹的景象。落磯山嶺之勝，在石，在雪。那些奇岩怪石，相疊互倚，砌一場驚心動魄的雕塑展覽，給太陽和千里的風看。那雪，白得虛虛幻幻，冷得清清醒醒，那股皚皚不絕一仰難盡的氣勢，壓得人呼吸困難，心寒眸酸。不過要領略「白雲迴望合，青靄入看無」的境界，仍須回來中國。臺灣濕度很高，最饒雲氣氤氳雨意迷離的情調。兩度夜宿溪頭，樹香沁鼻，宵寒襲肘，枕著潤碧濕翠蒼蒼交疊的山影和萬籟都歇的岑寂，仙人一樣睡去。山中一夜飽雨，次晨醒來，在旭日未升的原始幽靜中，衝著隔夜的寒氣，踏著滿地的斷柯折枝和仍在流瀉的細股雨水，一徑探入森林的秘密，曲曲彎彎，步上山去。溪頭的山，樹密霧濃，蓊鬱的水氣從谷底冉冉升起，時稠時稀，蒸騰多姿，幻化無定，只能從霧破雲開的空處，窺見乍現即隱的一峰半壑，要縱覽全貌，幾乎是不可能的。至少入山兩次，只能在白茫茫裡和溪頭諸峰玩捉迷藏的遊戲，回到臺北，世人問起，除了笑而不答心自閑，故作神祕之外，實際的印象，也無非山在虛無之間罷了。雲繚煙繞，山隱水迢的中國風景，由來予人宋畫的韻味。那天下也許是趙家的天下，那山水卻是米家的山水。而究竟，是米氏父子下筆像中國的山水，還是中國的山水上紙像宋畫。恐怕是誰也說不清楚了吧？

雨不但可嗅，可觀，更可以聽。聽聽那冷雨。聽雨，只要不是石破天驚的颱風暴雨，在聽覺上總是一種美感。大陸上的秋天，無論是疏雨滴梧桐，或是驟雨打荷葉，聽去總有一點淒涼，淒清，淒楚，於今在島上回味，則在淒楚之外，更籠上一層淒迷了。饒你多少豪情俠氣，怕也經不起三番五次的風吹雨打。一打少年聽雨，紅燭昏沉。兩打中年聽雨，客舟中，江闊雲低。三打白頭聽雨在僧廬下，這便是亡宋之痛，一顆敏感心靈的一生：樓上，江上，廟裡，用冷冷的雨珠子串成。十年前，他曾在一場摧心折骨的鬼雨中迷失了自己。雨，該是一滴濕漓漓的靈魂，窗外在喊誰。

雨打在樹上和瓦上，韻律都清脆可聽。尤其是鏗鏗敲在屋瓦上，那古老的音樂，屬於中國。王禹偁在黃岡，破如椽的大竹爲屋瓦。據說住在竹樓上面，急雨聲如瀑布，密雪聲比碎玉，而無論鼓琴，詠詩，下棋，投壺，共鳴的效果都特別好。這樣豈不像住在竹筒裡面，任何細脆的聲響，怕都會加倍誇大，反而令人耳朵過敏吧。

雨天的屋瓦，浮漾溼溼的流光，灰而溫柔，迎光則微明，背光則幽黯，對於視覺，是一種低沉的安慰。至於雨敲在鱗鱗千瓣的瓦上，由遠而近，輕輕重重輕輕，夾著一股股的細流沿瓦漕與屋簷潺潺瀉下，各種敲擊音與滑音密織成網，誰的千指百指在按摩耳輪。「下雨了，」溫柔的灰美人來了，她冰冰的纖手在屋頂拂弄著無數的黑鍵啊灰鍵，把晌午一下子奏成了黃昏。

在古老的大陸上，千屋萬戶是如此。二十多年前，初來這島上，日式的瓦屋亦是如此。先是天黯了下來，城市像罩在一塊巨幅的毛玻璃裡，陰影在戶內延長復加深。然後涼涼的水意瀰漫在空間，風自每一個角落裡旋起，感覺得到，每一個屋頂上呼吸沉重都覆著灰雲。雨來了，最輕的敲打樂敲打這城市，蒼茫的屋頂，遠遠近近，一張張敲過去，古老的琴，那細細密密的節奏，單調裡自有一種柔婉與親切，滴滴點點滴滴，似幻似眞，若孩時在搖籃裡，一曲耳熟的童謠搖搖欲睡，母親吟哦鼻音與喉音。或是在江南的澤國水鄉，一大筐綠油油的桑葉被嚙於千百頭蠶，細細瑣瑣屑屑，口器與口器咀咀嚼嚼。雨來了，雨來的時候瓦這麼說，一片瓦說千億片瓦說，說輕輕地奏吧沉沉地彈，徐徐地叩吧撻撻地打，間間歇歇敲一個雨季，即興演奏從驚蟄到清明，在零落的墳上冷冷奏輓歌，一片瓦吟千億片瓦吟。

在日式的古屋裡聽雨，聽四月，霏霏不絕的黃梅雨，朝夕不斷，旬月綿延，濕黏黏的苔蘚從石階下一直侵到他舌底，心底。到七月，聽颱風颱雨在古屋頂上一夜盲奏，千噚海底的熱浪沸沸被狂風挾來，掀翻整個太平洋只爲向他的矮屋簷重重壓下，整個海在他的蝸殼上嘩嘩瀉過。不然便是雷雨夜，白煙一般的紗帳裡聽羯鼓一通又一通，滔天的暴雨滂滂沛沛撲來，強勁的電琵琶忐忐忑忑忐忐忑忑，彈動屋瓦的驚悸騰騰欲掀起。不然便是斜斜的西北雨斜斜，刷在窗玻璃上，鞭在牆上打在闊大的芭蕉葉上，一陣寒瀨瀉過，秋意便瀰漫日式的庭院了。

在日式的古屋裡聽雨，春雨綿綿聽到秋雨瀟瀟，從少年聽到中年，聽聽那冷雨。雨是一種單調而耐聽的音樂是室內樂是室外樂，戶內聽聽，戶外聽聽，冷冷，那音樂。雨是一種回憶的音樂，聽聽那冷雨，回憶江南的雨下得滿地是江湖下在橋上和船上，也下在四川在秧田和蛙塘下肥了嘉陵江下溼布穀咕咕的啼聲。雨是潮潮潤潤的音樂下在渴望的唇上舐舐那冷雨。

因爲雨是最最原始的敲打樂從記憶的彼端敲起。瓦是最最低沉的樂器灰濛濛的溫柔覆蓋著聽雨的人，瓦是音樂的雨傘撐起。但不久公寓的時代來臨，臺北你怎麼一下子長高了，瓦的音樂竟成了絕響。千片萬片的瓦翩翩，美麗的灰蝴蝶紛紛飛走，飛入歷史的記憶。現在雨下下來下在水泥的屋頂和牆上，沒有音韻的雨季。樹也砍光了，那月桂，那楓樹，柳樹和擎天的巨椰，雨來的時候不再有叢葉嘈嘈切切，閃動溼溼的綠光迎接。鳥聲減了啾啾，蛙聲沉了閣閣，秋天的蟲吟也減了唧唧。七十年代的臺北不需要這些，一個樂隊接一個樂隊便遣散盡了。要聽雞叫，只有去詩經的韻裡尋找。現在只剩下一張黑白片，黑白的默片。

正如馬車的時代去後，三輪車的時代也去了。曾經在雨夜，三輪車的油布篷掛起，送她回家的途中，篷裡的世界小得多可愛，而且躲在警察的轄區以外。雨衣的口袋越大越好，盛得下他的一隻手裡握一隻纖纖的手。臺灣的雨季這麼長，該有人發明一種寬寬的雙人雨衣，一人分穿一隻袖子，此外的部份就不必分得太苛。而無論工業如何發達，一時似乎還廢不了雨傘。只要雨不傾盆，風不橫吹，撐一把傘在雨中仍不失古典的韻味。任雨點敲在黑布傘或是透明的塑膠傘上，將骨柄一旋，雨珠向四方噴濺，傘緣便旋成了一圈飛簷。跟女友共一把雨傘，該是一種美麗的合作吧。最好是初戀，有點興奮，更有點不好意思，若即若離之間，雨不妨下大一點。眞正初戀，恐怕是興奮得不需要傘的，手牽手在雨中狂奔而去，把年輕的長髮和肌膚交給漫天的淋淋漓漓，然後向對方的唇上頰上嚐涼涼甜甜的雨水。不過那要非常年輕且激情，同時，也只能發生在法國的新潮片裡吧。

大多數的雨傘想不會爲約會張開。上班下班，上學放學，菜市來回的途中，現實的傘，灰色的星期三。握著雨傘，他聽那冷雨打在傘上。索性更冷一些就好了，他想。索性把溼溼的灰雨凍成乾爽爽的白雨，六角形的結晶體在無風的空中迴迴旋旋地降下來，等鬚眉和肩頭白盡時，伸手一拂就落了。二十五年，沒有受故鄉白雨的祝福，或許髮上下一點白霜是一種變相的自我補償吧。一位英雄，經得起多少次雨季？他的額頭是水成岩削成還是火成岩？他的心底究竟有多厚的苔蘚？廈門街的雨巷走了二十年與記憶等長，一座無瓦的公寓在巷底等他，一盞燈在樓上的雨窗子裡，等他回去，向晚餐後的沉思冥想去整理青苔深深的記憶。前塵隔海。古屋不再。聽聽那冷雨。

——一九七四年春分之夜

蝗族的盛宴

目前流行於我們這社會的所謂「婚禮」，已經淪為一齣毫無意義的鬧劇，浪費時間和金錢之餘，既不莊嚴，更無美感。

這樣子的婚禮，如果準時參加，就要預備前後泡它個兩三小時，挨餓是常事，該吃晚飯的時候還坐在那裡閒嗑瓜子，更有「救火車找不到消防栓」之感。如果不按時去，又很可能滿桌的陌生人擠在一起，終席言語無味，面目猙獰，飽嚐現代詩人樂道的「孤絕感」。

就算時間配合得正好，婚禮剛剛開始吧。樂隊的音樂照例公式化而又商業化。禮堂的佈置照例金紅交映，繁密而又庸俗，幾句公式化的賀辭，幾幅面目模糊的喜幛，烘托出一派廉價的喜氣。司儀照例是一個貧嘴賤舌的小弄臣，自以為能把衆人玩弄於股掌之上，事實上自己才是低級笑話的玩物。他開口了，那裡面當然沒有象牙。最最不堪的是所謂「證婚人致訓詞」。典型的證婚人，往往是一個自以為很重要的三四流人物，上得臺來，免不了咿咿唔唔，吞吞吐吐，用他那六七流的國語，發表一篇自以為語妙天下的七八流的婚姻哲學。其實歸納他的高見，無非是鼓勵那一對罰站聽訓的新人學蒼蠅一樣繁殖，以助這個地區的人口爆炸。無辜的新人就那麼無助地站在那裡，像不設防的城市那麼任人轟炸。我們的青年也眞可憐，從小就聽訓起，想不到在第一千零一訓之後，眼看著就要進洞房的前一小時，仍逃不了最後這一劫。

至於下面的所謂賀客，本來大半都是受喜帖株連的無辜難民，「一表三千里」者有之，「一堂五百年」者亦有之。本來就不關痛癢，當然在下面分組座談起來。上面是自說自話的證婚人，下面是東風馬耳的群衆，這種漠不關心的現象，說明了今日的結婚儀式，已經墮落到何種程度。

好不容易三四流人物的發表慾都獲得了滿足，於是蝗族的盛宴開始了。吃吧。吃吧。這才是婚禮的主要目的。蝗族團團坐定，很有一種「把豐年吃成荒年」的氣概。有些大蝗蟲更帶來一批小蝗蟲助食，算是一種「吃的教育」，見習見習的意思。好在是先繳費後吃飯，「自食其鈔」，豈不理直氣壯。「愛河永浴」嗎？聽那幾百張口饕餮之聲，恐怕是在讚美灶神，而不是愛神吧？

食畢。禮成。回家。

「對了，今晚的新郎姓王還是姓黃？」

「好像是姓汪吧。第一個講話的是誰？」

「我不記得了。」

「海參煮得不夠爛。還有，烤鴨也……」

「哎呀，我肚子疼！」

「家裡的表飛嗚快吃完了。司機，停一停。我去買瓶藥就來。」

——一九七二年二月

朋友四型

一個人命裡不見得有太太或丈夫，但絕對不可能沒有朋友。即使是荒島上的魯濱孫，也不免需要一個「禮拜五」。一個人不能選擇父母，但是除了魯濱孫之外，每個人都可以選擇自己的朋友。照說選來的東西，應該符合自己的理想才對，但是事實又不盡然。你選別人，別人也選你。被選，是一種榮譽，但不一定是一件樂事。來按你門鈴的人很多，豈能人人都令你「喜出望外」呢？大致說來，按鈴的人可以分爲下列四型：

第一型，**高級而有趣**。這種朋友理想是理想，只是可遇而不可求。世界上高級的人很多，有趣的人也很多，又高級又有趣的人卻少之又少。高級的人使人尊敬，有趣的人使人歡喜，又高級又有趣的人，使人敬而不畏，親而不狎，交結愈久，芬芳愈醇。譬如新鮮的水果，不但甘美可口，而且富於營養，可謂一舉兩得。朋友是自己的鏡子。一個人有了這種朋友，自己的境界也低不到哪裡去。東坡先生杖履所至，幾曾出現過低級而無趣的俗物？

第二型，**高級而無趣**。這種人大概就是古人所謂的諍友，甚至畏友了。這種朋友，有的知識豐富，有的人格高超，有的呢，「品學兼優」像一個模範生，可惜美中不足，都缺乏那麼一點兒幽默感，活潑不起來。你總覺得，他身上有那麼一個竅沒有打通，因此無法豁然恍然，具備充分的現實感。跟他交談，既不像打球那樣，你來我往，此呼彼應，也不像滾雪球那樣，把一個有趣的話題愈滾愈大。精力過人的一類，只管自己發球，不管你接不接得住。消極的一類則以逸待勞，難得接你一球兩球。無論對手是積極或消極，總之該你撿球，你不撿球，這場球是別想打下去的。這種畏友的遺憾，在於趣味太窄，所以跟你的「接觸面」廣不起來。天下之大，他從城南到城北來找你的目的，只在討論「死亡在法國現代小說中的特殊意義」，或是「愛斯基摩人對於性生活的態度」。爲這種畏友撿一晚上的球，疲勞是可以想見的。這樣的友誼有點像吃藥，太苦了一點。

第三型，**低級而有趣**。這種朋友極富娛樂價値，說笑話，他最黃；說故事，他最像；消息，他最靈通；關係，他最廣闊；好去處，他都去過；壞主意，他都打過。世界上任何話題他都接得下去，至於怎麼接法，就不用你操心了。他的全部學問，就在不讓外行人聽出他沒有學問。至於內行人，世界上有多少內行人呢？所以他的馬腳在許多客廳和餐廳裡跑來跑去，並不怎麼露眼。這種人最會說話，餐桌上有了他，一定賓主盡歡，大家喝進去的美酒還不如聽進去的美言那麼「沁人心脾」。會議上有了他，再空洞的會議也會顯得主題正確，內容充沛，沒有白開。如果說，第二型的朋友擁有世界上全部的學問，獨缺常識，這一型的朋友則恰恰相反，擁有世界上全部的常識，獨缺學問。照說低級的人而有趣味，豈非低級趣味，你竟能與他同樂，豈非也有低級趣味之嫌？不過人性是廣闊的，誰能保證自己毫無此種不良的成份呢？如果要你做魯濱孫，你會選第三型還是第二型的朋友做「禮拜五」呢？

第四型，**低級而無趣**。這種朋友，跟第一型的朋友一樣少，或然率相當之低。這種人當然自有一套價值標準，非但不會承認自己低級而無趣，恐怕還自以爲又高級又有趣呢。然則，余不欲與之同樂矣。

——一九七二年五月

借錢的境界

一提起借錢，沒有幾個人不膽戰心驚的。有限的幾張鈔票，好端端地隱居在自己口袋裡，忽然一隻手伸過來把它帶走，眞教人一點安全感都沒有。借錢的威脅不下於核子戰爭：後者畢竟不常發生，而且同難者衆，前者的命中率卻是百分之百，天下之大，那隻手卻是朝你一個人伸過來的。

借錢，實在是一件緊張的事，富於戲劇性。借錢是一種神經戰，緊張的程度，可比求婚，因爲兩者都是秘密進行，而面臨的答覆，至少有一半可能是「不肯」。不同的是，成功的求婚人留下，永遠留下，失敗的求婚人離去，永遠離去；可是借錢的人，無論成功或失敗，永遠有去無回，除非他再來借錢。

除非有奇蹟發生，借出去的錢，是不會自動回來的。所謂「借」，實在只是一種雅稱。「借」的理論，完全建築在「還」的假設上。有了這個大膽假設，借錢的人才能名正言順，理直氣壯，貸錢的人才能心安理得，至少也不至於毫無希望。也許當初，借的人確有還的誠意，至少有一種決心要還的幻覺。等到借來的錢用光了，事過境遷，第二種幻覺便漸漸形成。他會覺得，那一筆錢本來是「無中生有」變出來的，現在要他「重歸於無」變回去，未免有點不甘心。「誰教他比我有錢呢？」朦朦朧朧之中，升起了這個念頭。「天之道損有餘而補不足。人之道則不然，損不足以奉有餘。」當初就是因爲不足，才需要向人借錢，現在要還錢給人，豈非損不足以奉有餘，簡直有背天道了。日子一久，還錢的念頭漸漸由淡趨無。

久借不還，「借」就變了質，成爲——成爲什麼呢？「偷」嗎？明明是當面發生的事情，不能叫偷。「搶」嗎？也不能算搶，因爲對方明明同意。借錢和這兩件事最大的不同，就是後者往往施於陌生人，而前者往往行於親朋之間。此外，偷和搶定義分明，只要出了手，罪行便告成立。久借不還——也許就叫「賴」吧？——對「受害人」的影響雖然相似，其「罪」本身卻是漸漸形成的。只要借者心存還錢之念，那麼，就算事過三年五載，「賴」的行爲仍不能成立。「不是不還，而是還沒有還。」這中間的道理，眞是微妙極了。

借錢，實在是介於藝術和戰術之間的事情。其實呢，貸方比借方更處於不利之境。借錢之難，難在啓齒。等到開了口，不，開了價，那塊「熱山芋」就抛給對方了。借錢需要勇氣，不借，恐怕需要更大的勇氣吧。這時，「受害人」的貸方，惶恐觳觫，囁嚅沉吟，一副搜索枯腸，藉詞推託的樣子。技巧就在這裡了。資深的借錢人反而神色泰然，眈眈注視對方，大有法官逼供犯人之概。在這種情勢下，無論那「犯人」提出什麼理由，都顯得像在說謊。招架乏力，沒有幾個人不終於乖乖拿出錢來的。所謂「終於」，其實過程很短，「不到一盞茶工夫」，客人早已得手。「月底一定奉還」，到了門口，客人再三保證。「不忙不忙，慢慢來。」主人再三安慰，大有孟嘗君的氣派。

當然是慢慢來，也許就不再來了。問題是，孟嘗君的太太未必都像孟嘗君那麼大度。而那筆錢，不大不小，本來也許足夠把自己久想購買卻遲疑不忍下手的一樣東西買回家來，現在竟入了他人囊中，好不惱人。月底早過去了。等那客人來還嗎？不可能。催他來還嗎？那怎麼可以！借錢不還，最多引起衆人畏懼，說不定還能贏人同情。至於向人索債，那簡直是卑鄙，守財奴的作風，將不見容於江湖。何況索債往往失敗；失財於前，失友於後，花錢去買絕交，還有更愚蠢的事嗎？

既然是這樣，借錢出去，就不該等人來還。所謂「借錢」給人，事實上等於「送錢」給人，區別在於：「借錢」給人，並不能贏得慷慨的美名，更不能贏得借者的感激，因爲「借」是期待「還」的，動機本來就不算高貴。參透了這點道理，眞正聰明的人，應該乾脆送錢，而絕不借錢給人。錢，橫豎是丟定了，何不磊磊落落，大大方方，丟得有聲有色，「某某眞夠朋友！」聽起來豈不過癮。

當然，借錢的一方也不是毫無波折的。面露寒酸之色，口吐囁嚅之言，所索又不過升斗之需，這是「低姿勢」的借法，在戰術上早落了下風。在借貸的世界裡，似乎有一個公式，那就是，開價愈低，借成功的機會愈小。照理區區之數，應該很容易借到，何至碰壁。問題在於，開價既低，來客的境遇窮蹇可知，身分也必然卑微。「兔子小開口」，充其量不過要一根胡蘿蔔吧。誰耐煩去敷衍一隻兔子呢？

如果來者是一個資深的借錢人，他就懂得先要大開其口。「已經在別處籌了七、八萬，能不能再調兩萬五千，讓我周轉一下？」獅子搏兔，喧賓奪主，一時形勢互易，主人忽然變成了一隻小兔子。小兔子就算捐軀成仁，恐怕也難塞大獅的牙縫。這樣一來，自卑感就從客人轉移到主人，借錢的人趾高氣揚，出錢的人反而無地自容了。「眞對不起，近來我也——（也怎麼樣呢？『捉襟見肘』嗎？還是『三餐不繼』呢？又不是你在借錢，何苦這麼自貶？）——我也——先拿三千去，怎麼樣？」一面舌結唇顫，等待獅子宣判。「好吧。就先給我——五千好了。」兩萬五千減成一個零頭，顯得既豪爽，又體貼，感激的反而是主人。潛意識裡面，好像是客人免了他兩萬，而不是他拿給客人五千。這是「中姿勢」的借法。

至於「高姿勢」，那裡面的學問就太大了，簡直有一點天人之際的意味。善借者不是向私人，而是向國家借。借的藉口不再是一根胡蘿蔔，而是好幾根煙囪。借的對象不再是一個人，而是千百萬人。債主的人數等於人口的總數，反而不像欠任何人的錢了。至於怎麼還法，甚至要不要還，豈是胡蘿蔔的境界所能了解的。

此之謂「大借若還」。

——一九七二年三月

幽默的境界

據說秦始皇有一次想把他的苑囿擴大，大得東到函谷關，西到今天的鳳翔和寶鷄。宮中的弄臣優旃說：「妙極了！多放些動物在裡面吧。要是敵人從東邊打過來，只要教麋鹿用角去抵抗，就夠了。」秦始皇聽了，就把這計畫擱了下來。

這麼看來，幽默實在是荒謬的解藥。委婉的幽默，往往順著荒謬的邏輯誇張下去，使人領悟荒謬的後果。優旃是這樣，淳于髡、優孟是這樣，包可華也是這樣。西方有一句諺語，大意是說：解釋是幽默的致命傷，正如幽默是浪漫的致命傷。虛張聲勢，故作姿態的浪漫，也是荒謬的一種。凡事過分不合情理，或是過分違背自然，都構成荒謬。荒謬的解藥有二：第一是坦白指摘，第二是委婉諷喻，幽默屬於後者。什麼時候該用前者，什麼時候該用後者，要看施者的心情和受者的悟性。心情好，婉說，心情壞，直說。對聰明人，婉說，對笨人只有直說。用幽默感來評人的等級，有三等。第一等有幽默的天賦，能在荒謬裡覷見幽默。第二等雖不能創造幽默，卻多少能領略別人的幽默。第三等連領略也無能力。第一等是先知先覺，第二等是後知後覺，第三等是不知不覺。如果幽默感是磁性，第一等便是吸鐵石，第二等是鐵，第三等便是一塊木頭了。這麼看來，秦始皇還勉強可以歸入第二等，至少他領略了優旃的幽默感。

第三等人雖然沒有幽默感，對於幽默仍然很有貢獻，因爲他們雖然不能創造幽默，卻能創造荒謬。這世界，如果沒有妄人的荒謬表演，智者的幽默豈不失去依據？晉惠帝的一句「何不食肉糜？」惹中國人嗤笑了一千多年。晉惠帝的荒謬引發了我們的幽默感：妄人往往在不自知的情況下，犧牲自己，成全別人，成全別人的幽默。

虛妄往往是一種膨脹作用，相當於螳臂當車，蛇欲吞象。幽默則是一種反膨脹（deflationary）作用，好像一帖瀉藥，把一個胖子瀉成一個瘦子那樣。可是幽默並不等於尖刻，因爲幽默針對的不是荒謬的人，而是荒謬本身。高度的幽默往往源自高度的嚴肅，不能和殺氣、怨氣混爲一談。不少人誤認尖酸刻薄爲幽默，事實上，刀光血影中只有恨，並無幽默。幽默是一個心熱手冷的開刀醫生，他要殺的是病，不是病人。

把英文 humour 譯成幽默，是神來之筆。幽默而太露骨太囂張，就失去了「幽」和「默」。高度的幽默是一種講究含蓄的藝術，暗示性愈強，藝術性也就愈高。不過暗示性強了，對於聽者或讀者的悟性，要求也自然增高。幽默也是一種天才，說幽默的人靈光一閃，繡口一開，聽幽默的人反應也要敏捷，才能接個正著。這種場合，聽者的悟性接近禪的「頓悟」；高度的幽默裡面，應該隱隱含有禪機一類的東西。如果說者語妙天下，聽者一臉茫然，竟要說者加以解釋或者再說一遍，豈不是天下最掃興的事情？所以說，「解釋是幽默的致命傷。」世界上有兩種話必須一聽就懂，因爲它們不堪重複：第一是幽默的話，第二是恭維的話。最理想也是最過癮的配合，是前述「幽默境界」的第二等人圍聽第一等人的幽默：說的人說得精彩，聽的人也聽得盡興，雙方都很滿足。其他的配合，效果就大不相同。換了第一等人面對第三等人，一定形成冷場，且令說者懊悔自己「枉拋珍珠付群豬」。不然便是第二等人面對第一等人而竟想語娛四座，結果因爲自己的「幽默境界」欠高，只贏得幾張生硬的笑容。要是說者和聽者都是第一等人呢？「頓悟」當然不成問題，只是語鋒相對，機心競起，很容易導致「幽默比賽」的緊張局面。萬一自己舌翻諧趣，剛剛贏來一陣非常過癮的笑聲，忽然鄰座的一語境界更高，利用你剛才效果的餘勢，飛騰直上，竟獲得更加熱烈的反應，和更爲由衷的讚嘆，則留給你的，豈不是一種「第二名」的苦澀之感？

幽默，可以說是一個敏銳的心靈，在精神飽滿生趣洋溢時的自然流露。這種境界好像行雲流水，不能做假，也不能苦心經營，事先籌備。世界上有的是荒謬的事，虛妄的人；詼諧天成的心靈，自然左右逢源，取用不盡。幽默最忌的便是公式化，譬如說到丈夫便怕太太，說到教授便缺乏常識，提起官吏，就一定要刮地皮。公式化的幽默很容易流入低級趣味，就像公式化的小說中那些人物一樣，全是欠缺想像力和觀察力的產品。我有一個遠房的姨丈，遠房的姨丈有幾則公式化的笑話，那幾則笑話有一個忠實的聽衆，他的太太。丈夫幾十年來翻來覆去說的，總是那幾則笑話，包括李鴻章吐痰韓復渠訓話等等，可是太太每次聽了，都像初聽時那樣好笑，令丈夫的發表慾得到充分的滿足。夫妻兩人顯然都很健忘，也很快樂。

一個眞正幽默的心靈，必定是富足，寬厚，開放，而且圓通的。反過來說，一個眞正幽默的心靈，絕對不會固執成見，一味鑽牛角尖，或是強詞奪理，厲色疾言。幽默，恆在俯仰指顧之間，從從容容，瀟瀟灑灑，渾不自覺地完成：在一切藝術之中。幽默是距離宣傳最遠的一種。「捨我其誰？」的英雄氣概，和幽默是絕緣的。寧曳尾於塗中，不留骨於堂上；非梧桐之不止，豈腐鼠之必爭？莊子的幽默是最淸遠最高潔的一種境界，和一般弄臣笑匠不能並提。眞正幽默的心靈，絕不抱定一個角度去看人或看自己，他不但會幽默人，也會幽默自己，不但嘲笑人，也會釋然自嘲，泰然自貶，甚至會在人我不分物我交融的忘我境界中，像錢默存所說的那樣，欣然獨笑。眞具幽默感的高士，往往能損己娛人，參加別人來反躬自笑。創造幽默的人，竟能自備荒謬，豈不可愛？吳炳鍾先生的語鋒曾經傷人無算。有一次他對我表示，身後當囑家人在自己的骨灰罈上刻「原諒我的骨灰」（Excuse my dust.）一行小字，拋去所有朋友的面前謝罪。這是吳先生二十年前的狂想，不知道他現在還要不要那樣做？這種狂想，雖然有資格列入「世說新語」的任誕篇，可是在幽默的境界上，比起那些揚言願捐骨灰做肥料的利他主義信徒來，畢竟要高一些吧。

其他的東西往往有競爭性，至少幽默是「水流心不競」的。幽默而要競爭，豈不令人啼笑皆非？幽默不是一門三學分的學問，不能力學，只可自通，所以「幽默專家」或「幽默博士」是荒謬的。幽默不堪公式化，更不堪職業化，所以笑匠是悲哀的。一心一意要逗人發笑，別人的娛樂成了自己的責任，那有多麼緊張？自生自發無爲而爲的一點諧趣，竟像一座發電廠那樣日夜供電，天機淪爲人工，有多乏味？就算姿勢升高，幽默而爲大師，也未免太不夠幽默了吧。文壇常有論爭，唯「諧壇」不可論爭。如果有一個「幽默協會」，如果會員爲了競選「幽默理事」而打起架來，那將是世界上最大的荒唐，不，最大的幽默。

——一九七二年六月

雲開見月

——初論劉國松的藝術

二十世紀的中國畫家，面臨西方現代藝術的輪番挑戰，大致上有下列的三種反應。第一種，以不變應萬變，認為只要閉關固守，便算盡了孝道。同時再三強調關內山川之勝，先人功業之隆，便算爲自己的怯於應戰或怠於奔馳找到了遁辭。問題是，這麼久守下去，怎麼能爲傳統增加一分光彩？不幸傳統之爲物，不進則退，不生則死，因而坐視傳統老去，坐食傳統日空，算不算孝行，還大大值得討論。第二種，以千變應萬化，國際潮流一來，便隨波浮沉，像一群「弄潮兒」。弄潮兒從印象派的潮流一直弄到歐普的光波，自己幻覺是乘風破浪，事實上只是在漩渦裡大兜圈子，不知岸在何方。弄潮兒嘲弄第一種畫家只知道模仿古人，可是自己不覺悟，只知道模仿洋人，同樣也不是創造。第三種，以一道貫萬變；他們知道模仿古人和模仿洋人同樣是絕路，所以既無意參加國粹派，更無意參加西化派。在另一方面，他們也知道，不研究古人則昧於傳統，不研究洋人則昧於潮流，自絕於傳統與潮流，也是死路一條。因此，在國粹派和西化派之間，他們想摸索第三條路。理想的

第三條路，該能入傳統而復出，吞潮流而復吐，以致自由出入，隨意吞吐。也就是說，第三條路是民族的，但不閉塞，也是現代的，但不崇洋。如果說，國粹派是孝子，而西化派是浪子，則第三條路是浪子回頭。只有回頭的浪子才是眞正的孝子，因爲他知道怎樣重整家園。劉國松便是一個典型的例子。

儘管如此，浪子回頭卻是一條艱辛的路，因爲不肯回頭的浪子誤認他半途而廢，而不肯出門的孝子也反對他回來重整家園。我最了解國松這種處境，因爲在文學上我走過的路也大致相同。十幾年前，我們同屬浪子，在所謂反傳統的旗下盲目馳突，備受孝子的攻擊。後來，我們幾乎是同時「回頭」，又激起浪子朋友的「公憤」。這種腹背受敵的心情，我們可說共嘗已久，且亦甘之如飴。近年來臺港之間的現代畫壇，幸而尚未全然淪爲西化的殖民地，國松的屹立不搖，至少是其中的一個原因。

第一次聽到劉國松這名字，是在一九五九年初秋。當時我剛從美國回到臺北，聽說他正在主編《筆匯》雜誌，鼓吹西洋現代畫派，很是活躍。至於我們第一次是怎樣見面，在哪裡見面，現在已經難以追憶。當時現代詩方興於臺灣文壇，發軔雖比現代畫稍早，衝勁反比後者略遜，所以不久兩者便會師一處，並駕齊驅了。正是西化的高潮，呼嘯來去的莫非潮兒浪子，我們很快便成爲經常見面的朋友。這時現代詩的論戰正趨白熱，頗令文壇側目，等到國松的「五月畫會」和其他浪子組成的「東方畫會」、「現代版畫會」等等聲勢漸壯，現代畫也就成爲國粹派憤然攻擊的對象。同屬浪子之誼，雖然我自己文壇論戰方酣，有時也不免要分兵去聲援現代畫家。所謂論戰，有時只是紙上談兵，有時竟成當面舌戰。最戲劇化的一次，是在淡水河邊的一座樓上，攻擊抽象畫和保衛抽象畫的雙方，各坐一排，依次起立辯駁，壁壘非常森嚴。抽象畫這一邊的主要辯士，除了席德進，便是國松和我。席德進聲浪高，手勢多，元氣淋漓，雜以笑謔，劉國松則沉毅之中復見勇猛，嗓門也不弱，兩人相加，一哼一哈，抽象畫軍威大振。

這麼冷戰夾著熱戰，過了四、五年的樣子，終於有少數的浪子悟出：去西方的廟裡燒香拜神，長此浪遊下去，絕成不了大器。詩分新、舊，畫分西畫與國畫，樂分西樂與國樂，這種矛盾的對立一天存在，孝子和浪子的歧見便一天不解，中國的現代文藝也只能在閉守和出走之間徘徊。未來的大師，不但能見古今之分，也應見古今之合，不但能見中西之異，也應見中西之同。也只有這樣的大師，才能創造出既富民族性又富時代精神的傑作，來光大中國的傳統。在全速的西化途中煞車改向，國松和我的回頭幾乎也是同時。他從油畫回到水墨，我從虛無回到古典，都是在一九六一年左右。之後我們就成了中國現代文藝運動中的少數派，既不見容於孝子，也不見諒於浪子。誤解我們的浪子舊友，曾經嘲弄我們是在辦「文化觀光」，那意思是說，紅柱綠瓦，僞充漢唐。事隔十年，塵埃已定，歷史的透視漸見分明。昔日的浪子如今大半都已回過頭來，要重認中國的傳統，而年輕的一代更已普遍揚棄了晦澀與虛無。可見當初國松浪子回頭，志在入山求仙，不在修補破廟。

初識國松，聽其談吐，觀其爲人，知道他是個豪爽而耿直的山東人。後來才發現，他原來是國軍軍官的遺孤，六歲那年，父親便因抗日成仁，母親把他和妹妹帶大，一度生活很是困苦。在武昌讀初二那年，他在上學途中常常經過一家裱畫店。店主見他愛好繪畫，不但送他舊筆餘紙，更指點他如何作畫。他就那樣進入了藝術的世界。一九三八年，他隻身來臺灣，既無母親的消息，也無親友的資助，在那樣的困境下，讀完師範大學的藝術系。一九五六年，他號召師大的同學，成立了「五月畫會」，同年並在基隆一家中學教書。第二年，他在海軍陸戰隊服役一年。一九五八年，他又回到基隆教中學。一九五九年，他去成功大學建築系任助教，第二年，轉去中原理工學院任建築系的講師。我和國松的交往，便是在這時開始，他常來我廈門街的日式古屋，我也常去他在植物園蓮池畔破廟中的湫居。後來他的藝術突飛猛晉，漸漸引起國際的注目，終於一九六五年初，在愛荷華大學李鑄晉教授的推薦下，他獲得了洛克菲勒基金會的獎助，先後去美國和歐洲訪問兩年，不但聲名遠播，而且視界大開。一九六六年底，國松回到臺灣，在中原理工學院任副教授。一九七〇年，他去美國講學半年，回臺灣不久，便應聘去香港中文大學新亞書院藝術系任教，自去年六月起，並任該系的主任。

今日，劉國松已經成爲名聞國內和國際的一流畫家。從臺北和香港到紐約、芝加哥、倫敦、漢堡，他曾經在世界各地舉行過五十多次個展；他的作品先後爲知名的藝術館與收藏家所收藏；各國的藝評家對他的好評也漸多起來。國松之有今日，固然全憑自己的毅力和才識，但當日獎掖之功，就我所知，似應歸於兩位恩師。在國松的大學時代和追求抽象表現的早年，給他全力支持的，是虞君質教授。一九六四年以後，撰寫專書（註）分析他的藝術的，是李鑄晉教授。

劉國松對於現代中國畫壇的貢獻，可以分兩方面來討論。一方面是他自己藝術上的成就，另一方面是他在繪畫運動和理論上的建設。

在藝術的創作上，劉國松的風格歷經變遷，層出不窮。從一九五二年臨摹希臘少年半身像的「素描」，到近兩三年來的太空造形，二十年間，他做過孝子、浪子，和回頭的浪子。他的藝術之中，最動人的勝境，當然是在回頭以後，不過，即使是做孝子和浪子，他早年的表現也並不含糊。

雖然劉國松擬古和襲洋的「少作」在時序上曾經交疊出現，他早年的傾向，大致上說來，還是浪子多於孝子的。一九五九年以前，可以說一直是他的「模仿時期」。在大學裡，他的國畫老師是溥心畬。一九五五年的「松石圖」，筆法精緻，意境高超，很有文人畫的味道。同年的一幅「山水」，樹掩樓閣，石藏漁舟，濃淡對照之間，兼有渾厚與飄逸之感，可稱雋品。這種黑主灰輔相得益彰的對比手法，隱隱然已經為日後抽象山水的樸素色調，留下了伏筆。更早的一幅「香瓜」，純用白描勾成，筆觸細膩而有韻味，足見他在基本技法上早具根柢，不是一步就要踏進抽象之徒可以比擬。

西畫的學習，從一九五二年到五八年，為時較長，風格的變化也更見繁複。在大學時期，國松買不起油畫的顏料，只好多畫水彩。一九五四年到五六年間，他作了好些生動的水彩畫。「自畫像」、「靜物」、「阿里山森林鐵路」、「山雨」、「印象派風的靜物」、「花籃」、「基隆近郊」等作品，可以代表這一階段的風格。看得出來，和許多西畫的學生一樣，他最早的影響來自塞尚和馬蒂斯。一幅題名「裸」的油畫，在濃淡的對照，空間的分割，女體輪廓簡潔而敏銳的勾描上，完全是馬蒂斯的風格。稍後，他又迷上了保羅・克利。一九五七年的一對姐妹作，油畫「兒時的回憶之一」與「兒時的回憶之二」，一縱一橫，將畫面割裂成塊，小塊之內，或男或女，或禽或獸，或蟲或魚，創意既近克利，又似盧阿與夏高，只是造形既感零亂，命意亦甚含糊，與抗戰的兒時也不像有多少關係。一九五七年到五八年，他的興趣又轉移到畢卡索。「靜物」、「裸婦」和「舞」三幅油畫，分別模仿畢卡索綜合的立體主義、新古典主義，和玫瑰時期兼新古典時期的畫風。同時，克利的影響仍未斷絕，從克利的半抽象到帕洛克的抽象，只是一步之差。一九五八年的油畫「戰爭」，在黝藍的背景上縱橫馳突著黃白的線條，顯然是帕洛克影響下的習作。從印象主義一直模仿到抽象主義，劉國松在西洋現代畫壇的巡禮已經到了盡頭。雖然他學一位大師便像一位大師，那畢竟只是技巧的鍛鍊，裡面並沒有獨創的思想和純眞的感受。如果當時他便安於效顰，竟或停下筆來，充其量他只能算一個手腳伶俐的西化浪子。這樣的二流畫家，中國有的是，西洋當然更多；有了他，對中國或西洋的畫壇都不會有多大意義。這一點，劉國松很快便明白過來了。

一九五九年到六二年，是劉國松的「過渡時期」。所謂過渡，是指精神上、技法上，甚至工具上，都從西洋回到中國的民族傳統。有了這種醒悟，起初他仍然堅信所謂民族性只在精神而不在工具，因此他當時的雄心，是用西洋的畫布來表現中國的畫意。一九五九年的石膏油畫「詩的世界」，是他回頭跨出的第一步，可是那是具有決定性的一大步。當時他常用的步驟，是先在畫布上敷一層石膏，然後在石膏底上或擦出紋路，或滴下墨汁，或塗繪顏料。由於石膏墊底，墨水很快便四下滲開來，佈成耐看的紋理。「詩的世界」雖然化墨成趣，予人淋漓盡致之感，畢竟太落實太充塞了一點，和中國空靈飄逸的氣韻尚有一段距離。到了一九六〇年的「我來此地聞天語」一幅，工具和程序雖仍大致相同，但是用墨已經重於著色，筆墨高度集中，佈局呼應緊湊，富律動感與戲劇性，同時空間豁然開朗，留白既多，羈絆自少，在一種抽象的表現上，竟已攫到中國山水畫的神韻。

一九六一年的三幅巨構，「赤壁」、「如歌如泣泉聲」、「廬山高」，朝這方向更推進了一步。這三幅畫有好些相同的地方：第一，都是立軸式的巨畫，長達六呎；第二，無論是抽象或半抽象，都是山水蛻變而成，氣魄極爲雄偉；第三，都受到中國古典畫的啓示，但都能夠活用原意，推陳出新。例如「赤壁」是來自武元直，「如歌如泣泉聲」是來自郭熙，「廬山高」則師承沈周，雖然三幅的佈局依稀可認，但是原作的點法與皴法，到了劉國松的畫中，由於石膏吸墨的原故，不但流轉多姿，黑白相映，而且起伏不平，形成浮雕的趣味。因古生意，而賦名畫以新機，這種手法很有點畢卡索神竊的意趣。

到了「過渡時期」的後期，劉國松終於發現，要把握中國的精神，不能不回到中國的工具。他放下西洋的畫布，拿起中國的宣紙，用筆畫上濃黑的形塊，再用折皺的紙沾了淡色壓上去，造成背景的肌理。結果並不成功，因爲那效果太淺平也太僵硬，難以表現中國傳統生動的氣韻。一九六二年，劉國松改用纖維較粗的棉紙，這難題便解決了。

一九六三年起，劉國松進入了他的「成熟時期」，他的畫面終於流動中國古典的神韻，播出中國傳統的芬芳。從一九六三年的「雲深不知處」到一九六八年的「白居正中」，他的水墨抽象山水恆予人一種成熟的文化老樹著花的感覺，那感覺又像是回憶，又像是發現，發現一些忘了很久的東西，因爲忘了很久，所以重拾起來，很是新奇。劉國松把西洋的抽象表現主義引進中國山水畫的枯田，竟生出了一朵奇葩。從他的抽象山水裡，我們看到儒家的溫柔敦厚，更看到道家的自由自在，在抽象的轉化中，「不拘形迹」地流露了出來。

劉國松藝術的勝境，純然屬於中國的哲學，宜用陰陽交替之道來體會。蟠蜿迴旋在他的畫中的，是一股生生不息循環不已虛而不屈動而愈出的活力。就是那股無窮無盡無始無終的生命，恆在吸引我們。這種活潑而又自然的律動感，盤旋在他的畫面，像蛟龍，也像雲煙，像山勢起伏，也像水波蕩漾；他的畫面像是自給自足，又像是不夠完整，因爲那律動感似乎永無止境，要求破框而去。劉國松的律動感很富於戲劇性，因爲在他的畫面演出的，是「變」的本質。在中國哲學裡，生命的常態就是「變」；「變」與「常」，原是一體。「逝者如斯，而未嘗往也。」劉國松畫面的佈局，千變萬化，不可方圓，事實上只是一種障眼法，因爲幕後的本質，一個「變」字，是永遠不變的。一位藝術家能把握變即是常常即是變的眞理，應該可以自豪了。

劉國松畫面的詭譎尚不止此。如果說，畫面的筆墨是時間，則畫面的空白豈非永恆？如果說，筆墨是生命，則空白豈非死寂？如果說，畫處是「有」，則不畫處豈不是「無」？很少畫家能以不畫爲畫，而把「無」畫得這麼美的。他的畫黑白交錯，黑中有白，白中有黑，正意味著生命原是「無」中生「有」，復以「有」臨「無」，終於返「有」於「無」。讀國松的畫，常興「前不見古人，後不見來者」之感，雖覺天地悠悠，卻並不會愴然涕下，因爲變與常原是一體，黑固可喜，白亦可愛，劉國松如是說。

了解了這一點，就坦然於他的千變萬化，甚至不變不化了。論者曾謂國松的抽象山水，畫來畫去都差不多。事實上，「自其變者而觀之，則天地曾不能以一瞬，自其不變者而觀之，則物與我皆無盡也。」世界上，最善變的東西也就是最單純的東西。誰會厭於看水看雲呢？

在近十年來的「成熟時期」之中，國松的表現手法也屢見翻新。一開始，他的典型佈局，除了畫黑留白，以黑證白，造成黑白相襯的戲劇感和玄想性之外，更在黑中求變，用淡墨掃出深淺不一層次漸進的灰色，來加強著筆部份的質感，並促進律動的彈性。如果說，濃黑的律動賦畫面以雄偉，淺灰的浮動賦畫面以飄逸，則潔白的背景正爲視域伸展無邊無際的寧靜。國松常在畫成之後，將棉紙上著墨部份的纖維撕去，留下水墨不及縱橫成趣的白痕。畫面的淺灰部份，似眞似幻，若有若無，原已蒼茫幽遠，動人遐思，現在再引入這些神奇秀美的白紋，更增加水墨縱深的層次，和明暗交錯的感覺。同時，律動的部份在佈局上也往往分成一呼一應主客相對的形勢，使畫面的變化更多一層轉折。例如一九六四年的「嶺上白雲」，主旋律在上，較濃較強，輔旋律在下，較淡較弱，可是主客之間呼應緊湊，不但在墨色深淺形體迴旋上相互反映，即使是中央的那一方空間，也實在難以分辨，究竟是意在阻隔，或是在融匯。同一時期的「寒山雪霽」和「奇石圖」，都歸於相似的風格。

從一九六六年起，國松把西洋現代畫的剪貼技巧用到抽象山水上來，使畫面的肌理和色調更形繁富。同時，由於剪貼的紙邊稜角剛直，富於平面感，益加強調了水墨律動的自然生動，爲畫面又添一種變化。一九六六年的「山川」和一九六八年的「石之變位」，都是極爲動人的例子。一九六七年的「出峽過灘」，以硬邊的剪紙爲峽，復橫掃墨瀋湍湍爲灘，確是高妙的安排。

幾乎是在同時，不斷求變的國松，爲了變化畫面的色調，更在幾幅畫紙上慘淡經營，然後連接起來，合成可以橫覽的抽象風景。這種手法原有中國的屏風和西洋畫的三聯板（triptych）爲之先導。一九六八年的「白居正中」，長近六呎，是最佳的實例；畫上但見山勢蜿蜿，雲氣鬱鬱，由於畫紙上的色調明暗不一，雖然水墨的氣勢相繆不絕，到了紙邊，仍予人陰陽一割之感。這種續而斷之斷而續之至於如分如合的化境，眞是令人百看不厭。後來這種技巧在他的太空寫意裡用得更多。

到了一九六九年，多變的國松已經厭於他畫面永無休止的律動，乃開始尋求一個新的形象。他找到了圓。從此他進入了「太空時期」，成爲最古典也是最現代的一位畫家。論者或謂一九六九正是人類登月之年，國松的畫恰在其時出現球形，似有投機之嫌。這句話是不公平的。首先，相中之圓猶如空中之月，唯「捷足」者始能先登，豈可視爲投機？其次，扇面冊頁，自南宋以來早成中國畫的一個傳統，不一定要在電視上看到登月才會有圓形的靈感。早在一九六二年，國松已經畫過一幅渾圓的作品，叫做「古老的山水」，其中的斑斑駁駁和淋淋漓漓，無所不包猶如廣角鏡頭，已經遙啓他今日的太空球形。至於一九六九年的那幅「元宵節」，畫面一分爲二，下半仍是生動的旋律，上半的朱紅方塊之中，赫然浮現冷冷的月球，則是從元宵的燈籠得來的靈感。其時較太空人首次登月尚早好幾個月。

何況圓形本來就是中國玄學用以象徵生命起源的形相。太極生兩儀。國松在他的抽象山水中一再「演出」且窮極變化的，原來就是陰陽兩儀。只是他把兩儀化了開來，而用極爲戲劇性的律動，來表現陰陽消長之狀。但是他已經「變」到極限，必須重歸於「常」。圓的自給自足，有始有終，完整無缺，正是「常」的象徵。古典的玄想和太空時代的新視覺經驗，在國松的近作中合爲一體，乃見渾然而圓的「常」懸在上方，沛然而轉的「變」在下界流動，使他的宇宙在動中寓靜，靜中寓動，在相對之中保持平衡。以「地球何許」爲總題的一組太空寫意，虛與實，遠與近，空靈與博大，凝定與渾茫之間的交錯，安排得非常微妙。至此他慣有的風起雲湧，與太空船上所見的地球交疊在一起，竟然若合符節，而令觀者眼界一新。一九六九年的作品「子夜的太陽」，在洪洪濛濛的地平線上，赫然掛五輪碩大無朋鮮麗奪目的紅日，把太空烘成一片火炎炎的鬧赤，與下方的黛綠山水交映成一個明艷逼人的世界。「子夜的太陽」表現的不但是空間，也是時間。這幅巨構，用五張大紙接成，高五呎，長十呎，氣魄非常宏偉。劉國松在「子夜的太陽」中的佈局，用色，造形，都十分大膽。他打破了以前黑主灰輔的定局，改用對比華美的彩色，並且推出純然平面的造形，在等距處排開五個絕對精確的圓形，以井然的秩序君臨下方的騷動。劉國松，回頭的浪子，並沒有空手回到中國的傳統。「子夜的太陽」誠然是一幅傑作。

劉國松和畫友創辦的「五月畫會」，近年來雖因同人分散在海外，不能經常互相激勵，而漸漸失去早年的衝力，但回顧十六年來，先後入會的畫家，如顧福生、莊喆、韓湘甯、彭萬墀、馮鍾睿、陳庭詩、洪嫻，和劉國松自己，都各有傑出的表現，而「五月畫會」的聯展，包括國內的和國外的，早年也確爲臺灣的現代藝術，打開了一條出路。劉國松曾是當日這一切活動的核心人物；是他，和少數的先知先覺，一面鼓舞創作的同伴，一面說服懷疑的觀衆，使抽象畫在臺灣站住了腳。今日臺灣的觀衆普遍接受抽象畫，劉國松應是功臣之一。在論戰和思考的過程中，他先後在臺港的刊物上發表了不少文章，後來都收在《中國現代畫的路》（一九六五）和《臨摹・寫生・創造》（一九六六）那兩本論文集裡。在藝術思想上，他堅決反對摹古與崇洋，主張走第三條路，做回頭的浪子。在創作上，他果眞這麼做了，做得很是成功。同屬回頭的浪子，在向他致敬之餘，我期望他不斷地努力，爲中國的現代畫開拓更大的遠景。

——一九七三年元月

註：

李鑄晉教授用英文寫的長論《劉國松：一位中國現代畫家的成長》(*Liu Kuo-sung: the Growth of a Modern Chinese Artist*)一九六九年由臺北歷史博物館出版。本文有部份論點和資料都是採用該書，謹此聲明。

新現代詩的起點

——羅青的《吃西瓜的方法》讀後

一

吃西瓜而有方法乎？曰有。有幾種？曰倒啖之。第六種，不說。第五種，西瓜的血統。第四種，西瓜的籍貫。第三種，西瓜的哲學。第二種，西瓜的版圖。至於第一種，吃了再說。誰說的？羅青說的。羅青是誰？羅青不是誰，羅青是一個起點。

用羅青的筆法來說，起點便是終點。對舊的說來，是終點，對新的說來，便是起點了。近兩年來，羅青在臺灣詩壇的出現，多多少少象徵著六十年代老現代詩的結束，和七十年代新現代詩的開啓。在羅青的身上，我們多少看得出中國的現代詩運如何運轉，如何改向，如何在主題和語言上起了蛻變。沒有宣言或論戰，羅青的革命是不流血的。這麼一陣無痛的分娩，似乎尚未引起詩壇普遍的注目，可是這件事情，或多或少，註定要改變六十年代老現代詩的方法論，甚至本質。在這一點上，瘂弦、葉珊、王文興和我的看法是一致的。

羅青的作品，打破了老現代詩習用已久的某些「定律」。譬如說，老現代詩認定的語言必須有所謂「張力」，張力一失，垮做一堆，便成了散文。這話很有道理。不過張力雖然見於語言的安排，卻不能不符合主題的需要。把張力從主題之中抽離出來，然後在絕緣之中加工經營，很可能引起一種病態的現象：那便是，不必要的緊張，急促，甚至做作。過分經營張力，往往會犧牲整體去成全局部，變成了所謂「有句無篇」，不然便是句句動人，字字爭先，效果互相抵消，結果是一句也不可愛。羅青一出現，竟輕輕鬆鬆跳過了張力的障礙。在他一些較爲成功的詩裡，我們一點也不覺得張力的逼人。這現象，與其說羅青的詩缺乏張力，不如說他的張力遍佈於全詩，而不在一字一句。不少老現代詩雖然也曾著意經營張力，可惜局部與局部之間既無呼應，整體看來也就沒有高潮。結構散漫，可以說是老現代詩的通病。羅青以一位二十甫逾的青年詩人，已經能留意到結構的要求，實在難得。

其次，羅青既不爲張力之奴，他的「語調」也不像老現代詩中習見的那麼迫切，緊張。所謂「語調」，英文叫做 tone，也就是詩人處理題材的態度。老現代詩多的是強調自我否定社會的所謂「孤絕感」，在這種「出門即有礙，誰謂天地寬」的心情之下，詩的調門不是急驟尖拔，便是囁嚅哽咽。羅青的詩裡很少這種孤絕感。他對自然和社會都有相當濃厚的同情，和欣然觀察的興趣。雖然他對社會的認同仍遠不及與自然的合一，可是他的態度是坦然的，開放的，肯定的。他的詩裡，沒有現代秀才那種懷才不遇的酸氣。他的張力是含蓄的，他的語調也是寬厚而從容的。在本質上說來，老現代詩裡的歌哭行吟，表現的往往是歷盡滄桑的老年情懷，不然便是少年早熟的新式悲觀。羅青的詩，在情感的年齡上，似乎比較正常。眞的，老現代詩扮演的「世故」已經夠久了，新現代詩似乎應該「天眞」起來。

第三、超現實主義在我國詩壇流行既久，所謂「感性」的詩風終於淹沒了「知性」的詩風。六十年代詩壇的混亂，一半歸因於此。現代詩對傳統詩的一大反動，原是針對浪漫主義的「濫情」，不料浪漫主義的「濫情」竟爲超現實主義的「濫感」所替。紀弦在理論上方思在創作上追求的一點點主知精神，到了六十年代中葉，早已蕩然。近來有人再三強調的所謂「純粹經驗」之說，在本質上說來，實在是超現實主義衍生出來的另一支流。他們認定，詩人創作時追求的對象，應該是未經知性介入毫無概念作用的純粹經驗。這種狹隘的論調，整個推翻了知性在詩中的功用。要是說，有一類詩要表現的，不是文明人的意識，而是原始人的感覺，不是社會的相對性，而是個人的絕對性；這種敘述，其他詩人應能接受。可是要說，只有表現純粹經驗的詩，才算詩，其他的詩，由於知性的介入，只能算是雄辯，那就未免太狹窄了。而狹窄，正是一切文學和藝術的死巷。

羅青的出現，對於超現實主義和純粹經驗之說，是一大挑戰。羅青詩中的世界，既非純粹的感性，也非純粹的知性。他的創作手法，可以說，是在知性的軌道上駛行感性，說得玄一點，他的詩，正如十七世紀玄學詩派那樣，是「感性的思索」。在羅青的一些佳作之中，緊密的推理過程是顯而易見的。請看他的〈茶杯定理〉之一：

設圓圓茶几上
有兩杯茶
設一杯是熱
一杯是冷

則圓圓房間裡必會
有兩個人
一個還少
另一則老

上述定理
圓圓地球上的任何壹人
只要泡壹杯茶
安安靜靜，定可證明

令純粹經驗論者不悅的是，這樣的一首詩，不但比喻確定，而且思路清晰，更可惱的是，全詩發展的過程，簡直就是一則數理習題的演算。這樣的一首詩，算不算詩呢？當然算一首詩，而且是一首好詩，雖然我不準備這樣寫，也不鼓勵大家都這樣寫。人生不過是一盞茶的工夫，從少到老，恍如熱茶變冷，人猶此人，茶猶此茶，一切變化，都是時間促成，不信，你只要泡杯茶，冷暖自知。表面上是「泡杯茶」，實際上暗示投入生命，去體驗生老病死。這首詩有哲理，有悲憫，但說來「安安靜靜」，不動聲色，張力含蓄，意象極少。如果純粹經驗論者要否定這樣的詩，那麼陶潛的「飲酒」詩：

結廬在人境，而無車馬喧。
問君何能爾？心遠地自偏。
采菊東籬下，悠然見南山；
山氣日夕佳，飛鳥相與還。
此中有眞意，欲辨已忘言。

應該如何評價呢？除了膾炙人口的五、六、七、八四行近於所謂「純粹經驗」之外，第一句是敘述，第二句是修正，第三句是疑問，第四句是解釋，理路十分清晰，經驗毫不純粹。第九句和第十句雖爲心境的刻劃，要亦知性的分析。千餘年來的中國讀者，只覺全詩語氣深婉，吐屬自然，欣賞的情緒是極其飽滿的，並未認爲頭尾六行太涉理路，有礙純粹，而僅留下「采菊東籬下」那四行。事實上，純粹經驗論者援引中國古典詩以證其說，舉來舉去，恐怕也只能限於王維的幾首短詩，一旦面對王維稍長的作品，如〈西施詠〉，〈送綦毋潛落第還鄉〉，〈洛陽女兒行〉等，或許就要難圓其說了。至於杜甫的大部份作品，更不是什麼純粹經驗之說能窮其妙。事實上，只要稍具知性，尤其是富於社會意識的詩，其中天地之廣，都不是片面的純粹經驗論所能包羅。再舉現代詩人津津樂道的玄學派大師鄧約翰爲例：

如靈魂爲二則我們的雙魂
正直，孿生，像雙腳的圓規，
你的靈魂是立足，不見動靜，
但另一腳動時，你便相隨。

雖然你的腳守定圓心，
但當另一腳行行去天涯，
你卻也俯身，遙遙傾聽，

且再度立正，當另一腳回家。

你便是我的定點，我只能
像另一隻腳，斜斜地奔馳；
你的堅定使我將圓周畫準，
且使我止於當初的開始。（註一）

無可否認，鄧約翰的詩常像這樣，說理分明，取喻精確。表現情人之間的互信互賴，竟要用圓規畫圓相比，知性之介入不能做得更明確了，然而這首詩卻是現代西方批評家公認的好詩。削創作之足以適理論之履，是行不通的，相反的，理論家應該做聰明的鞋匠，有什麼樣的腳，就做什麼樣的鞋吧。

二

羅青的「詩齡」並不算長。《吃西瓜的方法》一集中，最早的（一九六八）和最近的（一九七一）作品之間，相隔不過三年，可是在短短的三年內，羅青的藝術成長得十分迅速。《吃西瓜的方法》（以下簡稱《吃》集）共分四卷八輯。比起後面的幾輯來，最早的幾輯不免顯得散漫而且稚嫩，可是已經隱隱包含後期發展的因子：諸如對仗的句法，平衡的篇法，平易的口語，大量的成語，近於兒戲的「擬人格」，與自然交融的喜悅，和一種秩序感很強的抽象之美。當然，在前面的幾輯裡，這些手法尚未臻於圓熟之境，所以有時候成語淪爲濫調，文言和白話的並列也不夠和諧，同時，由於分行與分段尚欠把握，結構上也顯得有點零亂。目前現代詩正從緊張與矛盾轉向平易與諧和，不少作者擺脫舊危機，立刻又面臨新危機。老現代詩的毛病是「扭得太緊」，相對之下，新現代詩的毛病則是「放得太鬆」。矯枉過正，原是常情，可是我們必須警覺，「鬆弛」絕對不等於「自然」。「自然」仍是有彈性的，至少是具備了結構上需要的張力，而「鬆弛」則意味著張力的消失。語言的鬆弛和詩質的稀薄，是互爲表裡的：陶潛的作品詩質飽滿，表現在語言上的，是自然，不是鬆弛。

羅青初期的作品，仍不能免於成語的氾濫。例如「化成那碧綠萬頃的大洋吧」（四十二頁），「爭先恐後湧出了山來」（五十頁），「三五成群結隊……一一千變萬化的，自我介紹著」（一二九頁），「總是挖空心思，想盡計謀」（一五七頁）等等詩句，就是用散文的標準來看，也不能算好句，放在詩裡，更嫌陳舊。如果說，老現代詩中有許多生硬而勉強的詞句，突兀得毫無效果，則前引的詞句「熟極而流」，「得來全不費功夫」，又平易不耐咀嚼。羅貝特・羅威爾（Robert Lowell）把詩分爲「生」和「爛」兩類。其實，太生或太爛，恐怕嚼來都無樂趣。理想的程度，該是硬而不生，或者軟而不爛吧。

《吃》集較早的作品，在文言和口語之間，時有失調的現象。例如〈玉山〉的第二段：

《聽聽那冷雨》

多少年來
在天南地北一帶
任他攔風劫星的
誰也不敢奈他何
弄得四週技窮慌亂的城市們
都呆呆的束手了

又如〈好一個安靜的所在〉第二段：

颱風過後
海上顯得特別冷清
岸上受難的椰林
相扶相助，落淒涼的淚
在交臂互慰之際，驀的，看到我——
單桅孤帆，自海底冉冉駛來

不由尷尬驚訝的
在風中正了正
不再挺直的身子

雖說老現代詩病在有句無篇，新現代詩在矯枉之餘，不再著意經營孤絕的詞句或意象，可是前引的兩段，不但文白不協，俚雅失調，而且犧牲了片段，也未必成全了整體，在《吃》集中，應該是較弱的部份。

第一卷〈許願〉裡都是最早的作品，其中佳構不多。例如追悼英千里先生的那首〈心祭〉，雖也不乏像：

在一次鞋子們的謠傳裡，老師啊
你只不過是一條荒廢已久的
小徑，靜靜消失在眾草的喧嘩裡

這樣的警句，但就全篇而論，仍嫌太鬆散，也太露骨。又例如〈故土‧故土〉一首，雖有第六，第七兩段分外精鍊，仍無法掩蓋整體的生硬和坦露。像第四段前六行中六個隱喻的轉換，主客之勢平行排列，過於明顯，就未免太機械了一點。至於寫景之作，〈玉山引十首〉成就不高，只有〈阿里山之晨〉較爲出色，餘如〈詠風季〉等，文言的腔調太重，妨礙了白話節奏的進行，使人誦讀爲難。相比之下，還是〈橫貫公路八首〉形式較有控制，擬人格的運用也較爲含蓄，其中尤以〈碧綠〉，〈大禹嶺〉，〈長春祠〉，〈禪光寺〉，〈天祥〉幾首最饒清趣。和鄭愁予同類的詩對比，愁予以柔麗取勝，羅青以清朗見長。像下列的句子，都十分乾淨明快，值得一讀再讀：

刀客般，吹熄了一盞
搖曳在枯木尖的黃昏

——〈長春祠〉

而唯一清醒的
卻是那名叫禪光的和尚
像一尊空靈的酒罈，禪坐在群峰中
動也不動，清醒得什麼似的

——〈禪光寺〉

至於像〈大禹嶺〉一類的作品，本來不長，只宜全讀，不宜節引。前引的兩段詩，在意境上融合了古典和民俗，尤其是通俗文學，甚至武俠小說的傳統，很富於中國的風味。這種風味，在後來的幾卷裡，像〈長短調〉、〈那該多好〉、〈報仇的手段〉諸首，續有經營，竟成爲羅青作品的一個商標，據說還引起過一點非議。我認爲這樣的試驗並沒有什麼不對。武俠小說的傳統源遠流長，根深柢固，可以和民謠、地方戲等等並列於中國的「底層文化」（sub-culture），凡中國的現代作家，人人都可以活加運用，來增進自己作品的鄉土感。問題不在這些傳統是否迷信或已過時，而在作家本身有沒有黑澤明那樣點鐵成金起死回生的天才吧。

第二卷〈夢的練習〉漸次展露泯句於篇的「羅青式的結構」。所謂羅式結構，有時是前後對稱，而在交互反映的過程之中，不知不覺，完成了首尾換位；有時是左顧右盼，旁敲側擊，在迂迴行進的過程之中，漸入漸深，形成高潮，且呈現主題。〈好一個安靜的所在〉是換位式結構的例子，篇首的〈日〉在不知不覺之中變成了篇末的〈星〉，這種乾淨的手法十分可喜。〈睡神〉則是漸進式結構的例子，詩分三段，睡神滲入睡者的意識，一段比一段深，到了倒數第二段，竟整個溶入了睡者的夢境而達於高潮，但末段在結尾之前，語氣稍一轉折，渾渾沌沌的黑暗，竟將結束與開始溶爲一體：

> 不驚醒空氣，不觸碰肌膚
> 我消失在你的髮叢裡，慢慢的

余光中

《聽聽那冷雨》

我溶入你的雙眼，化成一陣朦朧的輕霧
慢慢的，爲你掩上了兩扇小小的窗
我，化成了一片五彩繽紛的黑暗

哦，就在這樣美麗的黑暗裡
我所要說的故事開始了
而世界，一切的一切
也都是如此開始的
不是嗎，眠眠？

〈睡神〉一詩，語氣柔婉，落筆很輕，和落筆重慣了的老現代詩形成顯著的對照。像羅青的不少好詩一樣，〈睡神〉相當接近童話詩：除了第二段第五行至第八行不類童話詩語氣外，其他部份可以說簡直就是童話詩。在這方面，羅青依稀遙接楊喚的遺風。現代詩在經歷了六十年代的「世故」之後，又回到紀弦倡導革命以前的時代，回到那時代的「天眞」。無論在語言上，語調上，或是主題上，從楊喚、李莎、方思到羅青、林煥彰、喬林，和近年的白萩，二十年來臺灣的現代詩，似乎已經走完了一個週期。

第二卷中另一首好詩是〈白蝶海鷗和我〉。這首短小精鍊的散文詩，如果我們細加分析，並沒有什麼驚人的警句。它的妙處全在結構。前一段只有三行，在誦讀時卻有十二個頓；末一段三行半，卻只頓十次。節奏上的對比，已經暗示出小白蝶艱苦的飛撲，和海鷗長程的翺翔。在意象上，兩段之間的呼應也很緊密。前一段的小白蝶變成了後一段的海鷗，而「一大片起伏不定的屋瓦」也變成了「全世界起伏不定的海洋」。聯想的跳躍程序是：蝶、鷗、人。羅青的含蓄在於僅僅展示了由蝶到鷗的一段，而把由鷗到人的一段隱藏起來，讓讀者的想像循著結構的方向自己去追尋。現在把全詩引錄在後面，讓讀者看看，富於結構美的現代詩，如何輕輕道來，淡淡點出，而餘味無窮：

只因爲，在趕班車時，偶然，看到一隻，小白蝶
孤獨的，面對一大片起伏不定的屋瓦，挑戰式的
飛著，便停了下來——顧盼之間，頓然驚覺

竟忘了什麼叫海了

不過，車子總還是要趕的，海，也只不過是偶而
想想罷了，當然，有時望著車窗外起伏的建築出

神時，冷不防，亦會想出一隻無處棲止的，海鷗
面對全世界起伏不定的海洋

三

在第三卷〈吃西瓜的方法〉裡，羅青終於展示他特有的手法，一題數奏，奏出交相反射的許多組詩。這些組詩，意念十分單純，意象十分清晰，但兩者交相反射彼此呼應的過程，則極爲繁富。在羅青的詩中，意象與意念恆互爲表裡，開始的時候，表是表，裡是裡，猶判然可分，等到虛實之間幾經換位，虛者實之，實者虛之，已覺虛中有實，實中有虛，終於亦虛亦實，表裡溶成一片，不復可分了。這種移形換位陰陽交錯的手法，令我想起「綜合的立體主義」和「變形時期」的畢卡索。我常常覺得羅青的詩有一種近乎幾何圖形的抽象美：在這一方面，他的藝術接近林亨泰、方莘、白萩、阮囊的某些詩，甚具知性的秩序，而與超現實主義的恣縱感性大異其趣。在現代美國詩人之中，史蒂文斯（Wallace Stevens）和康明思都顯然有意汲取現代畫的精神：前者愛將一個意念翻來覆去，面面玩味，後者愛將文字本身拼拼拆拆，做搭積木的遊戲。羅青的藝術顯然傾向前者。他常在選好一個主題後，因題生題，就句引句，正正反反，側側斜斜，交交錯錯，構成一個多元空間的存在。在早期的〈故土・故土〉之中，像下面的比喻：

如果天是您的海報
　雲是您的試題
就請廣告我以雷雨
　考問我以霹靂

仍未能免於機械式的笨拙。到了第三卷，〈兩棵樹〉一詩以人觀樹開始，而以樹觀人結束，諷刺之中含有同情，對立之中仍能交感；表裡虛實之間已經具有彈性。〈茶杯定理〉，〈書房書房〉，〈手拿掃把〉等詩則更進一步，做到了表裡合一虛實不分的境地。譬如吃蛋糕，蛋黃蛋白早已難分，而蛋殼則已除盡。可是表裡判然可以指認的比喻，則令人有滿嘴蛋殼之感。例如〈手拿掃把〉一首，雖分爲首、腰、尾三段，前後的呼應卻很緊湊。第一段寫「手拿掃把的人」背對著「我們」，「我們」罩在他的陰影裡，雖然猜疑，卻莫測高深。第二段寫拿的方式，如何決定掃把的性質，悲則奏爲吉他，怒則揮成利鏟。一把掃帚幻化出這麼多的意象，大大豐富了它的象徵作用，而這段變奏也更增加了前段那種莫測高深的懸宕感。第三段寫那人轉過面來，背負天地，手伸長長的掃把，向我們掃過來。這首詩就這樣在甫達高潮時突然煞住，意象雖然極爲單純，語言也似乎不夠警策，但結構的力量迫使我們嚥下它極富抽象美和空間感的宏大境界。如果說，手拿掃把的人暗示的是神，則掃把是否即暗示死亡，而「我們」是否即指凡人？其間的關係實在值得玩味。這首詩在結構上可說無懈可擊；唯一的弱點可能是「吉打」這意象，因為第一，全詩氣氛神祕而穆肅，吉打的音樂則不盡相符，第二，吉打畢竟是西方的樂器，太偏於外國情操了一點。事實上，甚受史蒂文斯影響的羅青，寫這首詩的時候，大概不會不想到史蒂文斯的名詩〈藍吉打手〉（註二）。儘管如此，我仍要鄭重表示，〈手拿掃把〉是近三兩年來罕見的好詩。顏元叔認為文學乃哲學的戲劇化，果爾，〈手拿掃把〉可謂當之無愧。

同一卷中，我認為〈搖樹術〉也是一首手法乾淨的佳作。和其他現代詩不同的是，這首詩的語言是純淨的口語，在感覺上尤其清新，眞摯，自然，洋溢著一股健康的活力。和羅青大多數的作品不同的是，這首詩完全不用成語，因此也最接近童話詩。至於本集的主題詩〈吃西瓜的六種方法〉，我以為，並不是集中的最好作品，可是在組詩的結構上，卻提供了十分獨創的手法。吃西瓜而有六種方法，已經生動有趣，而其次序也很別致；第六種不說，也許即指「倒啖」；第五種從瓜形想到地球與星；第四種把死而入土的人和生而出土的瓜兩相對照；第三種表現西瓜自給自足的精神和中庸之道；第二種表現瓜的完整和綿綿不絕；但吃西瓜這回事不僅是哲學，更是一種經驗，所以第一種的「吃了再說」當然也是一種方法，一種好方法。

不過，羅青在組詩結構上的經營，最成功的例子，仍然要數第四卷中〈柿子的綜合研究〉那一輯作品。從「研究動機」到「研究內容」，從「柿子與我」到「研究結果」，整輯十三段詩儼然像一篇科學報告，但是從早餐桌上的柿子：

對我，擺出了一幅
日出寒山外的姿態

到水平床上的柿子：

對我，擺出了一幅
長河落日圓的姿態

又像是從早到晚，甚至從生到死的自然過程。像羅青的其他作品一樣，這一輯詩用柿子做中心意象，虛虛實實，明明暗暗，投射到許多圓的，紅的，香的意象上去；而最饒意義的疊合，是柿子和太陽，因爲柿子之爲果實，正如一枚具體而微的太陽。開始，柿子以旭日的姿態出現；後來，柿子認清了自己，準備「再用一生的過程去模仿太陽」；終於，柿子以落日的姿態悲壯地墜了下來，使作者感喟徘徊，不能自已：

一個柿子
霍然的
落在我水平水平的床上
悲壯的
對我，擺出了一幅
長河落日圓的姿態
使激動萬分的我
差點成了一隻，孤鶩
一隻盤旋而起的孤鶩
久久久久……
無枝可棲

這一輯以柿子爲觸媒的詩，催化出來的世界，雖然繁複，大致可以分成兩類；一類屬於美學經驗，包括「柿子的長像」，「柿子的重量」等幾段，一類屬於社會意義，包括「柿子的生平」，「柿子觀」等幾段。從一個中心形相交疊或影射出一個美學世界，這種手法令我們想起史蒂文斯的那首〈瓶的軼事〉（註三）。不過，這兩個世界在羅青特有的結構方式中，仍時時交疊湧現，甚至微妙地匯成一體。「第一回合」便是一個好例子：柿子的線條，渾圓而多變，屬於自然；「我」的世界裡，一切線條都工整而平行，屬於機械。所以柿子的出現對「我」的世界是一種干擾，一種挑戰。表面上，這種衝突是視覺的，美學的，但是深一層看，也可以說是哲學的，社會的，因爲「我的世界」正是工業文明的世界，一切都制度化了，轉不得彎的世界。在這方面，羅青眞不是一個簡單的詩人。他的手法在〈第三回合〉裡表現得更爲曲折：

那柿子
以其蛇行般的香氣
呑食了我的呼吸
潛入了我的血液
旋進了我的心中
旋出了一隻歌
那遙遠而熟悉的歌聲
那屬於……
幼稚園的歌聲：

排排坐，吃果果
幼稚園裡
一條蛇

喚活了童年的柿子，是生命的本能嗎？此地柿子的聯想接上了蘋果，但越過蘋果而攫住了蛇。在中國幼稚園裡最流行的這首兒歌，唱著唱著，「朋友多」忽然變成了「一條蛇」。這種寓世故於天眞的手法，具有極佳的「震駭效果」。

最後的一輯〈月亮・月亮〉，也是分成十三段的組詩，在單篇的處理上雖也多彩多姿，但在全篇的結構上則不如「柿子的綜合研究」那麼有機。羅青在本輯的後記裡說：「〈月亮・月亮〉十二首，係人類登月後，發展出來的作品。詩中所用之詞，泰半與歷史、宗教、神話有關。」我國詩人對當代重要新聞的反應，向來是冷漠而遲緩的。據我所知，從人類登月這件劃時代的大事得到靈感的，畫家只有劉國松，詩人則只有羅青等極少數幾位（註四）。以當代的大事入詩，可能只是一種早熟的反應，往往難將現實提昇到藝術之境。不過詩人處理這樣的題材，結果是歷史還是藝術，仍需取決於處理的手法，因爲文學史上不乏成功的先例（註五）。

羅青在〈月亮・月亮〉一輯中表現的世界，似乎比〈柿子的綜合研究〉更爲複雜。例如〈公寓的月亮〉顯然是批評工業文明和現代家庭；〈329 號的月亮〉顯然是歌詠某青年的一生四個階段；

〈床前的月亮〉很可能脫胎於李白、張若虛等的詩境；〈蜜蜂的月亮〉大概是指人類對太空的探討。可是有些單篇的主題和手法，就不像那麼單純。例如〈弟弟的月亮〉裡，「我」究竟是哥哥還是神，就曖昧得十分有趣。〈太太的月亮〉似乎取意於「鏡花水月」的成語，又像影射嫦娥，又像嘲弄人生，疑眞疑幻之間，也迷離得十分動人。〈司機阿土的月亮〉裡，把月亮和交通標語，方向盤，輪胎，地球等意象疊合在一起，接得很是緊密。可是走循環線的巴士，又像指人生，又像指地球，而阿土是否即指人類，或是指人類敬畏神明的潛意識，亦值得玩味。據作者本人對我透露，阿土不無「亞當」之想。果眞如此，阿土一詞實在遠勝亞當，因爲它中國化，更原始，在英文中也更含地球的聯想。至於「月亮背後印些什麼」，表面上是司機阿土的疑問，實際上豈非人類，亦即所謂「車裡的人」，對於登月後果的不安揣測。作者能把新聞接通神話和宇宙論，手法確實是高妙的。我認爲這一輯最富哲理最饒玄趣而形式上又最完整的一首，是〈手錶的月亮〉。羅青擅長的換位法，虛實相生，在這首詩裡發揮得最爲成功。如果手錶是時間因此也是人生的象徵，則月亮正象徵永恆。把手錶扔空成月，可以說是極爲戲劇化的哲學手勢。此地我必須指出，羅青雖然是一個善玩意念的詩人，他最成功的一些作品，像〈手錶的月亮〉和〈手拿掃把〉，卻是戲劇化的。拿〈手錶的月亮〉和〈床前的月亮〉一比，就可以發現，後者遠不如前者，因爲它是陳述的，不是戲劇的。佛洛斯特曾說，詩應始於喜悅，而終於智慧。下面我要引證的這首〈手錶的月亮〉，卻始於智慧，而終於喜悅。

說：帶錶是帶手銬
你就把錶取下
滴答滴答，藏錶入袋
說：長針是長槍，短針是短劍
亂揮一氣的秒針是，指東劃西的權杖
你就把槍劍權杖全部取下
答滴答滴藏錶入懷

又說：圓圓錶面的十二數字
就等於地球表面的煩惱數字

你就從滴答答滴的懷中
把疑傲嫉懼愛恨智愚生老病死
統統答滴答滴的取下——取下
然後把光光亮亮的錶，朝空一扔

扔成一個月亮，圍著你
繞著你旋著你轉著你，旋你轉你圍你繞你
成一顆，新的無名恆星

四

羅青的詩既不屬「有句無篇」的一型，引述起來是頗不方便的。他的好處，他特有的秩序感，只有在讀了他成輯的組詩之後，才能體會。一般的現代詩人，多自囿於主觀情緒和感官經驗，羅青卻能跳出「有我」之境，對層出不窮的意念作「無我」的玩味和戲劇性的表現，可謂一新現代詩的主題和手法。羅青是一個肯想，能想，想得妙，想得美的詩人，二十年前的主知運動，到他，才算找到了真能實行的詩人。典型的現代詩偏重一句一語的經營，羅青卻集中注意力於整體的結構。典型的現代詩五色繽紛如野獸派的畫面，羅青的詩卻線條乾淨光影分明如蒙德利安和尼科爾孫。典型的現代詩嚴肅到歇斯底里的程度，羅青的詩卻充滿好奇，富於同情，洋溢著幽默感。七十年代一開始，就出現了這樣的詩人，是一個健康的新機。問題不在羅青目前究竟成功了多少，而在他的方向會把臺灣的現代詩引到哪裡去。我相信，那邊的天地是相當廣闊的。

——一九七三年元月二十四日午夜

註：

一、見鄧約翰詩〈勿爲離別苦〉(A Valediction: Forbidding Mourning : by John Donne)。

二、The Man with the Blue Guitar: by Wallace Stevens.

三、Anecdote of the Jar: by Wallace Stevens.中譯見我編譯的《英美現代詩選》一六四頁。

四、夏菁的〈太陽神八號回航記〉的末段，和羅青的〈蜜蜂的月亮〉在主題和意象上略微近似，但〈蜜蜂的月亮〉仍比較主知。夏菁這首詩發表在《現代文學》第三十七期。

五、姑不論詩史杜甫的〈兵車行〉、〈哀江頭〉、〈哀王孫〉、〈聞官軍收河南河北〉等名作在中國古典詩中的可貴傳統，即在英國文學史上，亦多此例。米爾頓的〈聞敵將攻城〉(When the Assault Was Intended to the City)和〈聞皮德芒濫殺無辜〉(On the Late Massacre in Piedmont)，華茲華斯的〈哀威尼斯共和國之淪亡〉(On the Extinction of the Venetian Republic)等，皆詠時事。在現代詩中，惠特曼、哈代、葉慈、奧登等也都寫過這樣的作品。

變通的藝術

——思果著《翻譯研究》讀後

「東是東，西是西，東西永古不相期！」詩人吉普林早就說過。很少人相信他這句話，至少做翻譯工作的人，不相信東方和西方不能在翻譯裡相遇。調侃翻譯的妙語很多。有人說，「翻譯即叛逆」。有人說，「翻譯是出賣原詩」。有人說，「翻譯如女人，忠者不美，美者不忠。」我則認為，翻譯如婚姻，是一種兩相妥協的藝術。譬如英文譯成中文，既不許西風壓倒東風，變成洋腔洋調的中文，也不許東風壓倒西風，變成油腔滑調的中文，則東西之間勢必相互妥協，以求「兩全之計」。至於妥協到什麼程度，以及哪一方應該多讓一步，神而明之，變通之道，就要看每一位譯者自己的修養了。

翻譯既然是移花接木，代人作嫁的事情，翻譯家在讀者心目中的地位，自然難與作家相提並論。早在十七世紀，大詩人朱艾敦就曾經指出，對翻譯這麼一大門學問，世人的讚美和鼓勵實在太少了。至主要的原因，是譯者籠罩在原作者的陰影之中，譯好了，光榮歸於原作，譯壞了呢，罪在譯者。至於譯者如何慘淡經營，如何克服困難，如何化險爲夷，絕處逢生，其中的種種苦心與功力，除了有能力也有時間去參照原文逐一研讀的少數專家之外，一般讀者是無由欣賞的。如果說，原作者是神靈，則譯者就是巫師，任務是把神的話傳給人。翻譯的妙旨，就在這裡：那句話雖然是神諭，要傳給凡人時，多多少少，畢竟還要用人的方式委婉點出，否則那神諭仍留在雲裡霧裡，高不可攀。譯者介於神人之間，既要通天意，又得說人話，眞是「左右爲巫難」。讀者只能面對譯者，透過譯者的口吻，去想像原作者的意境。翻譯，實在是一種信不信由你的「一面之詞」。

有趣的是，這「一面之詞」在讀者和譯者看來，卻不盡相同。讀者眼中的「一面之詞」的確只有一面，只有中文的一面。譯者眼中的「一面之詞」卻有兩面：正面中文，反面是外文。如果正面如此如此不妥，那是因爲反面如彼如彼的關係。一般譯者不會發現自己的「一面之詞」有什麼難解，累贅，甚或不通的地方，就因爲他們「知己知彼」（？），中文的罪過自有外文來爲它解嘲。苦就苦在廣大的讀者只能「知己」，不能「知彼」；譯者對「神話」領略了多少，他們無從判斷，他們能做的事，只在辨別譯者講的話像不像「人話」。

這就牽涉到翻譯上久持不下的一個爭端了。一派譯者認爲譯文應該像創作一樣自然，另一派譯者則相反，認爲既然是翻譯，就應該像翻譯。第二派譯者認爲，既然是外國作品，就應該有點外國風味，而且所謂翻譯，不但要保存原作的思想，也應該保存原作的形式，何況在精鍊如詩的作品之中，思想根本不能遺形式而獨立。如果要茱麗葉談吐像林黛玉，何不乾脆去讀《紅樓夢》？有人把米爾頓的詩譯成小調，也有人把薩克瑞的小說譯成京片子。這種譯文讀起來固然「流暢」，可是原味盡失，「雅」而不信，等於未譯。

第一派譯者則認爲，「精確」固然是翻譯的一大美德，但是竟要犧牲「通順」去追求，代價就太大了。例如下面這句英文：Don't cough more than you can help.要保持「精確」，就得譯成「不要比你能忍的咳得更多」，甚至「不要咳得多於你能不咳的。」可是這樣的話像話嗎？其實呢，這句英文只是說，「能不咳，就不咳。」在堅守「精確」的原則下，譯者應該常常自問：「中國人會這樣說嗎？」如果中國人不這樣說，譯者至少應該追問自己：「我這樣說，一般中國人，一般不懂外文的中國人，能不能了解？」如果兩個答案都是否定的，譯者就必須另謀出路了。譯者追求「精確」，原意是要譯文更接近原文，可是不「通順」的譯文令人根本讀不下去，怎能接近原文呢？不「通順」的「精確」，在文法和修辭上已經是一種病態。要用病態的譯文來表達常態的原文，是不可能的。理論上說來，好的譯文給譯文讀者的感覺，應該像原文給原文讀者的感覺。如果原文是清暢的，則不夠清暢的譯文，無論譯得多麼「精確」，對原文說來仍是「不忠」，而「不忠」與「精確」恰恰相反。

爲了「精確」不惜犧牲其他美德，這種譯者，在潛意識裡認爲外文優於中文，因爲外文比中文「精確」。這種譯者面對「優越」而「精確」的外文，誠惶誠恐，亦步亦趨，深恐譯漏了一個冠詞，代名詞，複數，被動的語氣，或是調換了名詞和動詞的位置。比起英文來，中文似乎不夠「精確」，不是這裡漏掉「一個」，便是那裡漏掉「他的」。例如中文說「軍人應該忠於國家」，用英文說，就成了 A soldier should be loyal to his country. 如果要這類精確主義的譯者再譯成中文，一定變成「一個軍人應該忠於他的國家。」增加了「一個」和「他的」兩個修飾語，表面上看來，似乎更精確了，其實呢一點意義也沒有。這便是思果先生所謂的「譯字」而非「譯句」。再舉一個典型的例子：「一些幸福的家庭全都一樣；每一個不幸的家庭卻有它自己的不幸。」（註一）恍惚一看，譯文好像比統計報告還要「精確」，實際上這樣的累贅毫無效果。前半句中，「一些」和「全都」不但重複，而且接不上頭，因爲「一些」往往僅指部份，而「全都」是指整體。通常我們不說「一些……全都……」而說「所有……全都……」實際上，即使「所有……全都……」的句法，也是辭費。後半句中，「每一個」和「它自己」也重疊得可厭。托爾斯泰的警句，如果改譯成：「幸福的家庭全都一樣；不幸的家庭各有不幸。」省去九個字，不但無損文意，抑且更像格言。下面是一個較長的例子：

> 「你繼續讀下去，因爲他已答應你一個『奇妙的』故事。作這麼大膽的一個許諾是需要一位極有自信心的長篇小說家的。但狄更司卻確信他能兌現，而這種確信，這種自信，就即時被轉移到讀者的身上。你在開頭的幾行裡就覺得你是在一位實事求是的人的面前。你知道他是當真的，他會是一個言而有信的人。某件『奇妙的』事情將會來自這個他準備講述的故事。」（註二）

在不懂英文的中國讀者看來，上面這一段「一面之詞」的毛病是顯而易見的。第一句裡，「他已答應你一個『奇妙的』故事」的說法，不合中國語法。中國語法得加一兩個字，才能補足文意。通常不是說「他已答應給你一個『奇妙的』故事」，便是說「他已答應你說一個……」第二句的語病更大。「作……一個許諾」的說法，是典型的譯文體，且已成爲流行的新文藝腔。至於「作……一個許諾是需要一位……的」，也是非常歐化的句法，不但彆扭，而且含混。實際上，作這種許諾（就算「作許諾」吧）的，正是下文的小說家自己，可是譯文的語氣，在不懂英文的人看來，好像是說，甲作什麼什麼，需要乙如何如何似的。同時，「一個」和「一位」也都是贅詞。第二句讓中國人來說，意思其實是：只有極富自信心的長篇小說家，才敢這麼大膽保證（或是「才敢誇下這種海口」，「才會許這麼一個大願」，「才會許諾得這麼大膽」）。第三句勉勉強強，但是後半段的「這種自信，就即時被轉移到讀者的身上」，也十分夾纏。如果我們刪去「被」字，文意就通順得多了。而其實，更簡潔的說法是「這種自信，立刻就傳到讀者的身上。」我用「立刻」而不用「即時」，因爲前引譯文的第三句中，連用「卻確」和「就即」，音調相當刺耳。第四句的後半段，不但語法生硬，而且把兩個「的」放得這麼近，也很難聽。可以改成「你正面對一位實事求是的人」，或是「你面對的是一位實事求是的人。」第五句略有小疵，不必追究。最後一句的毛病也不少。首先，「某件『奇妙的』事情」，原文想是something "wonderful"。果然，則「某件」兩字完全多餘。至於「將會來自這個他準備講述的故事」，把英文文法原封不動譯了過來，甚至保留了子句的形式，眞是精確主義的又一實例。「這個」兩字橫梗其間，非但無助文意，而且有礙消化。換了正常的中文，這一句的意思無非是「『奇妙的』東西會出現在他要講的故事裡」，或者倒過來說，「他要講的故事裡會出現『奇妙的』東西。」

這種貌似「精確」實爲不通的夾纏句法，不但在譯文體中早已猖獗，且已漸漸「被轉移到」許多作家的筆下。崇拜英文的潛意識，不但使譯文亦步亦趨模仿英文的語法，甚且陷一般創作於效顰的醜態。長此以往，優雅的中文豈不要淪爲英文的殖民地？用中文來寫科學或哲學論文，是否勝任愉快，我不是專家，不能答覆。至於用中文來寫文學作品，就我個人而言，敢說是綽綽有餘的。爲了增進文體的彈性，當然可以汲取外文的長處，但是必須守住一個分寸，妥加斟酌，否則等於向外文投降。無條件的精確主義是可怕的。許多譯者平時早就養成了英文至上的心理，一旦面對英文，立刻就忘了中文。就用 family member 這個詞做例子吧，時至今日，我敢說十個譯者之中至少有七個會不假思索，譯成「家庭的一員」或「家庭的一份子」，竟忘了「家人」本是現成的中文。許多準作家就從這樣的譯文裡，去親炙托爾斯泰和佛洛貝爾、愛默生和王爾德。有這樣的譯文壯膽，許多準作家怎不油然而生「當如是也」之感？

在這樣的情形下，思果先生的《翻譯研究》一書，能適時出版，是值得我們加倍欣慰的。我說「我們」，不但指英文中譯的譯者，更包括一般作家，和有心維護中文傳統的所有人士。至於「加倍」，是因爲「翻譯研究」之爲文章病院，診治的對象，不但是譯文，也包括中文創作，尤其是飽受「惡性西化」影響的作品。從文學史看來，不但創作影響翻譯，翻譯也反作用於創作。例如十六世紀法國作家賴伯雷（François Rabelais）簡潔有力的作品，到了十七世紀蘇格蘭作家厄爾克爾特爵士（Sir Thomas Urquhart）的譯文裡，受了當時英國散文風格的影響，竟變得艱澀起來。相反地，一六一一年欽定本聖經的那種譯文體，對於後代英國散文的寫作，也有極大的影響。譯文體誠然是一種特殊的文體，但畢竟仍是一種文體，無論有多礙手礙腳，在基本的要求上，仍應具備散文常有的美德。因此，要談翻譯的原理，不可能不涉及創作。也因此，由一位精通外文的作家來談翻譯，當然比不是作家的譯者更具權威。

思果先生不但是一位翻譯家，更是一位傑出的散文家。他的散文清眞自如，筆鋒轉處，渾無痕跡。他自己也曾懸孟襄陽的「微雲淡河漢，疏雨滴梧桐」為散文的至高境界。思果先生前後寫了三十多年的散文，譯了二十本書，編過中文版的《讀者文摘》，教過中文大學校外進修部的高級翻譯班，更重要的是，他曾經每天用七小時半的功夫結結實實研究了七年的翻譯。由這麼一位多重身分的高手來寫這本《翻譯研究》，眞是再好不過。思果先生的散文是此道的正格，我的散文走的是偏鋒。在散文的風格上，我們可說是背道而馳。在創作的理論上，我們也許出入很大。但是在翻譯的見解上，我們卻非常接近。《翻譯研究》的種種論點，除了極少數的例外，我全部贊同，並且支持。

我更欽佩本書的作者，早已看出翻譯的「近憂」，如不及時解救，勢必導致語文甚至文化的「遠慮」。一開卷，作者就在序言裡指出：「中國近代的翻譯已經有了幾十年的歷史，雖然名家輩出，而寡不敵衆，究竟劣譯的勢力大，電訊和雜誌上的文章多半是譯文，日積月累，幾乎破壞了中文。我深愛中國的文字，不免要婉言諷諭。」

在「引言」裡作者又說：「我更希望，一般從事寫作的人也肯一看這本書，因爲今天拙劣不堪的翻譯影響一般寫作，書中許多地方討論到今天白話文語法和漢語詞彙的問題，和任何作家都有關係，並非單單從事翻譯的人所應該關心的。」

翻譯既是語文表達的一種方式，牽此一髮自然不能不動全身。文章曾有「化境」、「醇境」之說，譯筆精進之後，當然也能臻於此等境界。思果先生在《翻譯研究》裡卻有意只彈低調。他指出，妙譯有賴才學和兩種語文上醇厚的修養，雖然應該鼓勵，但是無法傳授。同時，妙譯只能寄望於少數譯家，一般譯者能做到不錯，甚至少錯的「穩境」，已經功德無量了。思果先生的低調，只是針對「惡性西化」或「畸形歐化」而發。「畸形歐化」是目前中譯最嚴重的「疵境」，究其病源，竟是中文不濟，而不是英文不解。事實上，歐化分子的英文往往很好，只是對於英文過分崇拜以致於泥不能出，加上中文程度有限，在翻譯這樣的拔河賽中，自然要一面倒向英文。所以爲歐化分子修改疵譯，十之七八實際上是在改中文作文。這是我在大學裡教翻譯多年的結論。

思果先生的研究正好對症下藥。他給譯者最中肯的忠告是：翻譯是譯句，不是譯字。句是活的，字是死的，字必須用在句中，有了上下文，才具生命。歐化分子的毛病是，第一，見字而不見句，第二，以爲英文的任何字都可以在中文裡找到同義詞，第三，以爲把英文句子的每一部份都譯過來後，就等於把那句子譯過來了。而其實，英文裡有很多字都沒有現成的中文可以對譯，而一句英文在譯成中文時，往往需要刪去徒亂文意的虛字冗詞，塡滿文法或語氣上的漏洞，甚至需要大動手術，調整文詞的次序。所謂「勿增、勿刪、勿改」的誡條，應該是指文意，而不是指文詞。文詞上的直譯，硬譯，死譯，是假精確，不是眞精確。

《翻譯研究》針對畸形歐化的種種病態，不但詳爲診斷，而且細加治療，要說救人，眞是救到了底。照說這種臨床報告註定是單調乏味的，可是一經散文家娓娓道來，竟然十分有趣。例如七十三頁，在「單數與複數」一項下，作者爲日漸蔓延的西化複數「們」字開刀，特別舉了下面幾個病例：

土人們都圍過來了。

女性們的服裝每年都有新的花樣。

童子軍們的座右銘是日行一善。

醫生們一致認爲他已經康復了。

作者指出，這些「們」（也許應該說「這些『們』們」）都是可刪的，因爲「都」和「一致」之類的副詞本就含有複數了，而且既言「女性」，當然泛指女人。至於「童子軍」還要加「們」以示其多，也是甘受洋罪，因爲這麼一來，佈告欄裡的「通學生」、「住校生」、「女生」、「男生」等等，豈不都要加上一條「們」尾了嗎？目前已經流行的兩個邪「們」，是「人們」和「先生們」。林語堂先生一看到「人們」就生氣。思果先生也指出，這個「人們」完全是無中生有，平常我們只說「大家」。「先生們」經常出現在對話的譯文裡，也是畸形歐化的一個怪物。平常我們要說「各位先生」。如果有人上臺演講，竟說「女士們，先生們」，豈不是笑話？這樣亂翻下去，豈不要憑空造出第三種語言來了嗎？

一四四頁，在「用名詞代動詞」項下，作者的手術刀揮向另一種病症。他指出，歐化分子有現成的動詞不用，偏愛遷就英文語法，繞著圈子把話拆開來說。例如「奮鬥了五年」不說，要說成「作了五年的奮鬥」。「大加改革」不說，要說成「作重大改革」。同樣地，「拿老鼠做試驗」要說成「在老鼠身上進行試驗」。「私下和他談了一次」要說成「和他作了一次私下談話」。「勸她」要說成「對她進行勸告」。「航行」要說成「從事一次航行」。

一七三頁，在「代名詞」項下，作者討論中譯的另一個危機：「They are good questions, because they call for thought-provoking answers.是平淡無奇的一句英文。但也很容易譯得不像中文。（they 這個字是翻譯海中的鯊魚，譯者碰到了它就危險了……）就像『它們是好的問題，因爲它們需要對方做出激發思想的回答』，眞再忠於原文也沒有了，也不錯；就是讀者不知道那兩個『它們』是誰。如果是朗誦出來的，心中更想不起那批『人』是誰。『好的問題』，『做出……的回答』不像中國話。如果有這樣一個意思要表達，而表達的人又沒有看到英文，中國人會這樣說：『這些問題問得好，要回答就要好好動一下腦筋（或思想一番）。』」這樣的翻譯才是活的譯句，不是死的譯字，才是變通，不是向英文投降。

一九〇頁，作者討論標點符號時說：「約二十年前我有很久沒有寫中文，一直在念英文，寫一點點英文，來港後把舊作整理，出了一本散文集。友人宋悌芬兄看了說：『你的句子太長。』這句話一點不錯。我發見我的逗點用得太少，由此悟到中英文標點最大不同點之一就是英文的逗點用得比中文少，因此把英文譯成中文，不得不略加一些逗點。」只有眞正的行家才會注意到這一點。我不妨補充一句：英文用逗點是爲了文法，中文用逗點是爲了文氣（在我自己的抒情散文裡，逗點的運用完全是武斷的，因爲我要控制節奏）。根據英文的文法，像下面的這句話，裡面的逗點實在是多餘的，可是刪去之後，中文的「文氣」就太急促了，結果仍然有礙了解：「我很明白，他的意思無非是說，要他每個月回來看我一次，是不可能的。」英文文法比較分明，句長二十字，往往無須逗點。所以歐化分子用起逗點來，也照樣十分「節省」。下面的譯文是一個極端的例子：「同時，史克魯治甚至沒有因這樁悲慘的事件而傷心得使他在葬禮那天無法做一個卓越的辦事人員以及用一種千眞萬確的便宜價錢把葬禮搞得穆肅莊嚴。」（註三）數一數，六十二個字不用一個標點，實在令人「氣短」。

不過，《翻譯研究》裡面也有少數論點似乎矯枉過正，失之太嚴了。作者爲了矯正畸形歐化的流弊，處處爲不懂英文的讀者設想，有時也未免太周到了。實際上，今天的讀者即使不懂英文，也不至於完全不解「西俗」或「洋務」，無須譯者把譯文嚼得那麼爛去餵他。例如一八六頁所說：「譬如原文裡說某一個國家只有美國Nebraska州那麼大。中國省分面積最接近這一州的是江西。不妨改爲江西省。這種改編誰也不能批評。」恐怕要批評的人還不少，其中可能還有反歐化分子。因爲翻譯作品的讀者，除了欣賞作品本身，也喜歡西方的風土和情調，願意費點精神去研究。記得小時候讀《處女地》的中譯本，那些又長又奇的俄國人名和地名，非但不惱人，而且在舌上翻來滾去，反而有一種如聞其聲如臨其境的快感。同時，一個外國人說得好好的，爲什麼要用江西來作比呢？英文中譯，該是「嚼麵包餵人」而非「嚼飯餵人」吧。以夏代夷，期期以爲不可，一笑。這些畢竟是書中的小瑕，難掩大瑜。一五二頁，作者把《紅樓夢》的一段文字改寫成流行的譯文體，讀來令人絕倒。這段虛擬的文字，無疑是「戲和體」（parody）的傑作，歐化分子看了，該有對鏡之感。在結束本文之前，我忍不住要引用一節，與讀者共賞：

> 在看到她吐在地上的一口鮮血後，襲人就有了一種半截都冷了的感覺，當她想著往日常聽人家說，一個年輕人如果吐血，他的年月就不保了，以及縱然活了一個較長的生命，她也終是一個廢人的時候，她不覺就全灰了她的後來爭榮誇耀的一種雄心了。在此同時，她的眼中也不覺地滴下了淚來。當寶玉見她哭了的時候，他也不覺心酸起來了。因之他問：「你心裡覺得怎

麼樣？」她勉強地笑著答：「我好好地，覺得怎麼呢？」……林黛玉看見寶玉一副懶懶的樣子，只當他是因爲得罪了寶釵的緣故，所以她心裡也不自在，也就顯示出一種懶懶的情況。鳳姐昨天晚上就由王夫人告訴了她寶玉金釧的事，當她知道王夫人心裡不自在的時候，她如何敢說和笑，也就作了一項決定，隨著王夫人的氣色行事，更露出一種淡淡的神態。迎春姊妹，在看見著眾人都覺得沒意思中，她們也覺得沒有意思了。因之，她們坐了一會兒，就散了。

這樣作賤《紅樓夢》，使人笑完了之後，立刻又陷入深沉的悲哀。這種不中不西不今不古的譯文體，如果不能及時遏止，總有一天會喧賓奪主，到那時，中國的文壇恐怕就沒有一寸乾淨土了。

——一九七三年二月十日午夜

註：

一、一九七三年一月號《幼獅文藝》一三九頁第二行。這是托爾斯泰的小說《安娜．卡列妮娜》的開卷語。

二、同一期的《幼獅文藝》一三九頁十二行至十五行。

三、同一期的《幼獅文藝》一四九頁三至五行。語出狄更斯的小說《聖誕頌歌》開卷第四段，裡面說些什麼，我無論如何也看不懂。從譯文裡根本看不出爲什麼狄更斯是一位文豪。

向歷史交卷

——《中國現代文學大系》總序

就世界文壇的發展而言，二次大戰到現在，自成一個時期，和二十年代或三十年代的思潮大不相同。冷戰的延續，民權的覺醒，性的開放，暴力的氾濫，民族主義的抬頭，大衆傳播的壟斷文化，大都市的畸形發展，與隨之而來的人口爆炸和自然染污，科學的權威，專家的政治，和登陸月球等導致的宗教式微，在在都使當代的作家目迷心亂，窮於詮釋。面對這麼繁複而重大的挑戰，傳統文化的力量似乎甚爲微弱。在價值紊亂的過渡時代，存在主義也許可以支持少數的心靈，卻無從解決廣大知識分子的惶恐和困惑。

相對於世界文壇的新局面，中國文學的發展，也進入了一個史無前例的新階段。在大陸，文學變成政治的工具，自由的創作已無可能。在臺灣，平時與戰時的難以劃分，傳統文化與西方思潮的難以諧和，農業社會進入工業社會的價值脫節，大陸遷來海島的鬱悶心境和懷鄉情緒，二十年來（一九五〇到一九七〇），表現在作家的筆下，相激相盪，形成了一種新的文學，一種異於五四早期新文學的所謂現代文學。

一般說來，在文化上要形成一個獨立自足的時期，二十年似乎嫌短。唐詩而分初盛中晚，歐洲文藝而分新古典與浪漫，都不是短短的三二十年所能為功。一位作家的創作生命，往往還不止二十個寒暑，何況一整個文學運動？不過到了二十世紀，社會形態的變遷日見加速，作家對於生命的感受以及對於語言的處理，也隨之加速變化。艾略特在論葉慈時曾說，時至今日，詩似乎二十年左右為一代。有人甚至認為，最具時代感的新藝術、搖滾樂，應以五年為一代。

這樣短暫的分期觀念，很可能是一種時代的近視症。我們習於詳今略古，近者易見其異，遠者易見其同，這原是非常自然的現象。不過我們揮刀斷水，從過去二十年的詩、散文、小說之中，斟酌復斟酌，終於整理出這麼一部斷代選集，倒不是因為我們相信艾略特的話，而是因為這段時期，在政治局勢、社會形態、地理背景和文化環境等等都很特殊的情形下，我們的詩人、散文家、小說家，確乎創造了一種異於五四及三十年代的新文學，而且隱隱呈現了近乎運動的共同趨勢。

即以文學本身的背景而論，五十年代的初期也是極為特殊的。半個世紀的日據，使得本省同胞和國語完全隔離，和祖國的新文學也脫了節，所以一時無由參加中國文學在臺灣的開拓工作。另一方面，大陸來臺的作家之中，已經成名且號召有力的，簡直寥落可數。同時這些避秦海外的名作家，都身在學府，一時也無意在文壇上活動，何況光復之初，也沒有什麼文壇可言。在這種情形下，有志於文學的年輕一代，有如置身於荒原之上，而不得不自己去建立價值，尋求方向。

在一個欠缺偶像的文壇上，有利於青年作者的條件，是無需趨附與盲從，可以自由發揮，不利的條件也在這裡，因爲欠缺了公認的標準，也苦無學習的對象。年長一些的，像覃子豪和紀弦，在新文學中浸漬既久，尚能承前人之餘韻，並稍啓來者之先聲，可是更年輕的一代，便不免有點四顧茫茫了。這時由於政治局勢異於平時，五四以來的新文學作品，除了徐志摩、朱自清等極少數例外和還臺名作家的一些，幾乎完全成了禁書。一個年輕作家學習的對象，縱而言之，有中國悠久的古典文學，橫而言之，有外國的文學，尤其是歐美和近鄰的日本現代文學，可是在父親一代的老作家，所謂「走在前面的一代」（immediate predecessors）之中，卻沒有幾位可供借鏡、親炙。這種與昨日脫節的現象，在文學史上雖不乏前例，畢竟是罕見的。也就難怪，在五十年代的初期，仍然有這麼多作家，在念舊和懷鄉的心情下，向徐志摩和朱自清的遺作頻頻索取養分。

可是更多的作者，也是更年輕的一群，已經不能滿足於這種方式的學習。五四時代的作品，即使在五十年代的初期，也已經是二三十年前的陳跡，何況五四的世界已經是一次大戰後的世界，和二次大戰後的世界大不相同。在前無「古人」的空虛之中，年輕的一代很自然地轉向西方去尋求學習的對象。二十世紀初期，西方現代文壇最流行的兩大思潮，一爲馬克斯主義，一爲佛洛伊德學說。來臺的作家們，逃避的和反抗的，就是前者的集體主義和淪爲政治工具的宣傳文學。在那樣的餘悸和厭煩之下，一般作家甚至對一切直接反映現實社會的文學，都起了反感，至少起了懷疑。餘下來的一條路，似乎就只有向內走，走入個人的世界，感官經驗的世界，潛意識和夢的世界。佛洛伊德的泛性說和心理分析，意識流手法的小說，反理性的詩等等，乃成爲年輕作者刻意追摹的對象。在世局動盪文化交替的現代，如何撥開抽象概念和刻板理論的煙霧，去正視、去親身體驗生存的實質，從而決定自己的價值，讓自己去負責遵守；這該是每一個作者遲早要面臨的問題。從吸收佛洛伊德到親炙存在主義，在當時，實在是一個自然而然的傾向。

這當然只是一個顯著的傾向，並非二十年來西方文學輸入的全貌。事實上，除了上述的兩大影響外，我國現代文學接受的外來影響，尚有十九世紀以來西歐、美國、日本的詩和小說，新潮派的電影，和印象主義以來的現代藝術。里爾克、艾略特、葉慈、梵樂希、康明思、佛洛斯特的詩，漢明威、喬艾斯、卡夫卡的小說，在年輕一代的心目中，取代了三十年代影響很深的羅曼羅蘭、易卜生、蕭伯納，和帝俄的作家們。從柏格曼到黑澤明的新電影，從莫內到巴洛克的新藝術，對我們的作家，都有過或大或小的啓示。很奇怪的一點，是西方的新音樂，無論是史特拉文斯基和荀伯格以後的正宗現代音樂，或是普瑞斯利以後的搖滾樂，都沒有引起廣大文壇的注意。一般作家欣賞的，仍然是正統的古典音樂。

儘管如此，我們仍然不能說二十年來的現代文學完全是由西方的現代文藝促成的。臺灣地處國際海運和空運的要衝，和美國日本的交流既如此頻繁，中國傳統文化的蘊蓄又不若舊日的大陸那麼富厚，則年輕一代在文學上的「西化」也是意料中事。不過中國古典文學的傳統，和五四新文學在來臺作家間的流風餘韻，仍然有極爲巨大的潛力。即以詩、小說、散文三者而言，所謂「西化」的程度，也是深淺不一的。比較起來，二十年間，詩受到的外來影響最深，小說次之，散文最淺。照說詩在中國文學中原是最爲富厚的遺產，抗拒歐風美雨的潛力也應該最大，不至於率先「西化」起來才對。可是，如果我們肯細加分析，就不難發現，我們的古典詩傳統太久，至少在語言上和形式上已經發展到了極限，早呈僵化的形態；民國以後的所謂「舊詩」，更是陳腔濫調的排列組合，既少生命，也無讀者可言。另一方面，五四以來的所謂「新詩」，成就不高，也沒有形成可以涵煦後人的傳統，何況在臺灣，可以親炙的新詩更是有限。「舊詩」太舊，「新詩」又不夠新，年輕一代因此乞援於西方的現代詩，是很自然的事。小說「西化」的程度，比詩淺，「西化」的時間，也比詩稍晚。原因頗爲複雜，其中的一個，可能是中國小說傳統的壓力較詩爲小，發展也比詩晚得多，因此和時代的「相對性」也要小些。一部《紅樓夢》，對於中國新文學的殘餘影響，恐怕要大於任何古典詩人吧。其次，無論如何接受外來的影響，一篇小說總不像一首詩那樣便於凌越本國的社會背景和語言習慣。雪萊可以用阿西曼地亞斯來諷刺人性，莎士比亞可以用古羅馬人來詮釋人生，可是想到狄更斯和莫泊桑，總不能完全無視於英國和法國的社會吧？漢明威把「人生」，或者不如說「死亡」，搬到歐洲去，但經驗的焦點還是在美國人的身上。即使以古喻今以至出今入古而做到超越時空限制的喬艾斯，也無法不把荷馬史詩的架子，搭在都柏林的社會背景上。此外，比起詩來，小說總是較爲「大衆化」的文學，小說家的心目中，編者、讀者，和評者的比重，似乎要比詩人心目中的，要稍稍大些。詩人畢竟不能靠稿費維生，樂得超脫一些，放手去做自己「反傳統」的試驗。

小說既然比較耗時耗力，小說家對於區區稿費的指望，自然不如詩人那樣可有可無。小說家的「革命」，一般而論，可能小些。詩人可以動輒辦一個同人詩刊，鼓吹一種詩風。小說家，除了《現代文學》和《文學季刊》等作家外，很少辦一個同人小說刊；何況《現文》和《文季》也還是綜合性的雜誌。

散文在中國的文學裡，具有與詩同樣富厚的傳統，和同樣崇高的地位。如果把哲學和歷史的著作解釋爲廣義的散文，則我們幾乎要說，從早期的中國文學史看來，散文的成就似乎比詩要博大一些，另一方面，詩過了唐宋，似乎就難推陳出新，欲振乏力。散文到了明朝，還能產生公安派的「反傳統」運動，入清以後，雖又出現復古的桐城派，但明清的小說已經運用白話做創作的工具，對於五四以來的散文，早已遙啓先聲。散文的傳統沒有像詩的傳統那樣單線發展，乃能免於僵化。光復二十年來，國語運動的推行相當成功，也是一個幫助。

另一方面，小品文在十九世紀的西方文學雖很風行，散文大家也出現了不少，可是在二十世紀的西方文學裡，散文，尤其是親切可誦的小品文，卻是很弱的一環，因此我們的散文受西方的影響最小。這個現象，是好是壞，非我所欲評論。我只想指出：可能因爲如此，二十年來，臺灣的詩和小說都已創出了新的局面，只有散文，水準雖然整齊，創新卻嫌不足。五四初期的新文學，甚至對今日的散文，仍有相當的影響；對今日的小說，影響就小得多；至於對今日的所謂現代詩，已經毫無影響。此外，散文還有一個現象，值得我們注意。一般的散文，對於技巧的要求，不像詩和小說那麼苛嚴，在想像的天地裡，也似乎不像詩和小說那麼接近純粹的藝術。也因爲如此，在這些選集裡，我們頗有一些詩人或小說家「兼爲」散文家的例子，但相反的例子就少得多。這種立論，希望我們的散文家不要介意。因爲詩和小說既然更「純粹」更「想像」，所擔的「風險」當然也就更大：一篇失敗的散文總不至於面目全非，可是一篇失敗了的詩或小說，往往就一敗塗地。同時，散文既然比較落實，也就比較有客觀的標準：亂評一篇散文，比起亂評一首詩來，總要更大的勇氣吧。如果說，散文是文學的起點，詩是文學的終點，未免迹近武斷。如果說，散文是文學的「測謊器」，當爲大多數讀者所接受。詩人和小說家，有時可以假派別或主義之名巧爲辯解，而自圓其說，散文家妍媸立判，「混」的機會要小得多。詩人和小說家是可羨的，散文家是可親的，至少，也是可靠的。

從社會背景來分析我們作家的成分，是一件很有趣的事情。有幾種作家的大量出現，是五四以來史無前例的。第一是出身軍中的作家。新文學初期，曾經產生過少數傑出的軍中作家，不過他們的成就比較限於小說，他們的數量也遠遜於文人作家。這二十年來，由於局勢安定，教育普及，軍人讀者在一般讀者中所佔比例不斷提高，軍中作家的量和質更令文壇刮目相看。在詩和小說兩方面，他們的表現都很出色，而風格相互輝映，也顯然形成了一種運動。在詩壇，《創世紀》大部份的作者，和《藍星》一部份的作者如阮囊、周夢蝶、向明、商略等，構成了極爲重要的一群。小說方面，人數較少，可是朱西寧、司馬中原、段彩華等等的成就，也是有目共睹的。富於生活經驗與民族意識的軍中作家，顯然鄙夷粉飾現實的理想主義，和纖弱蒼白的詩風。他們的作品，不是雄豪奔放，便是沉鬱悲楚。

女作家的風格恰恰相反。家庭的日家生活，個人的感情世界，是她們的領土。史考特在論簡・奧斯婷的時候曾說：「大場面粗線條的故事，我寫起來不會輸給任何人；可是由於描繪和感情的眞實，竟把平平常常的事情和人物寫得生動有趣，那種精巧的筆觸，我無能爲力。」女作家在文壇上的興起，也是值得我們高興的一大現象，蓉子、林泠、敻虹等在詩壇上的美名，久已遠播。在小說方面，女作家更爲活躍。小說入選的近百位作者之中，女性約佔四分之一，可見朱西寧對她們的重視。可是女作家最活躍的一個部門，仍是散文。散文入選的作者幾乎有一半是女性，甚至編者也由一位女作家來擔任：這兩個現象，便是最好的說明。

如果說，女作家的題材比較集中在家庭和個人，而風格比較柔婉，則本省作家的題材，相對之下，比較屬於鄉土，呈地域性，而風格比較傾向樸拙。這二十年來，本省作家在文壇上扮演的角色，也是十分重要的。一般說來，由於日據和方言的背景，本省作家在文壇上露面較晚，但成就不容低估，奇怪的現象是：他們的成就很偏，偏在小說；詩的成就不能算小，但比起小說來還是遜色；至於散文，幾乎不值一提。偏偏在詩和散文兩方面表現出衆的葉珊，是一個例外。在現代詩壇上，出現得較晚的《笠》詩社，純以本省的作者組成，文字傾向口語，題材和風格頗富於地域性，而且較受日本詩的影響。不過本省作家的表現，仍以黃春明等七八位小說家爲最集中。外省小說家，尤其是軍中的一些，常常要依賴對大陸的回憶來創作，久而久之，似乎有題材難以爲繼的現象，而且令人有遠離現實的感覺。本省小說家沒有這個問題，因爲此時此地便是他們的現實。在某些方面，他們的寫實精神和樸素文字，竟與三十年代的文學不謀而合。不過，同樣是寫實的精神，早期的小說和近期的，已經顯示出頗大的變化，這一點，拿鍾肇政的鄉土風味和林懷民的知識分子意識一比，便不難察知。後者的感性和知性，與其說是地域上的，不如說是世代上的。

最後要提出來分析的一種作家，無以名之，暫且名之爲學府作家。這些作家都是大學出身，以學校來說，臺大居首，以系別來說，外文系最多。其中不少作家，雖然不是臺大外文系出身，卻和它發生密切的關係，不然就是和那些校友過從甚密。外文系的學生，得風氣之先，對於西方文學的吸收、消化、介紹，最爲方便，也最爲徹底，翻譯和批評，是他們義不容辭的工作。如果中文也好，則成爲一個作家也不是太難的事。除了成名較早的幾位，這些學府作家大量的出現，是在夏濟安主編《文學雜誌》以後的事；繼有白先勇、王文興等自辦的《現代文學》努力經營，學府作家終於建立起自己的水準和風格，也意味著年輕一代的逐漸成熟。其中絕大多數都出國留學，也有不少終於在外國的學府執教，不然就是回國，在國內的學府推進現代文學的運動。這些作家在詩、散文和小說三方面都有優異的表現，加上翻譯和學術上的貢獻，對於現代文壇的影響十分深遠。照說外文系出身的作家，「西化」的程度一定大於其他作家，可是學府作家往往能以比較文學的眼光來重認中國的傳統。遠去海外，反而能在適度的距離上看清自己的文化，因而加倍熱愛自己的祖國；同時，在外國的學府裡教授中國的文學，也是一種重認的工作。

當然，上述四種作家的社會背景，也不是截然可分的。例如葉珊、夐虹等，便各具兩種不同的身分：又例如施叔青，更具有三種不同的背景。同時，難於歸入上述任一種類的傑出作家，仍大有人在。不過上述的四種現象比較特別，乃逐一加以分析罷了。

在題材的選擇和時空的交織上，大致可以分爲三大類型：大陸、臺灣、海外。必然，以大陸爲題材的作品，在時間上屬於過去，且充滿對於家國的懷念之情。以作家類別而言，軍中作家和年齡稍長的外省作家（包括部分的女作家和學府作家）常寫這一類作品。以文學類別而言，這一類題材常常出現在小說和散文裡，有不少小品文更直接以回憶大陸爲主題。詩的情形比較複雜：早期的現代詩頗有一些是直接詠歎大陸的生活和人物；晚期的現代詩不再有這種現象，代替它的是以大陸爲背景的歷史的孺慕，文化的鄉愁。那種深厚的思念和強烈的悲劇感，絕非逢年過節說說年糕談談粽子的應景文章所能相比。以臺灣爲題材的作品，除了少數例外（像葉石濤等的某些作品），在時間上大半屬於現在，且較富於此時此地的現實感。可以想見的是：本省作家的作品大半屬於這一類，不過有的長於鄉土人物，較富感性，有的（也是比較年輕的一代）長於反映都市的社會和知識分子的心境，較富知性。外省作家也反映臺灣的現實，只是所經所驗既不相同，人物的活動仍多以大陸爲背景。拿水晶、白先勇的小說和林懷民的一比，便可以發現，同屬年輕的一代，前者回顧多於展望，後者則相反。以外國爲背景的作品，無論是詩、散文或小說，可以說在本質上無非是用外國來反襯中國。中國之所以為中國，或者不如說，中國文化之所以為中國文化，廬山中人反而習以為常，不太去思索，一經外國社會，尤其是典型的西方社會如美國者兩相對照，優點弱點，各種特質就分外鮮明起來。這些感受不斷刺激我們的學府作家，發為憂時憂國，自悲悲人的所謂留學生文學。從於梨華到張系國，飄零的一代發展的軌跡可循：前者較富抒情性、感性；後者較富社會性、知性。當然，也有學府作家企圖在一個人物的身上，輻輳過去、現在、未來，把大陸、臺灣，和海外的三個平面構成一個立體：白先勇、聶華苓便是例子。

也就是這種相異的現實，加上西方文學的洗禮，使二十年來的中國現代文學，在精神上和形式上，有異於早期的新文學。西方的現代文學慣於強調現代人在工業社會中的孤絕感，這種主題對我們年輕的作家們曾有頗大的影響。相形之下，早期的新文學那種興之所至的抒情風味，顯得天眞一些，不過那時候的田園背景確是濃於工業文明吧。相反地，三十年代的文學又過分強調人的社會和階級意識。事實上，人既是社會的，也是個人的，既是理性的，也是感性的，既生活在歷史裡，也生活在此時此刻。如果照朱西寧在小說序言中的說法，則所以構成生命者，應為感性、理性和靈性，而所以認識生命者，端在感性和理性統攝於靈性的一種和諧，則普羅文學的集體主義未免太強調抽象的概念，而另一方面，現代文學的個人主義又未免太強調具體的經驗了。人生，眞像佛洛依德到沙特的西方人所了解而我們的許多作家所接受的那樣，只是剎那經驗的不斷消長和輪替嗎？文學，只是純粹經驗的把握嗎？文學果眞能完全放逐知性嗎？絕對的純粹是不是有些逃避現實的嫌疑呢？

這樣子的文學思想，可能是對於普羅文學的一個反動，但同樣也是趨於極端吧。

如果說，現代人在工業社會中的孤絕感，確是現代文學的當然主題，則中國的現代文學和西方的，至少有一個本質上的差異。西方人的失落，大半是因爲機器聲壓倒了教堂的鐘聲。中國人的失落，恐怕在於農業文化的價值面對工業文明的挑戰所呈的慌亂。機器對於西方人的威脅，似乎是時代的：面對自己創造出來的工業文明，西方人有作繭自縛之恨；但是它對於中國人的威脅，不但是時代的，還是民族的，因爲工業文明是外來的，意味著帝國主義的侵略，和西方文明對於中國文化的挑戰。譬如說，儒家的王道、人治、倫常等觀念，在西方的民主、法治、個人權利等價值的激盪之下，究竟產生了什麼樣的後果，這主題，恐怕比起個人在工業社會的孤絕感來，更富於現實感吧。回憶大陸的作品，比較宜於探討中國社會的特質。處理臺灣現實的作品，比較宜於探討從農業社會進入工業社會的過度時期之價值波動。以美國爲背景的作品，最宜於表現中西文化衝突的尖銳性。說到孤絕感，中國的現代文學所表現的該具有雙重性：一方面是個人與社會（甚至自然）的隔絕，另一方面是在臺灣和海外的中國人與中國的泥土以及日漸消失的農業社會的阻隔。任何作品，僅僅表現前者而完全昧於後者，恐怕就不夠「立體的現實感」。

二十年來的中國現代文學，和早期的新文學，也有很大的差異。這個差異，一方面來自政治情況，另一方面來自西方現代文學的影響。政治的特殊情況，使二十年來的作品滿溢著懷鄉之情、憂國之思，和一種今昔對照的寂苦之感。於是，以表現個人的內在世界爲能事的意識流小說和超現實詩，似乎為作家們提供了一條出路，不，「入路」。從這條路進去，作家到了一個現實與夢交織的世界，一切事物解脫了邏輯的因果，不同的時間與空間壓縮在同一平面上。

這種主客易位物我交感的手法，珠明有淚，玉暖生煙，在中國古典文學之中，早已開啓「此情可待成追憶，只是當時已惘然」的迷幻世界，不過要等西方現代文學的技巧來點明，才引起我們的注意和追求。不過這種手法冒的風險極大；尚未諳於把握現實就要奢望出入潛意識，以夢喻實，怎能成功？結果是，成功不乏其人，但失敗且淪於可厭的囈語者，更多更多。本大系各選集入選的作品，對這種手法的態度，也不一致：很多人並未採用，部分作者只酌量利用。雖然如此，它仍不失為中國現代文學的一個特色。

另一個特色，是知性的普遍加強。早期的新文學作家中，有不少人認為新文學運動幾乎只是白話運動的一部分，因而不少作品成為古典文學的白話化。現代詩頗知超越單純而即興的抒情，進入富於冷靜觀照或多元表現的境地。現代小說也頗知超越止乎表面的敘述，而進入人物的內心和事物的本質。一般說來，現代作家在技巧上比較具有自覺，能夠在結構上多下功夫，而且追求表現的多元性。由於運用暗示和象徵，作品的主題含蓄得多，層次也深淺有致，耐人尋味。受了西方藝術和電影的影響，我們的現代作家頗知如何變形、易位、交疊、增刪，去重組自然。

語言的效果化和感性化，也是一大特色。這種潛力在中國的古典詩中亦早有表現，只是新文學的作家在白話的運用上，多數尚停留在平面的達意，沒有注意到立體的效果和感性的表現。時至今日，當然尚有不少作家迷信「會說話就會寫文章」的觀念，可是更多的作家已經發現鍛鍊語言的重要性。所謂鍛鍊語言，並不是指做到文從字順，合情合理，有頭有尾，而且把幾個成語用得四平八穩，妥妥貼貼。現代作家不但要用文字的意義，更要用文字的引申義、聯想、歧義，和它本身在視覺上和聽覺上構成的一種「感性的存在」。不見得每個現代作家都樂於大規模地使用白話、文言和歐化的三合土，也不一定每個作家都善於超越公式化的文法，去追求文字因特殊的安排而在節奏上意境上倍增的效果，可是許多作家都注意到了這一點，也有少數作家做成功了。

二十年來中國現代文學的成就，是多方面的。一般讀者的態度，已經從冷漠和懷疑轉變爲了解和接受。也許客觀的評價，尚有待批評家的灼見和時間的考驗。也許這部大系的各個選集，尚未做到十分的公正和足夠的代表性。不過，類此規模和創見的堅實選集，到目前爲止，還很少見。書以《中國現代文學大系》爲名，除了精選各家的佳作之外，更企圖從而展示歷史的發展，和文風的演變，爲二十年來的文學創作留下一筆頗爲可觀的產業。

令人遺憾的一點是：我們的學府對於五四以來的新文學，一直採取不聞不問的漠視態度，似乎認爲，這種事，不如交給時間去管，也許過了三兩百年，會有一點考證的價值也說不定。至於學府本身，自有幾千年前的要事，等他們去象牙之塔，牛角之尖，慢慢鑽研。事實上，大學的中文系如果對新文學以至一切西方文藝繼續採取不聞不問的政策，無異自認只有退守一隅的能力。中文系要令人一新耳目，不妨從研討、批評現代人的作品開始；即使是攻擊性的批評，也比假裝沒有這回事要活潑得多。

其次，教科書的編者歷年來也有這種視若無睹的態度。二十年來的作品，尤其是具有眞正現代精神的一些，果眞選不出幾篇來，給一般的學生反覆誦讀嗎？時代已經變了很多，知識日新，感覺日異，一個青年不應該看看，我們這時代一些最好的頭腦和最好的心靈在想些什麼、說些什麼嗎？

我們的電影界一向缺乏文學的修養，也沒有向文學好好學習的精神。我們的高等知識分子，沒有幾個人樂於欣賞所謂國產片，就是一個最好的說明。電影界不能說沒有先知先覺，可是二十年來，能夠拍出像「破曉時分」那樣充實的作品的，太少了。新興的電影，在西方的文化界，早已成爲影響深遠的前衛藝術。我們的電影要成爲文化界尊敬且喜愛的藝術，請從接觸純正的現代文學開始吧。

最後，我想提醒翻譯家們，如果他們有心把中國現代文學介紹給外國的讀者，這部大系正提供了相當豐富的代表作。讓外國讀者明白：李太白和曹雪芹的後裔，除了應付托福考試之外，還會寫詩，寫小說，寫散文。讓他們明白：中國文學並不止於明清，或是三十年代。我尤其要提醒研究或翻譯中國現代文學的所有外國人：如果在泛政治主義的煙霧中，他們有意或無意地竟繞過了這部大系而去二十年來的大陸尋找文學，那眞是避重就輕，一偏到底了。

——一九七二年元月

中國人在美國

——序於梨華的《會場現形記》

中國人在美國，似乎可以分成三大類型。第一型，認爲那裡是天國，到了那裡，就是眞的「到了」，既然到了，當然就不走了。這是心甘情願的投降，心裡降了，嘴裡也降了。這一型的中國人最快樂，因爲他們的思想完全搞通了。對於他們，美國是一朵無刺的玫瑰。

第二型，認爲美國是地獄，中國才是天堂。認爲美國科學雖然發達，道德卻已淪喪。既然如此，爲什麼還賴在地獄裡，不回天堂來呢？啊啊不然，他們並不喜歡那裡，他們在那裡，是爲天堂做「間諜」的工作，好把地獄的種種慘狀不時指給天堂裡的人看，使天堂裡的人知道滿足。「東跑西跑，還是我家最好。」這一型的中國人，大半心軟嘴硬。嘴硬，是爲了掩飾心軟。心已是之，口且非之。根據他們的描寫，美國是一枝有刺無花的玫瑰。

第三型，認爲那裡既非天堂，也非地獄。兩者皆非，兩者皆是，但又不是人間。人間，在遠遠的中國，愈來愈不現實了。他們的「現實」，是紐約、芝加哥，或是中西部的一個小鎮，但是那樣的現實，倒有點像夢幻，像一個睜眼的夢。美國，是一叢玫瑰，有花也有刺，也許刺比花多，而他們，在理論上說來，只是過路的蜜蜂。他們在那裡徘徊，又像在尋找什麼，又像在逃避什麼，漫長的歲月只是一個「過渡時期」，不知道究竟要過渡到哪裡去。

這倒令我想起希臘的英雄猶力西士來了。猶力西士本來是要回家的，半路上遇見女妖色喜，不讓他回去。意志薄弱的同伴，在色喜的妖術下，一個個變成了豬。猶力西士茫然四顧，何處，何處是先知泰瑞夏斯？

留學生的文學，事實上就是猶力西士的文學，去冥府，去異城訪問泰瑞夏斯的文學。只要你不甘淪爲色喜之家，遲早你會去找泰瑞夏斯。我國旅美的作家，應該有自命泰瑞夏斯的雄心。

我國最早的留學生文學，恐怕是《西遊記》了吧。那裡面也有一隻豬，那隻豬也最能反映人的弱點，富於「人性」。五四以來的新文學中，刻劃留學生最生動的小說，是《圍城》。那裡面也有好幾隻豬，以教授的姿態出現，不過那時候的留學生回國的多，並不眞正留下來。近二十多年來，從臺灣去美國的留學生，名副其實「留」了下來，於是，留學生文學進入一個新的時期。於梨華成爲這個時期的代表作家。

於梨華是當代中國最負盛名也是最容易引起爭辯的小說家之一。她旅美將近二十年，一直創作不輟，且能益臻成熟，這是旅居海外的大多數中國作家辦不到的。她在下筆之際常帶一股豪氣，和一種身在海外心存故國的充沛的民族感。在女作家之中，她是少數能免於脂粉氣和閨怨腔中的一位。

她雖然已經成名，但是在近作之中，仍能不斷嘗試創新。《會場現形記》是她伸向新儒林外史的一項試探，也是她從感傷走向諷刺的一個突破。〈兒戲〉是表現大孩子對性的好奇與試誤，有一點新紅樓夢的味道。於梨華一向著意表現人性的弱點，她的女主角——從〈等〉到〈變〉，從〈柳家莊上〉到〈一椿意外事〉——在情慾上常持模稜兩可的態度，這毋寧是更接近人性常態的。這種探索雖與所謂黃色有別，卻往往爲她招來一些逾乎批評的攻訐。

「文如其人」，用在梨華的身上，有相當的眞實性。梨華本人，在洋溢的女性之中，透出一股開朗而豪爽之氣，純眞而率直，使人樂與親近。英文所謂 disarming（解人之防，贏人之心），正是梨華給人的感覺。這種可親的氣質，反映在她的作品裡，便是感情充沛，文字稠密，一氣呵成。偶爾失卻控制，也會造成「流露」過分的情形。這情形在她早期的作品中，比較常見。了解小說藝術深如梨華，當然熟知 understatement 的功用，何用我來贅言？

梨華小說面臨的另一個挑戰，是題材的開拓。梨華的名字和留學生是不可分的，她筆下的「無根的一代」，幾已成爲她那一代留學生的按語。二十年來的留學生文學，由她領先塑造成型，然後也就像一隻繭，將她困在裡面，也困住了繼她而起的叢甦、歐陽子、吉錚、孟絲。梨華自己屢次想突圍而出：比較成功的〈柳家莊上〉是一個例子，不太成功的〈餞〉是另一個例子。梨華筆下的留學生，往往來自中產社會。白先勇的處理能稍異其趣，是因爲他的人物來自更上層的社會，因而更具淪落之感。等到張系國出現，留學生文學乃有了一個不同的方向。在梨華處理留學生的初期，留學生切身的問題，誠如梨華小說中所表現的，是個人的學業、工作、婚姻等等，也就是「征服美國」的諸般過程。

一旦征服「成功」，新的問題便接踵來到。文化上的歸宗，政治上的認同，甚至下一代的教育方式等等，都是那些「征服者」面臨的新問題。近幾年來，留學生在「小我」之外，愈益感到「大我」的存在和重要。新留學生比起老留學生來，社會感和民族感都濃得多。現代文學的一大主題，據說是現代人在工業社會中的孤絕感。然則，「文化充軍」而充到最尖銳的工業社會如美國者，中國的留學生豈不是陷於雙重的孤絕感之中？對於「大我」的這種孤絕感，張系國在〈超人列傳〉和〈割禮〉等作品中已經頗多處理。梨華在較早的《又見棕櫚，又見棕櫚》裡，也曾有生動的表現。只是時代變了，變了很多。先知泰瑞夏斯啊也非變不可。

除非於梨華能中止她的旅美生活，回到中國的社會裡，回到醇厚的中國泥土裡來再度生根、發芽、開花、結果，否則她面對的，將仍是近乎史詩的「新奧德賽」。這主題的可能性仍是頗大的，也許可以處理得寓言一些，哲學一些，社會一些，詩一些吧。元氣淋漓像梨華，當然會接受這挑戰的。

——一九七二年四月四日

澀盡回甘味諫果

——序何懷碩的《苦澀的美感》

何懷碩在中國當代畫壇上的地位，是頗爲特殊且值得玩味的。無論在技巧的鍛鍊或是畫史的認識上，他對中國古典繪畫的傳統顯然都很內行。憑他深厚的根基，若向傳統的殘羹剩餚中去討生活，做一個翩翩名士，是綽有餘裕的。但是他不願爲古人之奴，寧可投身現代，承當二十世紀的風狂雨驟。不過，在另一方面，他也不甘心追隨朝朝暮暮的歐風美雨。在年輕一代的少壯畫家裡，何懷碩多少是一個異數。十多年來，抽象畫在臺灣的現代畫壇上幾已定於一尊，只有何懷碩和極少數的幾位畫家如吳昊與席德進等等，負嵎頑抗到如今。何懷碩對於抽象的表現，一向抱持懷疑的態度。站在中國藝術人文主義的立場，他認爲抽象畫在抽離物象之餘，也有抽離人性之虞，結果可能步一切形式主義的後塵，往往佈置了一個舞臺，卻推不出演員。近幾年來，抽象畫在臺灣已經漸漸喪失了早期的活力與壯志，更無論戰時代勇往直前的那種氣概，除了一部份抽象畫家建立了自己的風貌之外，大多數效顰之徒只能算是爲《西遊記》又徒然添了一回罷了。

在畫壇上，何懷碩奉行的是不結盟主義。他和三五知己交遊多年，畫風上亦各殊面貌。這種獨行俠的作風，固然不免於江湖的風波，也難以匯入一時的主流，但是孤立也往往有助於獨立。臺灣盛行詩社和畫會已久，好處在於同人相互勉勵，呼聲日高，便於形成氣候，發爲運動，但如果久聚成黨，也容易演爲互相標榜，彼此羈絆的困局，對於一位藝術家自由的成長和蛻變，反而害多於益。何懷碩既無朋儕的束縛，不但便於創作的發展，更有利於批評的獨立，筆鋒所向，對於並世的大師與名家，頗多逆耳之諫，其中種種論點，雖然我難盡同意，但對於他敢言的勇氣和犀利的評析，卻是深表欽佩的。

縱觀《苦澀的美感》的目錄，可以看得出何懷碩藝術思想的廣度，從藝術本質的探討一直延伸到中國繪畫傳統的重認。這樣開朗的視野，是空言反傳統的西化派無能爲力的。及至逐一讀罷各文，令人對作者豐富的知識和討論問題時那種高瞻遠矚洞察全局的眼光，益深欣賞。例如〈中國人物畫之回顧與展望〉及〈中國花鳥畫之困境〉等幾篇，只有諳於傳統且能走出傳統的胸懷才能著手。又如〈繪畫與文學〉一文，始於兩者在時空運用上異同的比較，終於兩者在精神與形式上的短長，而以詩之綜合理念與感性爲指歸；高明之論，深獲我心。我特別欣賞作者批評的「雙刃鋒芒」，因爲他的立場一面是外攘西化之狂潮，一面是內警沉酣之迷夢，兩面都不妥協，腹背受敵，艱苦異常。

何懷碩的理論雖以繪畫爲主要對象，但往往也適用於文學，尤其是詩。他強調「文學的表現最具有『意義』的特性」，又指出所謂「世界性」只是「不思創造的遁詞」，更宣稱「若沉醉於感性的形式到了低抑或排除理念之蘊含的地步，便是形式主義或唯美主義的作品。」這種種論點，值得畫家與詩人鄭重考慮。何懷碩的這些言論，發於超現實主義式微於臺灣之先，這份遠見該獲得文藝史的追認。

更以綜論張大千的兩篇爲例，我相信未來的歷史也必會證實他的灼見。他認爲大千先生技法之縱橫恣肆誠然以一人之身集傳統之大成，但是承先有餘，啓後不足，筆墨顏彩之道雖亦有推陳出新之處，但在精神上則出古而未能入今，絕少表現當代的現實，比起畢卡索的「格爾尼卡」來，就未免太悠遠了一點。觀乎大師此次歸國，衣古衣，食美食，所觀所賞不外乎古畫、國劇、橫貫公路，予人的印象仍是一位風趣的長者與風雅的名士，與臺灣的現實社會則似乎接觸很少，即使滿懷憂國之思，至少在畫裡看不出來。他的作品太完整，完整得太絕緣，技可通神，但似乎接不通人間。

一位創作家如果兼事理論，則他的理想與表現之間，往往頗難若合符節。用何懷碩求全大師的理想來回顧他自己的創作，其間當亦難免有若干距離。懷碩的畫，在精緻乾淨的筆與蒼涼渾茫的墨後，自有一種森森祟人酸心蝕骨之感，亦即他自許的「苦澀的美感」，可是那境界畢竟還是荒寒淒冷，涉世不深，猶未達到「超聖入凡」的地步。這一點，即使從他自己的畫題「寒林墜月」、「蒼白的月光」、「殘舟」、「凍河」等等都可以看得出一點端倪。他的畫，令人想起愛倫坡，而不是惠特曼。懷碩這樣自白說：「在我看，甜美的自然世界早已從夢境中破碎，我們無法再進入酣睡去撿拾已破碎的美夢。我企圖將那個自然世界塑造成一個象徵虛寂而怪誕的天地，在它裡面表露了深重的孤寂與蒼鬱，荒涼與淒楚，表現對如同喚不回童年那樣的傷痛。我總是嚮往苦澀的美感。」我認爲這一份孤憤之情，一方面造就了何懷碩苦澀悲辛的畫境，令觀者低徊而不能自勝，另一方面恐怕也無形中拘束了他畫境的擴展。我認爲喜悅之情，只要不淪爲俗濫的甜美如懷碩引以爲戒者，正可表現勃然的生機與油然的活力，證之西方現代大師如梵谷、克利、夏戈、畢卡索，莫不皆然。例如畢卡索，便是從早年「藍色時期」的淒冷悲哀進入後期的幽默與富厚的。然則懷碩是否可以讓他的月亮落下，而昇起煌煌的太陽呢？

——一九七四年二月

從畢卡索到愛因斯坦

——《大學英文讀本》編後

「我們所以博覽群書，是因爲無法廣交益友。」一位現代詩人這樣說過。生也有涯，恓恓惶惶的現代人，誰也不能識盡天下的智士。退而求其次，只好博覽群書了。可是現代的知識，不但日積月累，抑且日新月異，書刊之多，何止汗牛充棟？無論一個人多麼博覽，而且精選，遲早他得承認，永遠有更多更多的書，等他去讀，永遠有卷帙浩繁的名著、傑作，在內行人看來，都是那一行那一科的基本常識，可是對於一般的讀者，恐怕只能始於傳聞，終於納罕，永遠是一個謎了。折衷之道，便是將各行各門的大師和專家匯於一卷之中，人各一篇，逐篇讀來，該有遍訪名師之趣，而無單調偏狹之感。政治大學西洋語文學系新編的《大學英文讀本》，便是這種構想的嘗試。

我一直認爲，大學的英文讀本，應該一箭雙鵰，不僅旨在提高學生的英文程度，更應在課文的編選和闡揚上，擴大他們的見識，恢弘他們的胸襟，鍛鍊他們的美感，並且鼓舞青年特有的旺盛的好奇心。新編《大學英文讀本》，對於課文的要求，除了內容的深度和時代性之外，強調的正是這種興趣的多般性。三十三篇課文，以內容而言，有詩，有散文，有文學和藝術的論述，也有教育、哲學、歷史、生理、太空、宗教與科學等等的文章。至於作者的陣容，從蕭伯納到佛洛斯特，從濟慈到希區考克，從愛因斯坦到畢卡索，更是多采多姿，並不限於英美的大師。

本書的編選，純然針對中國的大學生，因此在取材上，也兼顧到中國古典的英譯。壓卷的五篇選文，依次是《論語》五十節（超過《論語》全書的十分之一），《莊子》五節（摘自〈至樂〉、〈大宗師〉、〈齊物論〉、〈秋水〉諸篇），《史記》的〈李將軍列傳〉，羅素的〈中西文化的對比〉，湯恩比的〈我為什麼討厭西方文明〉。這樣子的取材和編排，我自命是「革命性的」，不免有點沾沾自喜。我這樣做，一則希望中國的大學生，在西方文化的對照甚至挑戰之下，對於本國的文化能有更客觀也是更深切的體認；二則希望他們，在國際文化交流日趨頻繁也日益重要的七十年代，面對外國人士的問題，不致茫然，如果他們有志在國際的學術界研闡中國的文化，這幾篇選文的淺嘗，未始不是一個開端。

英文教師當可針對他班上學生的程度和背景，調整自己的進度和比重。如果學生程度不高，不妨先教〈離家〉和〈回憶母親〉等幾篇。如果是法學院和理工學院的學生，該會喜歡史科尼考夫的那篇〈科技與世界政局〉。中文、歷史、哲學、教育等系的學生，對於中國文化的幾篇，該有共同的興趣。而無論是男生或女生（也許我該說「無論女生或男生」吧），尤其是可憐的男生，讀罷孟太固〈女人天生優越論〉，是不可能沒有一肚子的話要說的。也許教師正可藉此引發一次轟轟烈烈的辯論比賽吧。有不愛看電影的大學生嗎？如果沒有，老師啊，教到希區考克論導演的「新鑄的語言」時，包你班上沒有人望著窗外發愣——如果你對電影不太外行的話。

本書的註解全用英文，附於課文之末，共分三部分：第一部分抉發題旨與文義，第二部分簡述作者生平，第三部分則為生字與成語等等的逐條詮釋，可謂詳盡，甚至便於自修。註解應用中文或英文，誠然見仁見智，難有定論。本書用英文註釋英文，無非意在迫使學生放棄中文這根「枴杖」，破釜沉舟，義無反顧而已。有些地方，也許註解本身也需要註解，不是有了註解，便沒了問題。不過，既然是來游泳的，何懼乎水？不嗆幾口水，怎麼學得會游泳呢？

——一九七三年九月二十日於指南山下

用現代中文報導現代生活

如果說，電視是現代人的眼睛，而廣播是現代人的耳朵，那麼，報紙就應該是我們的千里眼兼順風耳了。在時效方面，報紙每天出版一次，看得沒有電視那麼快，也不像廣播聽得那麼迅速。可是映像和音波一縱即逝，太緊張太短暫了，不像報紙握在手裏，當天固然可以從容閱讀，事後也可以保存，留待將來參考。同時，報紙的價錢便宜，訂一份報紙二十年的代價，比買一架電視機還要節省。電視機和收音機不免需要修理，報紙的讀者沒有這種煩惱。電視機和收音機，往往成為噪音的來源，報紙，卻是最安靜的大眾傳播工具。

比起電視和廣播來，報紙確實是資歷最久的大眾傳播事業。如果說，電視和廣播更富於現代科技的精神，在另一方面，也可以說，報紙的文化背景比較悠遠，文化氣質也比較濃厚。在近代中國，報紙常常成為所謂「書生論政」的講壇，梁啓超、張季鸞的風骨已經成為我國報人的傳統精神。可是目前我們已經進入一個嶄新的時代。知識的爆發，生活的繁複，使得書生的一枝筆無法面面兼顧。同時，民主時代的新聞報導和社會教育，要求的是客觀和普及，更不容書生之筆在高速印刷機畔從容「生花」。中文報紙要把現代人的生活報導得客觀而又普及，就不能不用所謂「現代中文」了。

什麼才是現代中文呢？所謂現代中文，應該是寫給現代中國人看的一種文字。這種文字必須乾淨，因爲不乾淨就不可能客觀，同時必須平易，因爲不平易就不可能普及。一篇報導的文字，既不客觀，又不普及，怎能忠實反映現代人的生活？不客觀，就失去了實事求是的科學精神；不普及，就失去了家喻戶曉的民主意義。科學和民主，正是現代生活的兩大支柱，不科學也不民主的文字，當然不能成爲現代中文。

分秒必爭的電視和廣播，尤其是電視，爲了必須在最短的時間內把新聞報導給觀衆和聽衆，自然要用最直接最有效的口語。相形之下，報紙上使用的文字就顯得太文了一點。事實上，目前中文報紙習用已久的不少語彙，都可以改得更淺白一些。像最近報上的一段消息：「行政院國家科學委員會昨日表示，旅外學人回國任教時，如攜帶自用汽車入境，不能請求免稅。」如果記者改寫成「行政院國家科學委員會昨天說，學人回國教書，如果把自用汽車帶回來，不能請求免稅」，豈不是更加淺白易解？中國的文言好用重疊的同義字和四言成語，結果是寧可說「攜帶汽車」，不肯直說「帶汽車」，寧可說「購置儀器」，不肯直說「買儀器」。像「攜」和「購」這種字眼，不但語意太文，筆畫也太複雜了，如果能夠避免，何必自討苦吃？再看下面一段消息：「百樂大廈二十五日連續發生兩件竊案，大廈三樓毗鄰的兩家住戶遭竊盜潛入，竊走價值五十餘萬元的珠寶飾物和現款。」裏面的文言有必要嗎？「遭竊盜潛入」一類的文言，非但詰屈聱牙，也不很通順，唸起來太可怕了。

我們不妨把這段話改淺些，變成「百樂大廈二十五日一連發生兩件竊案，小偷進入三樓兩家隔壁的住戶，偷走的珠寶和現款，值五十多萬元。」

麥克魯亨（Marshall MacLuhan）曾經再三強調：「工具就是消息」，又說：「社會之形成，有賴於大衆傳播工具之性質者，甚於傳播之內容。」報紙傳播的工具既然是文字，平易淺近的白話當然該漸漸代替艱澀拗口的文言。用白話來代替文言，不但是爲了好懂，也是爲了更接近現代人的觀念和意識。文言裏有許多詞彙，不但深奧難懂，而且隱隱約約，包含了多少重官輕民尊卑必分的暗示作用。白話的用語，顯然就缺少這方面的種種聯想。白話和文言之分，正如現代公務員和封建時代的官吏之分。美國內戰的時候，畢克斯比太太的五個兒子都爲國犧牲了。林肯寫給她的那封有名的慰問信，譯成中文，如果用白話，一定非常貼切，換了文言，恐怕就不容易保存一個民主國家的元首那種平易而又懇切的語氣了。最近，臺灣各地法院的公文漸漸有改用白話的趨勢，輿論的反映非常歡迎。這種變化，表面上是語文的改革，實際上卻是意識的修正，因爲公文用了白話，那種衙門在上刁民在下的訓誨語氣，就用不上來了。同樣，報紙改用平易的白話後，不但可以普及大衆，更可以在民主意識的培養上，收潛移默化之功。

也許有人要說，報紙捨文言而就白話，長此以往，俚淺的俗語取代了典雅的文言，傳統中文裏多少優美的字彙和辭句，豈不日久失傳，湮沒殆盡？長此以往，未來的中文豈不日趨單調、膚淺而狹窄？我的答案是：報紙既然是大衆傳播的工具，當然應以方便大衆爲前題。迅速、簡潔、正確、客觀、普及，這些都是新聞的美德。新聞的文體，平易清暢就已稱職。至於更進一步，要創造優美、雅健，或是雄偉的文體，那就涉及副刊、專欄和社論，是作家的責任了。作家的責任是創造，記者的責任則是報導。固然也有不少記者的筆下，出現了可讀可誦的文章，那畢竟是意外的收穫，對於高級的讀者，算是一項可喜的花紅吧。記者需要的，畢竟是倚馬可待之才，不是閉門覓句之功。學術性的論著，或是文藝性的作品，應該保留酌量運用古典辭藻的權利，至於新聞報導，應該儘量使用白話。

當然，也有不少文言成語，像「每況愈下」，「望洋興歎」，「莫名其妙」，「旁觀者清」等等，早已家喻戶曉，成爲日常用語，口頭尚且通行，筆下豈可廢止？至於太過生僻的字句或典故，就必須避免了。新聞不是文學，因爲前者以客觀報導爲貴，而後者常是主觀的創造。可是仍然有一些報紙，無論在標題或是內文裏，每每把兩者混爲一談。結果是無屍不艷，有巢皆香。一個三流的演員死了，也是「一代佳人，玉殞香消」。任何女人偷了東西，必歎「卿本佳人，奈何作賊？」現實的醜，用文學的美來掩飾，變成了所謂「雅到俗不可耐」。同樣地，「紅杏出牆」、「使君有婦」、「季常之癖」、「河東獅吼」、「玉體橫陳」、「不愛江山愛美人」等等成語，經常出現在報紙的社會版或是花邊新聞裏，和電影廣告的措辭遙相呼應，形成讀者視覺的一大污染。像「玉體橫陳」和「不愛江山愛美人」等等成語，出現在原來的古典詩賦裏，本有諷諭之意，可是到了今天，「玉體橫陳」已經成爲黃色新聞的術語，而「不愛江山愛美人」竟用來形容並未誤國的溫莎公爵。

新聞報導濫用典故，至少有三個惡果。第一，如果是冷僻的典故，用意太深，一般讀者無法接受，就有違普及之旨。不說「失火」，偏要大掉書袋，說什麼「祝融肆虐」、「回祿之災」，就未免太文了。第二，如果用得不當，扭曲了典故的原意，會給讀者謬誤的印象。文學的暗示性太強；新聞側重客觀的報導，應該輪廓分明，線條清晰才對。第三，許多優雅的古典辭句，到了今天，全都淪爲陳腔濫調，不堪入目。見報率太頻，經常跟內幕穢聞聯想在一起，恐怕是一大原因。聯想的反應已成必然，今天我們回頭再去讀杜甫的「問柳尋花到野亭」，李商隱的「花鬚柳眼各無賴」，或是葉適的「春色滿園關不住，一枝紅杏出牆來」，簡直像唸打油詩，不可能不啞然失笑。

新聞的文體，一方面要從傳統的陳腔濫調裏解脫出來，另一方面，恐怕還要努力戒除洋腔洋調，報紙上的洋腔洋調，正如瀰漫在文壇和學府的洋腔洋調一樣，都是英文意識和翻譯體影響之下的產物。我說「英文意識」，是指了解英文的人而言，至於「翻譯體」，則指不解外文但接受譯文語法暗示的人。文壇和學府的洋腔洋調，來自外文書籍的翻譯，報紙的洋腔洋調，則來自外電的翻譯。翻譯一般書籍，可以從容推敲；翻譯外電，爲了爭取時間，不能仔細考慮，如果譯者功力不濟，就會困在外文的句法裏，無力突圍。

請看下面的兩個例子：㈠「正當一名不明身分的人宣讀聲明，聲稱陸軍已決定接管政權時，達荷美國家電臺正播放著軍樂。」㈡「日本大藏省計劃，當國會通過爲避免日圓再升值而設計的此一調整日本外貿關係的法案後，立刻實行此一降低關稅及有關措施。」第一個例子裏，顯然包含了一個使用過去進行式的字句。可是在譯文裏，主句的「正當」和子句的「正」糾纏在一起，「宣讀」和「播放」兩個動詞之間的關係，遂變得非常曖昧。同時，「宣讀聲明，聲稱（陸軍如何如何）」一類的句法，也相當彆扭。如果譯者多爲讀者設想，也許會把這句話譯成：「一個身分不明的人宣讀聲明，說陸軍已決定接管政權，這時，達荷美國家電臺正播放軍樂。」至於第二個例子，「日本大藏省『計劃』……」，計劃幹什麼呢？啊，仔細一看，原來是要在「國會（如何如何）之後，『立刻實行』（什麼什麼）」。在動詞和受詞之間，竟隔了三十一個字。這在中文的文法來說，就有點失卻聯絡了。甚至在三十一個字的副詞子句裏，動詞「通過」和受詞「法案」之間，相隔仍長達二十三個字，這二十三個字，夾夾纏纏，竟形成了兩段修飾語，修飾後面的受詞「法案」。問題在於，讀報的人大半很忙，誰能定下心來，慢慢分析一個歐化長句的結構呢？我認爲，報上的文句，如果要讀者重讀一遍才能了解，就不算成功，如果竟要再三研讀才有意義，那就整個失敗了。富有翻譯經驗的人，也許還能猜出原文的結構。可是一般讀者，只有茫然的感覺吧。面對這種複雜的長句，譯者實在不必拘泥原文的結構。他不妨把長句拆散，然後重裝。也許這句譯文，可以改寫如下：「日本大藏省的計劃是，調整日本外貿關係的這項法案，原爲避免日圓再升值而設，只要國會通過，立刻就執行降低關稅及有關措施。」

還有一種新聞譯文，雖然不難了解，卻也不太可讀，毛病全在累贅。再舉兩個例子：㈠「一個二十三歲的紡織工人正確的猜對本週末的十三場足球賽，中了巴西的足球彩票。」㈡「馬可仕總統答覆提出問題的記者說：『情況嚴重，我已經要求將最新消息從越南發來給我。』」第一句中，「正確的猜對」是可笑的，只要說「猜對」就夠了。第二句中，「馬可仕總統答覆提出問題的記者說」也是可笑的，因爲「答覆」兩字原就是「問題」的反應，只要說「馬可仕總統答覆記者說，（如何如何）」，也就夠了。

新聞的譯文體，通常有一個現象，就是，句法是歐化的，用語卻往往是文言的。句法歐化，因爲譯者的功力無法化解繁複的西式句法，只好依樣畫葫蘆。用語太文，因爲譯者幻想文言比較節省篇幅。可是我們不要忘記，爲了千萬人讀來省力，寧可一個人譯來費力。電視和廣播的新聞報導，照說應該比報上的接近口語，容易聽懂，可是事實上往往也有上述歐化句法文言用語的現象。電視和廣播的歷史比報紙要淺，在這方面也許是受了報紙的影響吧。

新聞報導要做到客觀，那是記者態度的問題。同時還要做到專業化，那就牽涉到記者的能力了。記者要報導的現代生活，繁複紛紜，多彩多姿，在各殊的現象後面，牽涉的各行知識，是無窮無盡的。現代的社會分工日細，知識的爆發永無止境。大學裏新開的課程，究竟在研究些什麼，對外行人來說，恐怕永遠是一個謎。要求一個忙碌的記者，報導一行就精通一行，當然是不公平也不可能的。記者接觸的範圍那麼廣闊，任何問題都要略窺一二，獲得一點基本的常識，已經會有「生也有涯」之歎。可是記者專業化的要求是不容忽視的；現代社會愈發展，專業化的要求也愈加迫切。一個記者要是沒有「適度」的內行知識，不要說談問題力不從心，甚至於報導專家學者的談話，也會露出馬腳來的。

就拿跟我這一行相近的文教新聞做例子吧。現代文藝思潮不斷輸入我國，和我們傳統的思想相磨相盪，在許多場合，一個文教記者免不了要訪問作家或學者，或是報導一個座談會或一次展覽。由於欠缺事先的準備，或是事後的核對，有時難免寫出外行話來。十多年前，所謂「抽象畫」開始困擾我們的觀衆，在某些特寫或報導之中，「抽象」和「印象」常常混爲一談，乃令迷惘的觀衆益加茫然。同樣地，「新潮」一語原來特指現代電影的某種手法或派別，不幸往往張冠李戴，套到其他藝術的頭上，竟成爲「亂七八糟」的代用語了。有一次我演講，提到美國的江湖作家，所謂「落拓派」者，第二天見報，竟成了「駱駝牌」。隔行如隔山，我舉了這些例子，用意只是說明專業化的重要性，不是要諷刺那一位記者。如果要我去訪問一位科學家，我的訪問記照樣會記到隔壁去。記者之中，當然也有不少專門人才，可是大千世界，尤其是變化多端的現代生活，實在太豐富了，一般的記者，在定義上說來，該是站在內行人和外行人之間的傳人，把少數內行人的觀念和知識，不斷傳播給廣大的外行人，包括我這位門外漢。

——一九七二年十月

《錄事巴托比》譯後

《錄事巴托比》是美國小說大師梅爾維爾中期的短篇故事。一八五三年十一月及十二月在《普特南月刊》（Putnam's Monthly）分期連載的時候，全名是《錄事巴托比：華爾街的故事》（*Bartleby the Scrivener. A Story of Wall Street*）。當時作者雖然只有三十四歲，他的大部分名作卻已經出版。關於這篇故事的來源，一說確有這麼一位律師事務所的錄事；一說是梅爾維爾自己的朋友艾德勒（Adler），因患有嚴重的畏曠症（agoraphobia，爲相對於畏閉症之病症）而於同年十月囚入布路明代爾病院；一說是影射一八四一年柯爾特殺害亞當斯一案。

當然情節來源的種種揣測，和這個短篇的藝術評價並不相涉。這個短篇不但在梅爾維爾自己的作品裡是一個例外，即在十九世紀的整個美國文壇也不屬於任一類型。全篇一氣呵成，黑白對比，有如木刻版畫的撼人力量，恐怕要到果戈爾或杜斯陀也夫斯基的筆下，才能找到匹敵。

大致上說來，梅爾維爾的筆勢是屬於「韓潮」更甚於「蘇海」的。他的氣魄似乎宜於長篇而拘於小品，但《錄事巴托比》懸宕的氣氛卻直貫全文，甚且到篇終猶蜿蜿不斷。梅爾維爾和同時另一位小說大師霍桑曾爲近鄰，在小說的藝術上也不免承受後者手法的影響，唯梅爾維爾的象徵有時似乎更含蓄，更豐盛。這個故事發生在華爾街；街而名牆壁，似乎就隱隱含有象徵的意味。其後巴托比一再隱身屏風之後，面對死壁之前，甚且既入牢獄，猶終日在十仞石壁之下面牆苦立，這些頻現的意象，交疊成十九世紀也是人類永久的孤絕（isolation）之感。錄事巴托比終於囚入獄中，但是當局卻無適切的罪名相加。說他是流浪漢吧，他朝夕自囚於一隅。說他是無力維生吧，他節衣縮食，自奉有餘。說他是狂人吧，他默默無言，既無取於人，亦無擾於人。他唯一的罪行，也許是不肯承認，人在世上，必需互賴以生。錄事巴托比拒絕抄錄文件，是他自取滅亡的開端。這件事也不無象徵的可能：錄事的任務是抄錄（copy，也含有抄襲、效顰、人云亦云之義），而抄錄，在形而上的廣義上說來，不也正是社會期之於個人的行爲嗎？巴托比所作所爲，只是形而下的獨來獨往（non-conformity）罷了。而在人類社會，究竟誰清誰濁，誰醒誰狂，只是一種相對的區分。有趣的一點是：律師事務所的另外兩位錄事，清醒的時間雖有不同，其爲半狂之病則一。火鷄病起午後，鐵手銬狂發午前，如此而已。

更有一點値得注意的是：這篇故事，雖然格局只寥寥三萬字，卻以喜劇始，而以悲劇終。卷首事務所三位雇員的出場，作者漫畫的手法，很有點狄更斯的味道；及巴托比出現，整個氣氛，在一件又一件細節的烘托之下，竟由喜劇漸漸凝結而成冰涼的悲劇，不，晶縮而成巴托比蜷臥的僵屍。

如果說巴托比和事務所其他三雇員是這個短篇的「外景」，則敘說人（也就是事務所的律師）

的所思所惑，正可比擬爲詩人霍普金斯所謂的「內景」（inscape）。在翻譯的過程之中，「外景」與「內景」同樣深深感動了我。名正言順，巴托比應該是這個短篇的「主角」；但敘說人是否僅僅算一個「配角」，卻非我所願確定。因爲所敘對象雖然是巴托比，讀者眞能深入的卻是敘說人的心靈。這世界，和本篇作品的讀者一樣，所見的似乎永遠只是巴托比孤寒的背影；但這位敘說人向我們剖開的，卻是他暖熱的心腸和赤誠的肝膽。那麼，這位律師代表的不但是一位悲天憫人的老闆，恐怕還是全人類不安的良心吧？

——一九七〇年九月於丹佛

附註：《錄事巴托比》的中英對照本已於一九七二年八月由香港「今日世界社」出版，印刷精美，但校對略有謬誤。例如第二頁第六行的「多情的流淚」，便是「多情的心腸流淚」之誤。

外文系這一行

我曾經是外文系的學生，現在我是外文系的教授，可是在自己的感覺裏，我永遠是外文系的學生，我學的是這一行，幹的是這一行，迷的也是這一行。三位一體，我的快樂便在其中。對於自己當初的抉擇，我從未懊悔過。

我曾經考取過五家大學的外文系：北大、金大、廈大、臺大、師院（即師大前身）。北大沒有進成，因爲當時北方不寧，可是對於考取北大這件事，直到現在，我還保持一份高中生的自豪。師院也沒有去，因爲同時考取了臺大。不過和師院的緣分，並未因此斷絕；自從做講師以來，我始終沒有脫離過師大。梁實秋先生對英千里先生嘗戲謂我是「楚材晉用」。楚人顯然不急於收回這塊「楚材」，因爲我回到母校去兼課，已經是畢業後十四年的事了。至於「晉用」，也有一段「祕辛」：我任師大的講師，先後垂八年之久，這在儒林正史上雖然不算最高紀錄，相去恐亦不遠了。「蹭蹬」了這麼久，事實上還是該怪自己不善於塡表格，辦手續。最後，還是先做了美國的副教授，才升爲中國的副教授的，「楚材晉用」變成了「夏材夷用」，很有一點「遠交近攻」的意味。

我的外文系老師，包括英千里、蘇維熊、黎烈文、梁實秋、趙麗蓮、曾約農、黃瓊玖和吳炳鍾。最前面的三位不幸作古；最後面的一位是電視名人，他的一張「娃娃臉」很是年輕。「吳炳鍾也教過你嗎？」是朋友們常有的反應。

不過，在語文上影響我最大，大得使我決定唸外文系的，卻是在中學時代教了我六年英文的老師孫良驥先生。他出身金陵大學外文系，發音清暢，教課認眞，改起卷子來尤其仔細，在班上，他對我一直鼓勵多於呵責，而且堅信自己這位學生將來一定會有「成就」。那已經是三十年前的事了。少年時代的恩師是不是還在大陸，甚至還在世上，已經十分渺茫，雖然直到此刻，他的教誨，和嚴峻中透出慈祥的那種神情，猶迴盪在我的心中。時常，面對著自己滿架的著作和翻譯，最大的遺憾，就是不能把這些書親手捧給孫老師看。

現在輪到自己背負黑板，面對下面的青青子衿，不免有一種輪迴的感覺。輪到自己來教英詩，恰恰也在臺大文學院樓下的那間大教室，一面朗吟莎翁的十四行，一面打量左邊角落裡的一位學生，可是我並沒有看見她，我只是在搜尋自己，十六年前坐在那座位上的自己，一個不快樂其實也並不憂愁的青年。一面朗吟，一面在想，十六年前坐在這講臺上的英先生，心裏在想些什麼，講到這一首的時候，他的詮譯是什麼？

十多年來，我教過的科目，包括英國文學史、比較文學、散文、翻譯、英詩和現代詩，儘管自己寫的是現代詩，最樂意教的卻是古典的英詩。一位充實的學者未必是一個動聽的講師：後者不但要了然於心，而且要豁然於口。一位成功的講師應該是一個巫師，唸唸有詞，在神人之間溝通兩個世界。春秋佳日，寂寂無風的上午，面對臺下那些年輕的臉龐，娓娓施術，召來濟慈羞怯低徊的靈魂，附在自己的也是他們的身上。吟誦之際，鏗然揚起所謂金石之聲，那眞是一種最過癮的經驗。一堂課後，如果毫無參加了召魂會（séance）的感覺，該是一種失敗。詩，是經驗的分享，只宜傳染，不宜傳授。

詩人而來教詩，好處是以過來人的身分現身說法，種種理論，皆有切身經驗作爲後盾。缺點至少有二：第一，詩人富於經驗，但不盡巧於理論，長於綜合，但不盡擅於分析，也就是說，作家未必就是學者。第二，詩人論詩，難免主觀：風格相近，則欣然引爲同道，風格相遠，則怫然斥爲異端。知性主義的名詩人奧登在《十九世紀英國次要詩人選集》的引言中曾說，雪萊的詩，他一首也不喜歡，雖然他明知雪萊是大詩人。知道詩人有這種偏見，我在講授英詩的時候，就竭力避免主觀的論斷，在時代和派別的選擇上，也竭力避免厚此薄彼甚至顧此失彼的傾向。我的任務是把各家各派的代表人物介紹給學生認識，至於進一步的深交，就有待他們的「慧根」和努力了。

文學教授私下交談，常有一項共同的經驗，那就是，無論你多麼苦口婆心或者繡口錦心，臺下儼然危坐的學生之中，眞正心領神會的，永遠只有那麼三五個人。對於其餘的聽衆，下課的鐘聲恐怕比史雲朋的音韻更爲悅耳吧。「但爲君故，沉吟至今」：事實上，只要有這麼三五個知音，這堂課講得再累，也不致「咳唾隨風」了。

余光中

《聽聽那冷雨》

幾乎每次演講，都有人會問我，英詩，或者一般的英國文學，該怎麼研讀。如果他是外文系的學生，我會爲他指出三條途徑。如果他志在語言而不在文學，則欣賞欣賞便可。如果他要做一位文學的學者，就必須博覽群籍，認眞而持續地研究。如果他要做一位作家，則他只要找到能啓發他滋潤他的先驅大師就行了。對於一位學者，文學的研究便是目的；研究成功了，目的便已達到。對於一位作家，文學的研究只是一項手段；研究的心得，必須用到未來的創作裏，而且用得有效，用得脫胎換骨，推陳出新，才算大功告成。要做學者，必須熟悉自己這一行的來龍去脈，行話幫規，必須在紛然雜陳的知識之中，整理出自己獨到的見解。要做作家，可以不必理會這些；他只要選擇自己需要的養分，善加吸取便可。學者把大師之鳥剝製成可以把玩諦視的標本，作家把大師之蛋孵成自己的鳥。

二十年來，臺大外文系出了不少作家，形成了一個可貴的傳統。其他大學的外文系，產生的作家雖然少些，可是仍然多於中文系。平均說來，中文系如果出了一位作家，外文系至少要出六七位。中文系面對這個現象，有一個現成的答覆：中文系不是作家的培養所。誠然誠然。可是緊接著的一個問題是：難道外文系就是作家的培養所嗎？同樣都無意培養作家，爲什麼外文系柳自成陰呢？原因固然很多，我想其一可能是外文系沒有所謂道統的包袱，文學就是文學，界限分明，無須向哲學和史學的經典俯首稱臣。其二可能是外文系研究的對象，既然是外國文學，則訓詁考據等事，天經地義該讓外國學者自己去做，我們樂得欣賞詞章，唯美是務，其三可能是研究外國文學，便多了一個立腳點，在比較文學的角度上，回顧本國的文學傳統，對於廬山面目較易產生新的認識，截長補短，他山之石也較能用得其所。其四可能是，外文系接受的，既然是「西化」的觀念，一切作風理應比較民主、開放，師生之間的關係也就較有彈性，略多溝通吧。

儘管如此，作家仍屬可遇難求，我們無法責成外文系供應作家，但至少可以要求外文系多培養一些學者，譬如說，外文系就應該多出一些批評家。至於翻譯家的培養，當仁不讓，更是外文系的天職。今天文壇的學術水準如要提高，充實這兩方面的人才，應該是首要之務。文學批評如果是寫給本國人看的，評者的中文，不能文采斐然，至少也應該條理清暢。至於翻譯，那就更需要高水準的中文程度了。不幸中文和中國文學的修養，正是外文系學生普遍的弱點。我國批評文體的生硬，和翻釋文體的彆扭，可以說大半起因於外文這一行的食洋不化，和中文不濟。這一點，外文系的學生要特別注意。理論上來說，外文系的人憑藉的是外文，可是實際上，外文出身而業翻譯的人，至少有一半要靠中文。外文系的翻譯一課，系方和學生似乎都不夠重視，其實它日後對學生的影響非常重大。同時，這一課的教授，絕非僅通英文的泛泛之輩所能勝任。

我國文化的傳統，由於崇古和崇拜權威，頗有鼓勵人「述而不作」的傾向。目前大專教授升等，規定只能憑藉論述，而不得用創作或翻譯代替，正是「述而不作」的心理在作祟。事實上，中文、外文、藝術、音樂、戲劇等系的教授，能夠不述而作，或是述作俱勝，不也同樣可以鼓舞學生嗎？中文系如果擁有一位李白或曹霑，豈不比擁有一位許慎或鍾嶸更能激發學生的熱情？同時，與其要李白繳一篇「舜目重瞳考」式的論文，何不讓他多吟幾篇「遠別離」之類的傑作呢？

外文系和上述的其他各系一樣，如果永遠守住「述而不作」的陣地，只能算是一種消極的姿態。假設有這麼一位狄更斯的權威某某教授，把他生平所學傳授給高足某某，這位高足去國外留學，專攻的也是狄更斯，回到國內，成為狄更斯權威二世，二世的高足出國留學，回到國內，成為狄更斯權威三世……師生如此相傳，成為外國傳統忠誠的守護人，這樣當然很高級，也很夠學術，問題在於：這樣子的「學術輪迴制」究竟為中國的小說增加了什麼呢？上述其他各系的人也不妨反躬自問：他們為中國的這一種藝術增加了一些什麼？以音樂系為例，多年來一直是三B的天下，現在可能加上巴爾托克、貝爾克和巴爾伯，可是中國的現代音樂在哪裏呢？小市民聽的是國語歌曲，知識青年聽的是西方的熱門音樂，學院裏提倡的是西方的古典音樂。少數的作曲家如許常惠等，確是在創造中國的新音樂，可是一般人不要聽，而要聽的少數卻不常聽得到，成為濟慈所謂的「無聲的旋律」。

「我為中國的新文學做了些什麼？」各說各話，自說自話的結果，我只能提出這麼一個問題，獻給同行，也用以質問我自己。

——一九七二年元月三十日

後浪來了

出國兩年，回國半年，感覺詩壇的氣候有了不小的變化。最顯著的一點是：中年的詩人普遍減產甚至停產，似乎已經進入一種「滯留期」；另一方面，年輕的一代對他們的先驅愈來愈不耐煩，有的揚聲挑戰，有的默默尋找自己的新路。至於這種「代溝」形成的原因，該是兩代作者無論對於生活本身或是對於詩的語言，都有不同的感受。現代詩在臺灣的發展，已經將近二十年，即使第一代的詩人詩筆猶健，創作不輟，第二代的詩人，爲了爭取自己呼吸的空間，也不免要起來挑戰。何況中年的詩人，死的死，出國的出國，停筆的停筆，已經難於保持「前浪」浩蕩的美好姿態？從文學史的觀點看來，新人能起來向舊人挑戰，正是一個傳統變通自強的徵象。舊人如果不肯應變，或者變而不通，那就只好遺留在時代的後面，成爲歷史性的人物。另一方面，如果新人僅有挑戰的姿態，可是亮不出新的「武器」，那還是不能成爲「佔領軍」的。

文學風格的新舊之爭，往往始於理論的相激相盪。不過，理論是主觀的，必須有衆所公認的新作品出現，眞正的客觀形勢，也就是說，眞正的新時代，才算成立。本質上說來，成功的作品是不落言詮，也是最雄辯的理論。有了新的傑作爲例，新的理論才顯得振振有辭。那麼，什麼才是新作品呢？

新作品必須在本質上有異於舊作品。新作品對於生活和語言兩者的感受，必須有異於舊作品對兩者的感受。有了這個了解，我們可以說，近兩年來出現的某些年輕作者，名字雖然是新的，作品卻是舊的，因爲他們的風格，在本質上仍是六十年代典型現代詩的效顰。文學史是無情的，繆思也不會「嫁」給誰。上一代是新的，到了下一代，就顯得舊了。上述的一些年輕作者，進入七十年代，還在寫六十年代的典型詩，可以說是「後知後覺」。

那麼，先知先覺的年輕詩人，究竟在做些什麼呢？答案很簡單：在做和六十年代相反的一些事情。六十年代曾經是歐化的，國際的，七十年代要轉向本土的，民族的；六十年代曾經是都市的，孤獨的，七十年代要轉向自然的，人群的；六十年代曾經是高昂的，悲憤的，七十年代要轉向低調的，冷靜的；六十年代曾經是濃的，繁富的，多元的語言，七十年代要尋求淡的，純樸的，單元的語言。六十年代曾經炫耀驚心駭目的警句，強調部份的突出，七十年代強調整體的諧和，避免各自爲政的意象；六十年代一面反傳統，一面以懷古懷鄉的心情用典，七十年代既不強調反傳統，也不熱中於古典。大體上，六十年代的詩人認定文學不能「大衆化」，在藝術信仰上，頗有一種以身殉之的貴族氣質；七十年代的詩人比較相信「大衆化」，在藝術氣質上，傾向民主的開明與坦朗。當然，這樣的比較並不平衡，因爲六十年代的現代詩人已經成爲歷史，可供我們回顧，分析，而七十年代的現代詩還在萌發的階段。前者已經是客觀的存在，後者多半還是主觀的期望。

三十歲以下的一代，在「新現代詩」的創作上有許多新傾向。我覺得其中的兩個傾向會愈來愈顯著，也許終會成爲七十年代初期「新現代詩」的特色：

第一是對生活的態度。六十年代的詩人，心目中只有少數先知先覺的貴族，只有文化上的élite，所以一提到「大衆化」就感到格格不入，緊張失措。六十年代的詩人，在氣質上大半都很嚴肅，甚至太嚴肅了，以致容易走向悲觀和狂狷。由於太相信現代西方的藝術理論，他們對於活生生的現實，不是想超越，就是想逃避，很容易遁入個人的孤絕世界裏去。結果是自我剖析式的作品流行，詩的題材漸趨狹窄。年輕一代的作者，有意跳出「深度」的陷阱，向較爲廣闊的現實尋找題材。對於藝術的「大衆化」，他們乃比較有耐性去探討。對於生活，他們也很嚴肅，可是願意沉靜地注視，安詳地接受，不肯加以意識流的割裂。對於生活，他們並不認定必爲悲哀。他們並不像先驅那樣急於否定社會和某些文化傳統；可能的話，他們會表現較爲肯定和開朗的心胸，甚至表現某些幽默，和諧，與喜悅的境界，總之，他們比上一代要客觀一些。

六十年代的中年詩人，多半來自大陸，具有濃厚的傳統文化背景，他們對於中國傳統的態度，具有一種矛盾的緊張性：一方面他們在創作上要「反傳統」，另一方面又患上文化上的也是地理上的，無可奈何的鄉愁。年輕的一代在海島長大，在生活上既未經歷過那種分割和對立，在心理上也就缺少那矛盾的緊張性。年輕的一代，對於本國傳統既缺少上一代那種壓迫感，相對地，對於外國的新潮也不像上一代那樣急於追求。

比起六十年代來，七十年代的新作者不那樣懷古，懷鄉，或者國際化。他們對於新古典和超現實的興趣，都不濃厚。臺灣的社會和自然，才是他們的生活背景。他們可以厭憎或喜愛這一切，但是必須把它變成詩。相對地，中年一代的詩人，心存故土，不是寫鄉愁，便是架空地寫所謂現代人的孤絕感，很少注視海島上周圍的現實。其實這方面的空間，仍是很大的。

其次是對語言的態度。六十年代的現代詩，最高的成就是意象；最大的弱點也在意象：過於繁富的意象阻塞了節奏，甚至淹沒了意義。文言句法，古典辭彙，文白夾雜，歐化語態，加上蔽天塞地的意象，形成語言空前的污染。這也是一般讀者難於接受現代詩的原因之一。六十年代的現代詩，以早期的新詩爲革命的對象，所以在語言上避免「平面化」而追求「立體化」。七十年代的新現代詩，厭倦了六十年代老現代詩的舖張和堆砌，自然要追求「淨化語言」。裝飾性的人名和地名，中國和西洋的典故，可以割愛的警句，阻塞節奏的文言，曲折難通的句法，污染視域的意象等等，都是新語言淨化的對象。

語言的淨化，是現代詩「大衆化」的第一步，也是年輕一代作者的一致目標。不過所謂「淨化」絕對不是一種消極的放鬆。它要以淡取勝，以簡馭繁。它無意成爲懶惰的藉口，更不容現代詩回到早期新詩的淺白無味。如果說，晦澀而耐人尋味的詩難寫，則淡而有味的詩更難成功。晦澀中見深奧，固然是一種冒險的藝術；但是清淡中見雋永，更是藝術中的藝術。猶如武功臻於化境的高手，不讓人看出他怎麼出手那樣。在詩尙晦澀的時代，晦澀得成功的畢竟是少數。將來詩尙清淡也好，明朗也好，創新而有成的，恐怕更是少數。同時，晦澀而失敗的詩人，如果以爲清淡有較多成功的機會，就大錯特錯了。寫淡的詩，好像參加天體營，很難掩飾自己的缺點。

即使在中年的詩人之間，語言的淨化也漸有顯明的趨勢。在淨化的語言成爲風尙之前，我倒希望有少數的中年詩人能堅守他們晦澀的陣地，繼續他們在藝術上的冒險。繆思的神龕，應該有幾座保留給「叛徒」。也只有這個時候，留守晦澀的詩人才是眞正的晦澀，而不是擺「空城計」。至於寫淡的現代詩，那是純靠實力，毫無擺空城計的機會。我懷疑寫現代詩的選手之中，究竟有幾個人能以淡傳後。這眞是一大冒險。

至於我個人，兩年來受到美國民歌和搖滾樂的啓發，對現代詩的看法有很大的改變。時代變得很快，也變得很多，如果我們不能把握時代，爭取讀者與聽衆，反而抱定老現代詩以身殉道的孤高情操，以爲詩註定是一種貴族藝術，那只是消極的坐守，並不能爲現代詩開拓疆土。事實上，認定詩必然高於其他一切藝術，恐怕只是詩人自己的虛榮。在當代，對於 audience（包括聽衆、觀衆、讀者）最具震撼力的藝術，則是電影和搖滾樂，而不是詩。以英語世界爲例，近十年來我還舉不出任何「正規」的詩人，在影響力和吸引力上，能和民歌手巴布•狄倫相提並論的。即以「正規」的詩而言，艾略特的時代也早已過去。年輕一代的金斯堡等等轉向威廉姆斯、龐德，和更早的惠特曼、布雷克、雪萊去尋求靈感。至於我自己，近來，在惠特曼的草葉之間不時呼吸到新的露水。惠特曼，和詩經，和江湖上的民歌。

里爾克認爲音樂是「石像的呼吸」，又說音樂是「清純，宏大，不適合我們居住」。我承認這是偉大的詩句，但這種藝術觀未免太超越，也太貴族了一點。七十年代的現代詩，該是「樹和人的呼吸，清純，宏大，且適合我們居住」吧。

——一九七二年元月二十二日

大詩人的條件

歸化美籍的英國詩人奧登，爲《十九世紀英國次要詩人選集》寫序時曾說：

「誰是大詩人，誰是次要詩人？」這個問題，就算給它一個差強人意的解答，也是不可能的。有時候我們會認爲，這不過是一種學府的時尚：譬如說，一般大學英文系的課程表上，如果有一門課專門研究某詩人的作品，那他就是一位大詩人，反之，他就是一位次要詩人。有一點至少是顯然的：我們不能根據純然美學的標準，來加以區別。我們不能說，大詩人的詩比次要詩人寫得好；正好相反，大詩人一生寫的壞詩很可能比次要詩人更多。同樣顯然的是，這件事也不能取決於詩人給予個別讀者的樂趣：雪萊的詩我一首也不喜歡，巴恩斯（William Barnes）的詩，每一行都令我欣悦，可是我明明知道雪萊是一位大詩人，而巴恩斯是一位次要詩人。在我看來，一位詩人要成爲大詩人，則下列五個條件之中，必須具備三個半左右才行：

一、他必須多產。

二、他的詩在題材和處理手法上，必須範圍廣闊。

三、他在洞察人生和提鍊風格上，必須顯示獨一無二的創造性。

四、在詩體的技巧上，他必須是一個行家。

五、就一切詩人而言，我們分得出他們的早期作品和成熟之作，可是就大詩人而言，成熟的過程一直持續到老死，所以讀者面對大詩人的兩首詩，價值雖相等，寫作時序卻不同，應能立刻指出，哪一首寫作年代較早。相反地，換了次要詩人，儘管兩首詩都很優異，讀者卻無法從詩的本身判別它們年代的先後。

我前面說過，大詩人無須兼具這五種條件。譬如說，華茲華斯就稱不上什麼技巧大家，我們也很難說史雲朋的詩在題材上以豐富見長。模稜兩可的情形，是無法避免的。霍普金斯作品的數量，果眞當得起大多數現代批評家推許於他的大詩人之稱嗎？梅瑞迪斯的《現代愛情》，在我看來，無疑是一部重要詩集，可是梅瑞迪斯本人該佔有什麼地位呢？所以呢，不管是不是公平，下列的作者我都當作大詩人，摒除在這本（次要詩人的）選集之外了：布雷克、華茲華斯、柯立基、拜倫、雪萊、濟慈、丁尼生、白朗寧、安諾德、史雲朋、霍普金斯、吉普林。

以上奧登的一番話，非常有趣。他所提大詩人的五個條件，很值得我們細細玩味。接著他立刻自作一番修正，認爲也有不少大詩人欠缺其中的某些條件。說得簡單些，這五個條件也就是多產、廣度、深度、技巧、蛻變。其中相互的關係，十分複雜而且微妙。大致說來，多產跟其後的三項——廣度、技巧、蛻變——有密切的關係，因爲一位詩人接觸面廣，技巧豐富，生命不斷蛻變，產量當然可觀。反過來說，產量貧乏，多少總意味著生活狹窄，技巧窮困，生命呆滯。多產和深度或獨創性之間的關係，似乎要淡些，因爲不少有深度富獨創的詩人，像李賀和艾略特，並不多產。一般說來，古典詩人較具廣度，故多產，現代詩人較重深度，故少產。同時，廣度與深度之間，往往似乎互相排斥，至少很難兼顧。例如白居易、桑德堡便廣而不深，李賀、艾略特便深而不廣，杜甫、莎士比亞、惠特曼才算深廣兼備。大詩人之深，應該是深入而淺出，故能在平易中見深厚。退而求其次，也應該深入深出。古典的大詩人往往是前者，現代的大詩人往往是後者。一般現代詩人的毛病，不幸，卻是淺入深出，令人徒然目迷心亂罷了。近年來，反晦澀之風漸漸興起，又往往流於淺入淺出之境，令人不敢相信，反晦澀竟然會反得這麼赤條精光。當然，沒有深度的廣度，是毫無意義的。那種詩，只能算是宣傳。

奧登把技巧的把握列爲五要之一，是很有見解的。有不少天眞的作者，在反對先驅者的技巧之餘，往往誤認一切技巧都是作僞，因此都在反對之列。其實，反對別人是最容易的事，問題是，自己能不能創造新的技巧來塡補舊的空虛。沒有靈活的技巧，怎麼能處理各殊的題材，並且促成一次又一次的蛻變？離開了技巧，內容將何所附麗？很多人誤認「平易」就是不要技巧，至少不太講究技巧，其實「平易」也是一種技巧，一種很「高深」的技巧。在五要之中，技巧似乎是唯一可學的東西，但是仔細分析起來，技巧實在是可學而不可學，因為技巧應該是感受的外延。沒有那樣的感受而學那樣的技巧，該是最形而下的摹仿，難免後知後覺之譏。

奧登提出的五要之中，最有趣的是最後的一點。次要的詩人，可能寫出許多好詩來，可是那些好詩太「完整」了，也就是說，太「孤立」了，看不出怎麼變來的，也看不出要變到哪裏去。次要詩人的生命，往往是「成」（being），是「一成不變」。大詩人的生命，則是「生」（growing），是「生生不息」，是「長生不死」。大詩人的生命，恆予人一種流動之感，飛越之勢。次要詩人是靜態的，無所謂時序。大詩人是動態的，所以有春秋代序。

純就英國文學本身而言，奧登的區分很有問題。他似乎不認哈代為大詩人，可是也有把哈代納入十九世紀次要詩人之列。如果說哈代死於一九二八年，不完全屬於維多利亞時代，那麼比哈代晚死八年的浩司曼又為什麼竟然名列選集之中？這個疏忽實在不可原諒，因為奧登早年開始寫詩，便是私淑哈代的。

奧登的大詩人名單上，竟有史雲朋和吉普林，實在令人不解。史雲朋熟極而流的音韻，離大詩人厚重磅礴的境界猶遠，無怪乎丁尼生有蘆笛之喻。吉普林那一套大英帝國的自豪和異國情調的鏗鏘，實在很令人難為情。不知道是不是因為艾略特對他謬加歎賞，致令奧登，艾略特的大弟子，也惑於吉普林的價值？把這本選集和奧斯卡・威廉姆斯編選的《英國大詩人選集》相互對照，我們發現，奧登認爲次要詩人的克麗絲蒂娜・羅賽蒂和浩司曼，在威廉姆斯的評價之中，卻奉爲大詩人，至少是「重要詩人」。由此可見，所謂「蓋棺論定」之說，在文學史上並不能完全接受。也許像華茲華斯、拜倫、濟滋、丁尼生之輩，千秋萬世，大詩人的地位已成定論，可是在大詩人和次要詩人之間，還有一個「邊緣地帶」，一任羅賽蒂兄妹、史雲朋、浩司曼之流，徘徊其間，時而烜赫，時而隱晦，難有定評，其間的榮辱，大半取決於時尚的潮起潮落。

奧登身爲反浪漫的第二代要角，在提到雪萊等浪漫大師的時候，仍能平心靜氣，承認他們大詩人的地位。把主觀的好惡和客觀的褒貶截然分開，這種超然的批評風度，是值得我們學習的。臺灣的現代詩，面對他提示的五個條件，第三、第四條件也許勉強可以通過，其餘三條恐怕還有待進一步的努力。這也是我們應該好好反省的。

——一九七二年詩人節前夕

現代詩怎麼變？

臺灣的現代詩已經到了應該變，必須變，不變就無以爲繼的關頭了。中年一代的詩人，擱筆的一年比一年多。這現象，與其說是才盡，不如說是氣餒。年輕的一代，很有幾位想要突破僵局，自尋出路，但是跟在上一代後面亂跑的「後知後覺」，也很不少。在我個人看來，中年一代的詩人裡面，能夠脫胎換骨，刷新羽毛，再令風雲變色的，恐怕不出半打。我們怎麼變，我不敢預測。一般作者會怎麼變，該怎麼變，我倒有興趣談一談。

第一、惡性西化和善性西化。所謂「惡性西化」是指中國詩人向國際現代主義投降，對西方現代詩派無條件地接受。回顧十多年的歷史，先是詩人相信「橫的移植」，結果「橫的移植」未成，「縱的切斷」倒先見了效。繼而詩人相信，洋花之中，橫植一種便可，結果是輸入了存在主義其莖超現實主義其蕊的那種作品。國際現代主義之爲特效藥，藥性固然很強，副作用顯然更猛。受益的少，蒙害的多；當初倡導服用的人，終於也發現問題十分嚴重。於是提倡現代詩的人，要「取消」現代詩，而提倡超現實主義的人，也不得不修正自己的立場。「惡性西化」的危機，一直到近兩年來才告緩和。目前還有少數中年詩人困在六十年代老現代詩的迷宮裡，追求一種叫做「純粹經驗」的幻境。不幸那樣的經驗，在他們的詩裡，給抽得太純粹了，以致讀者無法分享，成了禁宮式的絕緣經驗。我要特別指出：一首詩中的細節，無論有多形象化甚至戲劇化，如果缺乏主題一以貫之，則衆多細節相加起來的結果，說來奇怪，反而是抽象的，而非具象的。中年詩人漸趨成熟，或許能將「惡性西化」終於轉爲「善性西化」，使年輕一代在接受外來影響的時候，增加自信，較有選擇。我自己出身外文系，絕無阻止西化自斷出路的可能，但是由於半生俯仰其間，對於「惡性西化」的危機，也加倍地警惕。西化只是現代化的手段之一（因爲還有別的手段），不是現代化的終極目標。六十年代老現代詩之所以混亂，原因之一，便是誤將手段當做了目標。

第二、技巧和主題。一個詩人一旦迷上了所謂「純粹經驗」，勢必要全盤否定主題。經過六十年代「惡性西化」的惡補，不少詩人直到今天仍然羞言「主題」，好像一言主題，便成了宣傳。正如「民族」、「社會」、「現實」、「責任」一樣，「主題」一詞早已列爲現代詩的禁忌之一。不過我要在這裡強調：詩無主題，是一大邪說。主題容有露骨與含蓄之分，但不發生有無的問題。譬如電影取景，攝影機本身只有感性而無知性，只能被動地紀錄，用攝影機的人則兼有感性和知性，必須主動地選擇。只講技巧，不問主題，豈不成了攝影機？我認爲主題和技巧之間有這樣的關係：主題壓倒技巧，觀念抽離經驗，便淪爲宣傳；反之，技巧淹沒了主題，經驗不具意義，便淪爲頹廢。技巧必須爲主題服務，才有意義可言，正如武器雖然厲害，爲福爲禍，還要看人怎樣使用爲定。爲技巧而技巧，爲形式而形式，雖然詩人也能感到一種高級的過癮，畢竟是一種「內行人的遊戲」，廣大的門外漢是無緣同樂的。僅僅把一句話說得很特別，恐怕還不能就算藝術吧。所以王爾德語妙天下，往往只是賣弄聰明，還不到流露智慧的境界。杜甫雖然也強調語必驚人，畢竟他的主題深厚博大，沒有淪爲雄辯或嚼舌。讀者喜愛一位詩人，該是因爲詩人有許多地方跟他休戚相關，憂樂與共，而不是因爲詩人處處跟他言語不通，感覺相左吧。

第三、小我和大我。六十年代的老現代詩最喜歡討論的問題，便是所謂「自我之發掘」。這句口號，玄之又玄，幾乎變成了現代詩人遁世自高的託辭。一時衆多詩人都轉過頭來，來探索自我的內在世界，而據說，這內在的世界遠比外在的世界更深邃、豐富、眞實，所以探索起來，應該是無窮無盡的。此說當然很有道理。問題在於，如果所謂自我僅僅是小我經驗的一條死胡同，則探索的結果不會比日記、私信，或者夢囈更有意義。現代文藝津津樂道夢的意義。在我看來，夢出現在作品裡，如果不能成爲現實世界的一泓倒影，則並無多少意義可言。不關痛癢的美，終究是頹廢的。不關痛癢，文不對題，英文所謂 irrelevant，在當代批評的用語裡，是一個相當重的貶詞。大詩人當然不可能「太上忘情」到泯滅小我的程度，只是在他的作品裡，小我的另一端遙接大我，我悲亦即人悲，我笑亦即人笑，我的切身經驗亦即衆人經驗的具體而微。在這種情形下，自我的探索亦即人性的探索，感動自己，同時也感動廣大讀者。說到這裡，我們不妨談談何謂大我。在我看來，擴大同情甚至認同的對象，大我便在其中。社會、民族、國家、人類，都是或大或小的大我。譬如美國南北戰爭的時候，一個北佬或一個維吉尼亞人，只是一個小我，整個北方是一大我，整個南方也是一大我，但眞正的大我，該是美國甚至全人類。所以南方的代言人蘭尼爾（Sidney Lanier）只能算是一個次要詩人；北方的代言人惠特曼，因爲同時也是美國的甚至全人類的代言人，才能算一個大詩人。有些現代人一端執住一個自我，另一端自稱執住了人類，於中間的社會和民族則並無同情，或不加觀察，因此他們處理的經驗，不是個人到狹窄的地步，便是廣泛到抽象的地步。我們今天的處境，可說已到鐘鳴山崩，一個詩人仍在斤斤計較他的自我，或是自許爲人類代言，總不免使人覺得文不對題。譬如自己家裡正失火，反而忙爲鄰村鑿井，豈不成了病態的遠視症嗎？今天的知識分子普遍關切民族的大問題，獨獨詩人（至少在作品中）令人有置身局外之感。現代詩之遭受冷落，寧非必然？現代詩人恥言大衆，由來已久，如果連知識分子，最狹義最起碼的大衆，竟也在詩人恥爲代言之列，則小小的這個自我，會發掘出什麼東西來呢？

第四、洋和土。六十年代的老現代詩，風格上很「洋」。七十年代的新現代詩，漸漸反璞歸眞，有轉向「土」的趨勢。詩人從洋雲洋霧裡一跤跌下來，跌到厚厚實實的中國泥土上，反而有點要生根的樣子了。何謂「洋」？「洋」就是「惡性西化」，顯得很國際、很世故、很孤絕、很都市文明、很受機器壓迫。詩中的感覺，尤其是視覺，很有點翻譯的味道，十字架和帝國大廈的影子在字裡行間晃動。寫起論文來呢，一下子什麼克，一下子又什麼希，成了西方詩人的意見箱。相對於「洋腔洋調」，我寧取「土頭土腦」。此地所謂「土」，是指中國感，不是秀逸高雅的古典中國感，而是實實在在純純眞眞甚至帶點稚拙的民間中國感。回歸中國，有兩條大道。一條是蛻化中國的古典傳統，以雅爲能事；這條路我十年前已經試過，目前不想再走。另一條，是發掘中國的江湖傳統，也就是嘗試做一個典型的中國人，帶點方頭方腦土裡土氣的味道，這條路，年輕一代的詩人很多在走，羅靑、吳晟、林煥彰等等都走得很有意思。中年一代，白萩、管管、戴成義等好幾位也早已上了路。瘂弦早期的詩比較土，後期的詩就顯得洋了一些；後期的詩也許藝術價值比較高，可是中國感不如早期。我近年很喜歡民歌和搖滾樂，也無非是欣賞那一股土氣。在目前，我想不出還有什麼比「土」更充實可愛的東西。「土」的反面是「洋」，也就是「花」。不裝腔作勢，不賣弄技巧，不遁世自高，不濫用典故，不效顰西人及古人，不依賴文學的權威。不怕牛糞和毛毛蟲，更不願用什麼詩人的高貴感來鎭壓一般讀者，這些，都是「土」的品質。要土，索性就土到底。拿一把外國尺來量中國泥土的時代，已經是過去了。

——一九七二年十月十五日

傳奇以外

去國四年的愁予，吟詠日渺，令人望眼爲穿。近讀〈鄭愁予傳奇〉一文，作者楊牧竟已預言，馬蹄得得，所謂「歸人」，行將成爲「過客」。兩萬字的〈鄭愁予傳奇〉讀罷，掩卷黯然，渺渺予懷，渺渺予目，望美人兮在天一方。

楊牧這篇論文，無論文字，見解，史識，或風趣，都臻上乘，與一般論詩之作的累贅或唐突，很不相同。其中論點，十之八九我都有深切的同感。相信這篇論文，必然成爲現代詩批評的重要文獻。不過，裡面也有兩點，在此我想稍加指陳，請作者再予斟酌：

第一點是引述之誤。李白〈將進酒〉首句該是「君不見黃河之水天上來，奔流到海不復回」，而不是「不復還」。「來」，「回」同屬灰韻，「來」，「還」就不對了。作者說「這種技巧（形式「決定」內容）是新詩的專利，古典格律詩無之，除非狂放如李白，或可偶爾爲之。」大致說來，這是對的。不過在古典詩中，也儘有古風和樂府，在句法的長短，平仄的錯落，換韻的自由各方面，讓詩人放手去嘗試。杜甫「嗚呼何時眼前突兀見此屋」諸句，便是極現成的例子，不一定非李白始能「偶爾」啊，一笑。又飛卿〈夢江南〉名句，應作「過盡千帆皆不是，斜暉脈脈水悠悠，腸斷白蘋洲。」也許作者意在一三兩句，但越句引詩，仍以虛線標明爲宜吧。

其次，下語的輕重，在少數地方似乎還可以推敲。通常說來，只有常採「低調」的評論家，偶爾拔起「高調」的時候，他的美評才顯得眞有份量，所謂一字之褒，寵踰華袞。一九六九年冬天，曾與楊牧在丹佛的一座小樓上，坐擁滿窗雪景，飲酒論詩。當時兩人戲謂，評論家在褒貶揚抑之間，可分兩型，好褒人者，可謂之「膨脹型」(inflationary)，好貶人者，可謂之「洩氣型」(deflationary)；說到妙處，更引時人爲例，相與撫掌大笑。及至讀到九月號《幼獅文藝》，乃訝然於故人別後，不但體貌日豐，甚至吹噓之間，竟亦見膨脹之勢。這當然只是說笑，不過今天的楊牧，已非「花蓮時代」可比，一語既出，雖不能說「萬方矚目」，至少也是「衆所矚目」，洩氣不得，膨脹也不得啊。〈鄭〉文對徐志摩推崇備至，這種風度，在輕於否定前賢的時下習氣之中，確是値得提倡的。只是「我聽著了天寧寺的禮懺聲！」之類的詩句，是否眞的將「平凡的口語道白化爲最動人心弦的詩句」，而〈再別康橋〉是否稱得上「中國有新詩以來難得一見的金玉佳構」，恐怕仍有爭論的餘地吧。徐志摩這隻氣球（原諒我的譬喻），久患膨脹之病，一針洩氣，當然有欠公平，但是爲他吹氣，似乎也不必了。

愁予的詩，當然極好，現代詩之有婉約派，首功歸於愁予，現代詩未全被超現實主義拐跑。愁予曾是壓陣人之一。誠如楊牧所言，「愁予造成的騷動和影響是鉅大，不可磨滅的，三卷詩集的份量，遠勝許多詩人的總合。」不過在〈鄭〉文中，愁予竟與盛唐大師連袂同遊，始則方之少陵，繼復擬於謫仙，近更取喻川端康成，豈不使〈鄭愁予傳奇〉眞成了「傳奇」？同樣地，傑出儕輩如瘂弦，在一九五七年那階段，是否能用洛陽紙貴，萬方矚目來形容，也是值得斟酌的。詩的運動原是精神世界的潛移默化，與「萬方矚目」的頭條新聞，國際大事畢竟不一樣啊。

話說到這裡，我豈不是有「洩氣」之嫌了嗎？曰又不然。我於愁予，向來欽佩，在《幼獅文藝》上刊出的那首〈小召〉，便是一例。今年四月間，我在東吳大學中文系一連講現代詩四次，愁予的詩，曾引證再三，讚不絕口。像〈鄭愁予傳奇〉這樣的絕妙好文，希望楊牧能多寫幾篇，一來可以充實我國現代文學的批評，二來詩人論詩人，搔癢無須隔靴，冷暖端在共飲，三來詩人讚詩人，雙方成就相當，聲名匹敵，「文人相輕」的謠言，不攻自破。

恰如其份地讚美一位值得讚美的詩人，本身就是一件值得讚美的事。

——一九七二年七月十日

附註：

一、楊牧說「達達」是形容馬蹄的擬聲格，誠然。其實，我以爲在更含蓄的層次上，四聲皆仄且皆險急的「是個過客」，也可以說是暗示馬蹄達達的輕脆，一如敲在青石板上。

二、楊牧說：「不困難的詩並非一定是好詩，但困難的詩大部分好像是壞詩，只是少數例外，我一時只想起杜甫的〈秋興〉、勃郎寧的一些戲劇獨白體，和艾略特的〈荒原〉。」這是一個值得爭論的大問題，因爲有些困難的詩不但困難，而且令人不悅，有些則雖然困難，卻十分迷人。某些現代詩屬於前者，〈秋興〉卻屬於後者。至於〈荒原〉，困難固然十分困難，是否好詩則很有問題。〈荒原〉名氣之大，久已成爲現代詩的「原型」，一般誤以蕪亂爲豐富的作者，曾挾此詩以自重，包括我自己在內，「受害人」可謂不計其數。當其盛時，連博學卓見的夏濟安先生也不免試寫〈香港——一九五〇〉那樣的作品，而另一位高明的學者（陳世驤先生）竟稱爲「一首相當重要的詩」。由此可見一斑。

三、評語輕重之間，實在難以把握。我在評論劉國松藝術之際，竟也用上了「不朽」之類的字眼。如果楊牧反駁說：「瞧你自己，不也『膨脹』得可以？」我也只有傻笑以對。以後出書之時，當稍稍「洩氣」，以防爆胎吧。

現代詩之重認

——把一切交給歷史

七十年代一開始，中國的現代詩便進入了史無前例的批評時代，大致說來，創作的活力遠不及批評的氣勢。也許我應該說「空前凌厲」，不該說「史無前例」，因爲遠自十五年前開始，現代詩就已遭受到外界猛烈的批評。不過這一次的情形，確實是空前的。首先，「攻方」的陣容遠比十五年前要堅強；我們可以說蘇雪林和言曦不懂現代文學，卻難以否定科班出身的顏元叔和關傑明等人在這方面的知識。其次，對於現代詩虛無與晦澀等等的病態，十多年來，除了紀弦、張健和我曾屢作逆耳之諫外，現代詩同人的自省之聲，並不多聞。可是這一次的猛烈批評，卻大半發自現代詩人本身，尤其是年輕的一代。也許郭楓、杜國清和高準詩齡較長，可以納入中年的一代，亦即李國偉所謂的「前行代」，可是從傅敏、岩上、陳芳明到羅青，參加這一次大批判的多數詩人，仍是「新生代」的中堅分子。第三，攻方氣勢空前凌厲，守方卻很少出來自衛，尤以當年高揚超現實主義大旗的幾位主將爲然。看得出，守方的士氣並不高昂，理論的據點也不夠多，反擊的勝算可說渺渺。

例如李英豪，十年前活躍於現代詩壇的所謂「前衛批評家」，早已自絕於嚴肅的文學了。又例如劉延湘，十年前她也是一位典型的浪子，但是，從她最近出版的詩集《露珠集》看來，可說早已擺脫了六十年代老現代詩的影響。顯然，就現代詩而言，一個新的時代已來臨；六十年代的種種，健碩的將被肯定而屹立，病態的，將難逃歷史的審判。

但是消極的批評甚至苛刻的否定，是不夠的，混戰的塵土落定後，更需要平心靜氣，抱持治史的客觀精神，爲二十年來的現代詩，無論是創作上或是理論上的發展，整理出一個秩序井然比例悉稱的透視圖來。有了這樣的史觀，我們才能判定以往的種種趨勢或運動，何爲主流，何爲支流，何爲順潮，何爲逆流，才能判定西化的得失，傳統的消長，是怎樣的來龍去脈，更從而認識個別詩人相對的功過與地位。我們必須承認，詩雖然是一種主觀的表現，詩史和詩評卻是一種客觀的工作，嚴肅的學問。片言隻字，就要肯定或否定一位多產的詩人，也許可逞一時之快，但是如果欠缺批評的深入分析和史料的切實佐證，就難使讀者心服口服。《龍族》詩刊第十一期上，林鋒雄爲成立現代詩庫而發表的一篇短文，可以說是十分適時的呼籲。林鋒雄指出，欠缺信史資料，「經常嚴重地影響到中國現代詩史的研究工作，以及文學批評的客觀性，從而引發一些不必要的爭論，嚴重地妨礙了現代詩走進文學史的速度。例如，現在（僅距現代詩派成立二十年）我們幾乎無法正確地估計出《現代詩刊》或《藍星》對現代詩的發展產生多大的影響。一個三十歲以下的年輕人，對《現代詩刊》或《藍星》的印象，大都是一些傳說。」林鋒雄在結論中建議：「急速成立公藏的詩庫。」

年輕一代的詩人能有這樣的識見，且及時予以提出，實在是詩壇之幸。把握眞相，應該是一切知識與判斷的起點。例如某詩刊近期發表了一封投書，竟說「從余、洛等人詩風的轉變爲比較明朗足以證實：貴刊在中國新詩的爭論中，已經取得了明顯的勝利。」這個謊眞是小得好笑。因爲第一，我的詩風向不晦澀，無須轉爲明朗。第二，我對晦澀的批評由來已久；我的〈論明朗〉一文（見《掌上雨》十五頁）發表於一九六二年五月，上述該詩刊之創辦則在一九六二年七月，以七月去影響五月，是違背常識的事。第三，我雖然一向反對不必要的晦澀，但更不支持不可耐的淺顯；與其名爲明朗而實淺顯，我寧取洛夫式的晦澀。

如果林鋒雄理想中的現代詩庫得以成立而且公開於世，則上述詩史上的細枝末節，不待空言妄論，只要一查資料便迎刃而解。詩壇的學術尊嚴有待建立，不過說到二十年來詩史的整理，年輕的新生代在批評的立場上，似應比中年的一代爲客觀。《大地》和《龍族》年來在這方面的工作，已經有了令人欣慰的表現，但是研討的範圍仍需擴大。我希望，現代詩庫成立後，年輕一代有志於詩史與詩評的作家、學者，能夠從完備而信實的資料裡，編出下列的幾部大書：

㈠**中國現代詩史**：這部詩史應該始於《現代》、《藍星》、《創世紀》三社成立之初，甚至更早三、四年，而以這一次大批判的前夕爲止。發展的線索可採多元方式。譬如詩社的互爲消長，是一條。不過詩社的發展難以籠罩某些獨來獨往的詩人如鄭愁予、葉珊、方莘和方旗，平衡之道，可以加上另一條線索，而以詩觀詩風的興替爲主，譬如主知主義和超現實主義的發展，便是很可一尋的脈絡。此外，重要詩人的個別發展，在詩史上舉足輕重者，可以爲整個詩史剪一個側影，而收相互印證之功，也不妨列爲一條線索。至於詩的運動和論戰等大事，亦可理出幾條支線。諸線交相編織，反覆投射，相信一部詩史就在其中了。

㈡**中國現代詩選**：如果沒有足夠代表性的詩選集和詩論選集加以佐證，則上述的詩史將予人空談失據之憾。歷來我們現代詩選均瑕瑜互見；何況早期的幾種已經過時，後期的幾種不幸又偏於一種風格，即使對於同一位作者的詩，往往亦以該一風格爲取捨的標準，因而初嚐現代詩的讀者，幾乎誤認現代詩爲一場噩夢。客觀而具代表性的現代詩選，一直虛懸在我們的心中，未見出版，這眞是對詩壇良心的一大挑戰。此地所謂的代表性，正如陳芳明在《書評書目》第五期論《中國現代文學大系》詩選部分時所言，不但應指入選作者，也應指同一入選作者的前後作品。譬如只選〈深淵〉一類的詩，便無從認識早期的瘂弦。同時，二十年來在虛無和晦澀以外的佳作仍復不少，沙裡淘金的結果，相信必能使新的詩選面目一改，而且修正讀者對現代詩久留的印象。

㈢**中國現代詩論選**：二十年來的詩論和詩評恐已在百萬言以上，可是選集少之又少，且多爲一家之言。理想中的新選集，不妨依年代的順序分爲一般的理論和個別的批評兩大部分：後者更可分爲幾小類，例如針對某一重要詩人的是一類，針對某一著名詩篇的是一類，書評是一類，重要論戰正反雙方的辯辭又自成一類。至於入選的標準，固然因人而異，難衷一是。我則建議，不妨分兩個層次來進行。第一個層次以優越性爲準則，只要論文本身精采，富有眞知灼見，便應入選。第二個層次以代表性爲準則，論文本身不必精采，甚或可能極不高明，但是只要能忠實反映某一時期的風尚或者某一群人的觀念，也應選入集中，充當詩史的第一手資料。

有了這三部書，我們對於二十年來現代詩在臺灣的發展，才會有比較深入而客觀的認識。如此則無論誰要研究，批評，甚至大肆攻擊現代詩，他都必須捫心自問：「我對現代詩的認識夠充分嗎？許多重要的史實和文獻我都過目了嗎？現代詩人全都是反叛傳統，盲目西化，而且缺乏民族性與社會感嗎？現代詩都是晦澀難解嗎？現代詩都是偏激荒謬嗎？一位批評家的任務，究竟是發掘傑作呢，還是詆毀劣作呢？」如果每一位評詩的人都能這麼反躬自問，相信以偏概全和草率從事的評論，必將有以自我修正，而漸爲審愼的分析所取代。近年各方對現代詩的嚴厲攻擊，有的確能抉發病弊，切中要害，也有一些顯然昧於史實，或欠缺探討精神，徒逞口舌之快的意氣之作。英國大詩人兼批評家頗普就說過：「一人有劣作，十人有謬評」（Ten censure wrong for one who writes amiss）。謬評和劣作，同樣要在文學史上留下斑點的。

然則史觀之養成，正可保持「批評之平衡」，而免於矯枉過正之弊。譬如二十年前，紀弦要詩與歌分家，目前詩人又要和作曲家合作。二十年前，詩人反傳統唯恐不及，目前要回歸傳統，竟形而下到把傳統的面貌供在詩刊的封面。十多年前，發掘自我曾經是詩的標語，目前呢，認同社會又成爲一時的口號。這些，都是極端的二分法在批評上造成的不平衡現象，養成了成熟的史觀後，當可漸漸克服。瘂弦這幾年對於新詩的先驅人物頗下了一番重認的功夫，確有先見之明。如果新生代的有識之士能響應林鋒雄的呼籲並接受我的建議，則二十年來的現代詩甚至五十年來的新詩，當漸可呈現史的透視，鑑往知來，對於現代詩的前途，該有見微知著趨吉避凶之功吧。

——一九七四年二月十九日

漢江之濱

——記第二屆亞洲文藝研討會

一九七三年初秋，大韓民國藝術院在漢城召開「第二屆亞洲文藝研討會」。教育部派我代表中華民國前往參加，並宣讀論文，因此有緣去南山之麓，漢江之濱，作客七日，既覽山川之雄，復仰人物之盛。所見所聞，願擇其要，爲國內的文壇報導。

主辦這兩屆研討會的藝術院（National Academy of Arts），和地位相等的學術院（National Academy of Sciences）同爲韓國最高的文化機構。學術院的性質相當於我國的中央研究院；至於藝術院，我國還沒有類似的組織。一九五二年八月七日，韓國政府根據新頒的「文化維護法」籌組藝術院和學術院的選舉團，並通告文藝界與學術界人士向文教部登記。文藝界的人士，經朴鍾和、柳致眞等六人小組審查後，符合選舉人資格者有四百四十三人：其中詩人、散文家、小說家一〇五人；畫家、雕塑家一四九人；音樂家九十二人；劇作家、演員九十七人。直到一九五四年三月二十五日，四百多位文藝人士才在全國各地，分成十四個選區來選舉會員。最後在文教部當衆開票，選了二十五位會員，是爲藝術院成立之始。

根據「文化維護法」的規定，藝術院的會員不得超過五十人，其中更分兩類，一類爲定期會員，任期六年，另一類在院方推薦下經總統任命爲終身會員。目前藝術院有會員四十九人，除小說家朴鍾和與書法家孫在馨分任會長與副會長外，其下更分文學、美術、音樂、戲劇四個委員會。韓國國家藝術學院的任務，第一是發展文藝並改進作家的環境，第二是代表國內與海外的作家，研究文藝發展的重要事項，並向政府提出建議，第三是獎助傑出的作家及文藝團體。藝術院頒發的文藝獎，金額頗高。一九五九年是每名三萬韓幣，一九六八年增爲五十萬，自一九七〇年起更高達二百萬（相當於二十萬臺幣）。

近年來韓國國勢日盛，信心日增，對於國際文化交流，顯得很是積極。主辦「亞洲文藝研討會」，便是一個例子。去年主辦的第一屆研討會，除了韓國本國的作家之外，應邀參加的外國作家與學者，有中華民國的藝術家顧獻樑，以色列小說家海發大學文學系主任馬蒂・梅吉德，日本畫家東京美術大學教授寺田竹雄，泰國建築家曼谷藝術學院教授蘇梅・貞賽，和菲律賓的代表瑟席兒・吉多特。

今年召開的第二屆研討會，參加的國家爲韓國、中華民國、菲律賓、印尼、埃及、西德。日本代表村松強臨時因病缺席。會場在漢城東北近郊的基督學館，風景相當清幽。開幕典禮是在九月二十五日上午十點半。先由藝術院會員女詩人毛允淑宣佈開會，然後由藝術院會長朴鍾和致開幕辭，繼有文教部長官（教育部長）閔寬植與藝術院會長李丙燾致賀辭，最後是梨花女子大學的合唱。前後只一小時，儀式便告結束。

下午的節目是文學與美術，程序排得很緊。原定宣讀論文的時間是半小時，程序表上臨時竟減爲二十分鐘。由於日本代表未到，我是文學部門惟一的外賓，所以排我第一位宣讀。我的論文是〈中國詩的傳統與現代〉，用英文宣讀，本來需要四十分鐘。好在第一天夜裡，已用紅筆劃分首要與次要部份，因此可略之處，蜻蜓點水，輕輕掠過，二十五分鐘便告結束。

二十四日上午，我乘國泰班機飛漢城，機件臨時故障，誤點竟達六小時半之久。事後才知道，同一班機去漢城的菲律賓和印尼代表，和我一樣，也曾在松山機場熬了一個下午。因此我在發言之初，借題發揮，說了一通什麼「心靈可以不朽，機器有時而窮；傳統可以久遠，現代因時而異」的理論，一面瞥見菲、印代表在臺下向我欣然微笑。我從詩經說到唐詩，又從胡適和徐志摩說到七十年代臺灣的現代詩，交代了史實和流派，便進入論題核心的探討。我指出今日在亞洲各國，作家和學者大致可以分爲三類：保守派盲目地株守傳統，激進派盲目地鄙棄傳統，兩者表面上相反，實際上卻相似，因爲兩者都把傳統看成功德圓滿的歷史，前人一勞，後人永逸。不同的是，保守派認爲，既成歷史，當供於廟堂，激進派認爲，既成歷史，應付諸箕帚。自由派則認爲，傳統之爲物，既不是不朽，也不是已朽，而是血肉之軀，呼吸吐納，一刻也不能停止。傳統既不是保守派眼中的神，也不是激進派眼中的鬼，而是生生不息日新又新的人。神與鬼都是不變的，人卻不能不變。窮則變，變則通，通久復窮，循環不已。所謂不朽，絕對不是不變，而是不斷在變，卻又萬變不離其宗。傳統要變，是爲了求通。激進派變來變去，只是爲變而變，並不問爲什麼要變。表面上看來，自由派好像有點圓滑，最易招致誤解。事實上，保守派與激進派只是互不妥協而已，自由派卻同時不向保守派與激進派妥協，立場可以說更難堅守。

說到這裡，我進一步指出，傳統的解釋不一，現代的途徑各殊，文壇和藝苑的論爭，大半肇因於此。保守派和激進派對現代化的看法，正如對傳統的看法一樣，也是異中有同。保守派認爲，現代化就是不要傳統，所以是叛逆。激進派也認爲，現代化就是不要傳統，所以是生機。兩者都認爲現代與傳統是截然相反的東西，更認爲，現代化就是西化。自由派則認爲，現代與傳統不但不必對立，而且可以相激相成，更認爲，西化只是現代化的一種途徑，但絕對不是終極的目標。對於自由派，現代化的意義不僅在尋找新的表現方式，更在探討新的表現對象，新的思想、感情、主題，也就是說，新的現實。激進派的錯誤，在於摭拾了西方的技巧之餘，更直接借用了西方的現實，因此孤絕、迷失、荒謬、性變態等等都變成了「現代遊戲」的塑膠道具，追求現代化的結果，僅止於西化。

這一番話頓時吸引了衆人的注意，韓國的代表尤有切膚之感，後來他們在討論的階段向我提出了好些問題。菲律賓和印尼的代表，事後也有贊同的表示。我的論點，第二天的韓文報《京鄉新聞》、《東亞日報》、《新亞日報》、《中央日報》、《韓國日報》等和英文報《韓國先鋒報》、

《韓國時報》均有顯著的報導；其中《東亞》與《京鄉》的篇幅都在千字以上。那天下午，宣讀論文者多達五人，指定發問者也有四人；我首先宣讀，在時間上很佔便宜，如果宣讀時已近尾聲，則無論有多精采，聽衆不但情緒低沉，甚至已有部分離座了。對於所謂宣讀論文，我有一種看法，認爲這件事情雖然不同於演講，但是從頭到尾一成不變地照唸原稿，終究不免沉悶。何況論文均已英文與韓文對照印妥，聽衆人手一份，何待細讀？因此我的做法，是將要點逐一唸出，並稍加發揮，點到爲止，再往下讀。這樣應該可以免於單調，但是卻苦了當場韓譯的譯員。

繼我宣讀的，是韓國文學批評家李軒求。李軒求是國際筆會韓國分會發起人之一，曾任梨花女子大學教授垂二十年之久，今年已有六十八歲。他的論文〈韓國文學的基本氣質〉是用韓文宣讀。開始他從地理環境分析韓國民族氣質的成因，說明晴好的氣候和山阻水隔的半島地形，造成了韓國人既豪爽又感傷的錯綜性格。繼而他就歷史的背景分析韓國文學中那種剛毅、堅忍、悲壯的精神，說明韓國在古代，如何歷經中國隋、唐、元、淸各朝的君臨，並且吸收了佛教、儒教、道教的文化，但是到了現代，又如何掙脫儒教的濡染和漢字的浸淫，以求文化的自主，並且推翻日本的統治，以求政治的獨立。雖然遠在公元一四四六年，李朝的第四代國王世宗即已創導了韓文的表音字母，便於韓人將自己的口語，按聲韻書寫出來，雖然遠在十七世紀，許筠已經用韓文寫出第一部小說《洪吉童傳》，可是一連十五個世紀之久，韓國的文學作品，仍然有賴中文傳寫。直到一九一九年三月一日，韓人掀起了壯烈的抗日獨立運動，韓國的新文學才勃然發軔。那時，正是民國八年，比五四運動還早兩個月。二次大戰結束，苦盼了三十六年的獨立，竟爾變成南北對立之局，終於北韓南侵，引發了韓戰。這便是韓國現代文學的背景。

李氏講畢，文學部門便進入討論的階段。研討會指定的兩位發問人，是延世大學教授小說家朴榮濬，與韓國日報主筆詩人申石艸。可以想見，韓國當代文壇必然也惑於傳統與現代之爭。也許他們的困局比我們的更爲艱苦，因爲傳統之於他們，半爲中國古典，而現代經驗之中，更兼有亡國之痛，分裂之苦，與一次小規模的世界戰爭。兩人問了我好幾個問題，其中一個是：西化既非亞洲國家現代文學之目標，則亞洲國家現代文學發展的方向爲何？我的答覆是：傳統精神之再認與新生，西方文化之學習與選擇，加上民族新現實之探討與表現。另一個問題是：創導新文學的胡適，對古典文學的態度爲何，他推行的運動有何後果？我的答覆是：胡適在中國古典的薰陶下入而復出，對於古典，不但識其精華，而且病其糟粕；他反對的，不是古典的生發精神，而是古典的僵化狀態，不是詩經、樂府、唐詩、宋詞、元曲、明清小說，而是駢文、八股文、律詩（尤其是排律），和李夢陽等的復古運動。在當時暮氣沉沉的文壇，胡適的否定確有必要，但一般青年誤認胡適否定的是中國文學的全部傳統，因而導致了惡性的西化。殊不知胡適的西化乃是西方的人文主義，西方的民主與科學，這和西方波德萊爾以後病態的現代主義，是背道而馳的。到了今天，西化發展既成惡性，我們這一代對於傳統、現代化、西化等等的態度，應該重新調整，才能恢復平衡。

接下去是美術部門，宣讀論文的代表，依次爲埃及的國際文化局長兼開羅美國大學教授慕斯塔發・慕尼爾（Mustafa Munir），弘益大學教授畫家張遇聖，和韓國中央博物館館長佛教藝術學者黃壽永。

慕尼爾的論題是〈埃及的現代美術〉，從穆罕默德・納吉（Mohamed Nagui, 1883-1956）到艾爾・拉沙斯（El Razzaz, 1942- ），他列舉了埃及二十六位現代畫家和雕塑家，並且指出，埃及的藝術家也在古老的傳統和西方的時尚之間掙扎，但是一九五二年推翻法魯克的革命，在藝術史上具有劃時代的影響，因爲人、自然、機器，在新的工業社會裡，開始以綜合的形象出現。慕尼爾在宣讀論文的過程中，放映了不少幻燈片作爲引證，但是耗時達五十分鐘之久，令尚待發言的代表們等得好苦。

張遇聖在他的論文〈藝術的傳統與現代〉裡，採取圓通達變的立場，以爲株守傳統與盲從西洋皆不相宜，截長補短，兩相配合，才是生路。韓國藝術院中，美術部門的會員，依韓國人自己的用語，可以分爲東洋畫、西洋畫、書藝、雕刻四類，其中東洋畫家四人，西洋畫家五人，書藝家二人，雕刻家僅一人。張遇聖是所謂東洋畫家。他指出，韓國在日據時代，自己的傳統文化幾乎中斷，輸入的西洋文化也經過日本的扭曲。二次大戰結束後，美國的文化又喧賓奪主，盛極一時。在這樣的環境裡，韓國的藝壇要融合傳統與西方，談何容易。張遇聖更指出，韓國藝術的傳統源於中國；佛教、儒教、道教，尤其是老莊的哲學，對於韓國藝術的思想，影響至深，流露在筆下的，則爲禪、虛、素、拙、樸等氣質。値得注意的是，韓國人在儒教中濡染旣久，認爲「儒教對韓國社會的發展，有其優點，也有其缺點。」（見韓國海外公報館印行的《今日韓國》第一百頁）張遇聖也認爲，像金弘道那樣的畫家，所以能發揮韓國的民族精神，便是由於他不像一般韓國畫家滿於臨摹中國畫譜的緣故。

韓國學者對中國文化的態度，往往兼有正反兩面：一方面感於涵煦之恩，另一方面又激於自立之志，不願長屈人下，作文化的藩邦。這種心情我們應該了解，才不致在韓國朋友的面前，出言失態。韓國另一位代表黃壽永，在他的論文〈韓國古代美術與佛教〉裡，表現這種自我肯定的態度，尤爲顯著。他說，雖然儒教傳入韓國要比佛教早四百多年，對韓國藝術的影響，卻遠不如佛教那麼深遠且生動。佛教傳入韓國，是在公元四世紀末，正値三國時期中葉。這個新宗教，在中國文化因素之外，更帶來了印度和中國以西地區的文化因素，但韓國本土的文化已趨成熟，因此輕而易舉充分吸收了外來的新教。新羅接受佛教，在三國之中爲時最晚，但所受感染卻最深遠，在統一時期更奉爲國教，當其盛時，曾有「寺寺星張，塔塔雁行」之喩。三國末期，約當公元六百年前後，百濟與新羅開始建造石塔。佛教在韓國由盛轉衰的一千年中（四世紀末迄十四世紀末），石塔之多，爲韓國贏得「石塔之國」的雅稱。由於石塔堅固耐久，現猶屹立韓國境內者，在千座以上。黃壽永認爲，東方奉佛諸國之中，中國以磚塔見長。日本以木塔著稱，但無論韓國或外國學者，均謂韓國石塔之風味，爲鄰近諸國所不及。黃氏的論述似乎有點自相矛盾，因爲在〈韓代古代美術與佛教〉一文的結論中，他又指稱，某些外國人士以爲韓國藝術不過效顰中國，甚至韓國人士然此說者亦不乏人。可是黃氏認爲一種藝術，既在一國產生且繼續發展，自然成爲該國傳統。至於雕刻，儘管大致上是追摹中國，但是進入成熟時期以後，便判然有別了。例如同爲崇奉彌勒，在新羅時代卻因統一半島的熱望而更形虔誠，且據以誕生結合儒、佛、仙（道）三教的花郎精神。同時，彌勒菩薩的半跏思維雕像，無論是金銅或是石建，都是韓國傳統的傑作。

美術部門的三篇論文宣讀如上，接著由雕刻家金景承等韓方藝壇人士提出問題，復經宣讀人一一答覆，九月二十五日下午的研討會便告結束。

次日上午十時，音樂部門開始研討。首先由西德代表西格夫瑞・鮑里斯（Siegfried Borris）宣讀〈二十世紀西方音樂對音響的新觀念〉。鮑里斯是柏林大學教授，西德音樂協會會長，作曲甚豐，在柏林音樂學院讀書時，做過興德密特的弟子，現年六十七歲。他在論文裡面指出，近十年來，西方現代的音樂研討，已經轉向音樂本質和功能的批評，不再繞著調性、無調性、音列或偶發性等等的結構理論兜圈子，一九六五年以後，即使是最高級的作曲技法，也因爲缺乏生機而逐漸受人遺棄了。作曲家玩厭了電腦數學和統計學的結構，乃轉向不可預知，難以確定，隨機而變的創作境界。西方的當代樂壇呈現下列四種現象：第一是所謂藝術音樂與通俗音樂的交融，產生了不少難以分類的新曲式。第二是由於斯塔克豪森（Stockhausen）等前衛作曲家寫了許多樂曲，既可供衆人冥想或行動，又可任外行人隨意發揮，專業與外行之間的鴻溝已經可以跨越。第三是「新音樂」正逐漸打破個人完整「作品」的觀念，改向東方的傳統汲取靜觀、通靈、狂悅等等的集體形式。第四是東方的作曲家，尤其是日籍與韓籍，運用最新的作曲技巧來表現東方的心境，這種風格，在西方的樂壇已經獲得普遍的重視。

鮑里斯教授繼又指出，西方音樂家的毛病，在於誤認西方的音樂理論是一條「進步的單行道」，具有邏輯上必然的發展。他們依然認為十二音技法、音列音樂、自動結構、電子音樂與即興音樂等等，是發展現代音樂風格的基本因素。事實上這樣子的加速發展只能視為試驗，甚或逃避。這種種花招並未徹底改變現代音樂的思想。對於西方的正統音樂，眞正的挑戰反而是：第一、一八八九年在巴黎的世界博覽會上，安曼、爪哇、峇厘等地的音樂對杜步西的啓示極深，使他揚棄了奏鳴曲、變奏曲等循理性與辯證發展的典型，而賦音響本身以首要的地位。結果是導致了「氣氛的音響」。第二、一九一一年以後，巴爾托克在「藍鬍子的城堡」和史特拉文斯基在「春之祭」等作品中掀起的表現主義，帶來了所謂「野蠻的音響」。第三、爵士樂侵入西方的音樂世界，影響了一九一九年到一九四五年間的史特拉文斯基和「創世紀」中的米岳。「爵士的音響」不但左右了音樂創作，而且改變了學校的音樂課程。第四、搖滾樂與熱門音樂整個改變了音樂和聽衆的關係。這種音樂達成了溝通心靈，尤其是年輕心靈的新任務，因爲這是念咒的音響，密約的音響，抗議、催眠、迷幻、遠遊的音響。這種音樂的風格，所謂「召喚的音響」，已爲演奏會和歌劇所接受，再也不能視爲無理取鬧或心智萎縮了。第五、布雷士和斯塔克豪森等前衛大師，綜合了西方音樂「封閉循環」的原則和東方音樂「開放演變」的觀念，在隨機應變和層出不窮的即興之中，創出了「靜觀的音響」。鮑里斯教授指陳，東方的作曲家對時間的觀念，有本質上的差別，因爲東方人不像西方人那樣，認定時間是行動、歷史，或命運的工具。「靜觀的音響」甚至以爵士樂及搖滾樂的形式出現。西方人迷它，因爲它不作理想的啓示，更無霸氣的自由，只是想從自我的經驗裡喚起自我的意識而已。

最後，鮑里斯教授指出，國際上甚受西方注目的東方作曲家，包括日本的松平賴則、武滿徹、黛敏郎、入野義郎，和韓國的尹伊桑。尤其是尹伊桑，已經成爲今日德國樂壇的名家。他的「禮樂」、「波瀾」等曲，他的歌劇和清唱劇「南無」，都贏得聽衆和批評界的好評。鮑里斯更引中國旅美作曲家周文中的一段話，來支持他對新音樂的見解：「我想藉音響來傳達中國詩與山水畫中蘊蓄的那種情韻，並且用類似詩畫的簡潔手法來達到這目的。」

鮑里斯的論文在這次的研討會上並不算最長的一篇；我的摘要不厭其長，是因爲這篇論文觀點頗新，於東西音樂之比較牽涉亦廣，對於國內音樂界當有參考的價值和激勵的意味。

下面的一篇論文，是凱西萊格女士（Lucrecia R. Kasilag）的〈菲律賓的樂壇〉，凱西萊格女士是奠定菲律賓現代音樂的重要作曲家，現任菲律賓大學音樂美術學院院長。她從史的發展把菲律賓的音樂分成傳統和現代兩個階段。傳統音樂又可以分成本土和西方的兩種。在西班牙統治時期（一五六五年至一八九八）以前，菲律賓的音樂正如緬甸、泰國、馬來、印尼等地的音樂，同屬印度馬來系統，所用的樂器主要是配合宗教及歌舞的鑼鼓和竹製的樂器。西化不及之地，諸如民答那峨和蘇祿群島的回教區域，仍然殘留這種古樂。到了殖民時期，西班牙的兵士和僧侶更教土著唱聖詩，彈吉打，拉提琴，也輸入了和聲、對位等西方技法。在音樂和藝術各方面，西班牙的影響之中可以感到墨西哥的成份，因為三百年間，西班牙是經由墨西哥去統治菲律賓的。西班牙的探戈、哈巴奈拉，法國的華爾茲、里高東等舞曲，對於菲律賓的民間音樂與舞蹈，都有重大的影響。

至於現代音樂，則大多數的作曲家仍低徊於蕭邦、李斯特等浪漫的傳統。輕音樂效法的，是美國的爵士。前衛派不是師承杜步西、史特拉文斯基、巴爾托克、荀伯格，便是追隨瓦瑞斯（Edgard Varese）的「具體音樂」，很少有人想到利用東方的樂器和樂理。近年來，菲律賓的作曲家才開始用本土的樂器來配合西方的樂器，把東西方的音響綜合起來，並且賦現代音樂以民族的風格。今日菲律賓的樂壇，不但重視本土的音樂傳統，對於鄰近的東方音樂也著意研究。例如菲律賓大學，便設有亞洲音樂系。一九七一年，亞洲十個國家的代表，更在聯合國教科文組織的贊助下，前往馬尼拉開會，並組成亞洲文化協會，以促進各國之間的文化交流。

凱西萊格女士讀完論文，還將自己作曲的錄音帶播放了一段，以示她綜合菲律賓和西方樂風所用的手法。最後，她又吹奏了一種音韻異常清幽的小口琴，說那是追求女孩時使用的樂器。

下面一篇論文，是國立漢城大學音樂學院院長李惠求的〈韓國國樂的傳統與現代化〉。李惠求是韓國知名的音樂學者，著有《韓國音樂研究》、《韓國樂器圖錄》、《韓國音樂序說》等書。他慨嘆韓國年輕的一代接受的是西方的音樂，對於國樂卻十分冷漠。韓國青年一方面認爲自己的傳統音樂已經落伍，另一方面卻欣然聆聽歐洲十八世紀的交響樂，實在是崇洋的心理。李惠求指出韓國國樂的現代化頗多困擾。第一、古時奏樂，場地多在私第，聆者不過親朋；傳統的樂器在今日的音樂廳裡就顯得有點薄弱，如果勉將音量提高，又不免扭曲原來的音色，而且損害音調上微妙的變化。例如十二弦的伽倻琴，假如要增強音響，可以把弦調緊，但是音調的變化也就喪失了。其次，古時的聲樂有如行雲流水，可以任意延長，並不著意計時；但是今日的廣播、電視、電影等等，無不強調計時。國樂要爲大衆傳播所接受，就必須精確計時。第三、國樂多爲即興，不是韻律忽起變化，就是老調反覆重彈，效果不能預期，令人難以捉摸，要把握今日的聽衆，就得約束這種即興的特質。

不過一般所謂的「國樂現代化」，往往只是國樂的西化，而所謂「西化」往往只是效顰十八、十九世紀的交響樂、奏鳴曲、歌劇，並不涉及格瑞哥利吟唱的單音曲，巴勒斯垂納合唱的複音音樂，和二十世紀的音樂。現代化的另一現象，便是爲國樂編曲（arrangement）。結果既不能跳出傳統的窠臼，也不能保持傳統的精神，淪爲驢馬兩非。例如一首韓國民謠，用和聲改寫後，充其量只能便於西方聽衆聆聽，尚不得謂之創造。李惠求認爲，要復興韓國的國樂，有兩條途徑：其一、音樂系的學生應該研究國樂，蒐集原始資料，加以考證、分析，並發現其價值。畢業之後，他們應該到中學去教國樂。等到中、小學都注重國樂時，大衆傳播也就不能再忽略本國的音樂傳統了；其二、作曲家應該向國樂裡去追求新機與靈感。西方的現代作曲家早已掙脫了十九世紀的陳腔，從事新的試驗。文化史的經驗告訴我們，不少革命，其實是某種程度的師古。流俗視爲古董的國樂，一經天才的點化，很可能接通現代的生機，變成前衛的藝術，也未可知。音樂部門的三篇論文宣讀完畢，便由國樂藝術學校校長成慶麟、尹伊桑的弟子留德歸來的青年作曲家金正吉等，向宣讀人提出問題。

下午的節目是戲劇部門。首先由印尼的代表梭達爾索諾（Soedarsono）宣讀他的論文〈印尼戲劇的不朽傳統〉，梭達爾索諾現年四十歲，是外國代表中最年輕的一位。他是一位舞蹈家，曾在美國和法國表演，現任印尼國立舞蹈學院院長。梭達爾索諾指出，印尼古典的戲劇發源於爪哇和峇厘，可以分爲傀儡戲和舞劇兩大類。爪哇的傀儡劇，可以分爲平面皮雕傀儡（土語瓦洋庫立）和立體穿衣木偶（土語瓦洋戈列）兩種，扮演的故事都脫胎於印度的兩大史詩《摩訶波羅多》與《羅摩耶那》。在峇厘島上，只有皮製傀儡，沒有木偶，但是皮製傀儡也分爲夜間的投影戲（瓦洋配燈）和日間的非投影戲（瓦洋立馬）。

爪哇的舞劇可以分爲四類：第一類假面舞劇可以追溯到十二世紀，爲爪哇最古的舞劇，故事內容仍是前述的印度兩大史詩，十四世紀以後也演爪哇本地的龐吉傳奇。第二類宮廷舞劇，爲十八世紀末期岳格耶加達的國王與梭羅的王子所創，對話使用散文，所演也是《摩訶婆羅多》與《羅摩耶那》的故事。第三類舞踊歌劇，在爪哇中部曾有數種，但現存者只有兩種，一種純由少女表演，另一種則純由男子箕踞而舞。第四類啞舞劇，是二十世紀六十年代的年輕編舞家爲了便於外國觀衆欣賞而創設的。舞蹈的風格糅和古典與現代，對話則由手勢與面部表情來代替。

在印尼境內，只有峇厘一島保存了印度教。峇厘的文化，一方面是印度與爪哇文化的交流，另一方面則是本島文化的延續。今日峇厘的舞劇共有七類：第一類是最古老的甘步舞劇，用散文的對話演出爪哇傳入的故事。第二類是假面舞劇，所演故事，不是印度的史詩，便是爪哇東部的傳奇。第三類阿爾佳舞劇始於十七世紀，故事取材兼有龐吉傳奇與《羅摩耶那》史詩。第四類是巴龍舞劇。所謂「巴龍」（barong），乃是神話中的靈祥之物，一種具人形，一種具獸形。最有名的巴龍是「森林之王」（Banaspati Raja），他的神力藏在鬍子裡，可以除病辟邪。第五類凱查克舞劇始於二十世紀初年，是以啞舞劇的形式來表演《羅摩耶那》故事。所謂「凱查克」（Kechak），是由百名以上男子組成的合唱隊。啞舞一面進行，合唱隊一面伴唱，歌者圍成一道道的圓圈，圓心燃著一盞椰子油燈，單純而又動人。第六類普蘭邦舞劇始於二十世紀的四十年代，爲古今各體的綜合，極具彈性。第七類現代啞舞劇（Sendratari），是作曲家兼編舞家貝拉沙（Wayan Beratha）一九六五年所創，沒有對話，只有動作，故事內容仍取材於印度的史詩。

梭達爾索諾的論文不長。宣讀既畢，他放了一些幻燈片，作爲例證，最後又表演了好幾段印尼舞劇，贏得滿座的掌聲，使正襟危坐的研討會頓時活潑了起來。梭達爾索諾的舞蹈，詼諧之中兼有怪誕，轉肘舒腕之際，動作十分靈活。據他自己解釋，這種幽默感是從猴子身上悟出來的。凱西萊格女士則認爲印尼舞運腕的方式，接近泰國舞姿，但不像泰國舞那麼凝鍊，矜持。

最後一篇論文，是徐恆錫的〈戲劇的傳統與現代〉，徐恆錫現年七十三歲，曾任韓國戲劇協會理事長，德語與德文學會會長，翻譯德文作品頗多，著有《德國與奧地利戲劇研究》等書，並獲得西德所頒的歌德獎章（川端康成也得過）。徐恆錫一開始便說，歐洲傳統的戲劇已經成爲世界戲劇，當然也已爲韓國所接受。歐洲戲劇是在一九一〇年左右，由韓國留日學生李人植、尹白南等自日本輸入韓國去的。這種外來的藝術，叫做「新派」、「新劇」或「新演劇」，在韓國的劇壇上，無論是歐洲戲劇的韓文譯本，或是韓國劇作家的原著，演出歷史，前後已有六十年了。其間日治的時期佔去了一大半，加上南北分裂與韓戰，劇運的推展困難重重，但是韓國文壇在西方戲劇的翻譯與演出上，仍然做了不少工作。

接著徐恆錫用三頁的篇幅追述歐洲戲劇的古典傳統，並解釋悲劇的意義與亞里斯多德的戲劇理論，語多老生常譚，無須覆述。之後他又分析韓國的古典戲劇，從扶餘的「迎鼓」到馬韓的「天君」，從新羅的「黃倡劍舞」和「五伎」到高麗的「獻仙桃」和「長竿伎」，爲史的演變勾了一個輪廓。他說，東方的古典戲劇，包括中國的平劇，日本的歌舞伎，印度的梵劇，印尼的峇厘舞劇，和韓國的假面劇、人形劇等，已漸漸受到西方劇壇的注目。西方的戲劇要想打破自己的僵局，別求生機，就必須向東方學習。夏威夷大學的布蘭敦教授（James Brandon）在韓國考察過戲劇後，曾經指出東方戲劇有下面的四個特點：第一、缺乏故事，不符合亞里斯多德的「三一律」，段落之間不相聯貫。第二、歌舞、道白、啞劇等不加區分，形成一種綜合性的「全能劇場」。第三、舉手投足之際，不是寫實，而是象徵。例如舉手遮眉，便是表示拭淚，象徵悲哀。第四、抒情重於主知，傾向音樂的感性甚於哲學的理性。布蘭敦認爲，這些有異於西方戲劇的特質，正可補西方戲劇之不足，而引向新的天地。

兩篇戲劇論文宣讀完畢，便由東國大學教授李眞淳等提出問題。答辯告一段落，緊接著便舉行文學、美術、音樂、戲劇四部門的聯合研討大會，由中央大學教授名批評家白鐵主持。一時發言踴躍，議論四起，形成了大會結束前的高潮。爭端之一，是未來的世界文化究竟應趨大同，或者保持各殊的特質。有一位韓國學者剛從美國回去，認爲進入了工業時代，世界文化自然而然會趨向大同，譬如美國的牛肉餅與可口可樂，簡便實惠，自然風行世界，各民族殊無保守傳統之必要。此語一出，即時激起衆人的反對，紛紛向他提出責難。舌戰稍息，主席白鐵轉向我說：「中國是亞洲文化的發祥地，讓我們也聽聽中國代表的意見如何？」我即時講了一番話，大意和衆人最後獲致的結論相同。那結論便是：世界大同，應該是同中有異，異中有同。科學的運用，民主的信仰，不妨相同，但是各民族的文化和生活方式，應該保持自己的特質，世界文化才具有健康的豐富性。定於一尊的文化，必然單調而不健康，只能算是制度，不能算是文化。大會的另一個結論是：西化幾已淹沒了東方各國的傳統文化。爲了糾正這種缺失，東方各國不但應該維護、再認自己的傳統，而且應該加強彼此之間的認識與交流。還有一項趨於一致的看法，便是多年來，東方各國誤認現代化就是西化，結果西化不夠成功，傳統卻因此斷送。眞正的現代化，應該是指傳統的再生、新生，以適應民族新的處境，發揮民族新的活力。

兩天會期過後，藝術院更招待與會的代表遊歷韓國東南部新羅的古都慶州。正是初秋季節，盛開的波斯菊為超級公路鑲上兩道美麗的花邊。我們先後瞻仰了花郎廟、佛國寺、石窟庵和新羅歷代的王陵。佛國寺中的一宿，古木寒鴉，香火寂寂，一聲咳嗽，怕不驚犯了滿寺的菩薩。那完整無憾的沉靜，令人失眠。回到漢城，許世旭和趙炳華兩位詩人更驅車載我登臨南山和北漢山。但見漢江兩岸，柳色猶青，依依十里，觸人鄉愁。乃想起噴射機飛越東海上空時，駕駛報告航程，說剛剛過了上海。一句話，撩動人多少聯想。不過這一切已經侵入抒情散文的領空，要換一枝筆才寫得清楚了。

——一九七三年十月二十八日

論瓊·拜斯

——〈聽，這一窩夜鶯〉之一

六十年代美國的青年音樂，始於民歌的復興，而終於搖滾樂的變質。在短暫而豐收的十年之間，愛好民間音樂的美國青年，經驗了一種獨特藝術發展的週期：開始的時候，一切充滿了希望和朝氣，歌手們自己剛從民間來，仍保有民間的清純和天眞，沒有誰是所謂「超級巨星」（superstar），也沒有誰把無辜的民歌當做一棵搖錢樹。後來，民歌變成了「搖滾民歌」（folk rock），披頭的潮流和巴布·狄倫的清潤合爲一體。一九六五年以後的搖滾樂，漸漸從早期正宗的「硬搖滾」（hard rock）蛻變爲摹狀迷幻之境的「頭搖滾」（head music）和「酸搖滾」（acid rock）。結果是，到了一九六九年，緊接在空前成功的「伍德斯塔克音樂會」（Woodstock Festival）之後，竟發生了「滾石樂隊」在加州亞塔門特演奏時四人喪命的悲劇。戴花的一代，帶了彩。博愛與自由，淪爲暴力與迷亂。搖滾樂落入市儈的掌握，成爲經紀人、唱片商等中間剝削者致富的捷徑，一種新藝術已經喪失了原始的天眞。近兩年來，聲繁色茂，俯仰於迷幻之境的搖滾樂，漸漸有恢復民歌清新之氣的傾向，傑姆斯・泰勒一類歌手的崛起，不是沒有原因的。

亞塔門特的悲劇，大半要怪「滾石樂隊」自己。首先，他們的音樂，狂放、恣縱，本來就是酒神的，甚至魔鬼的音樂，三十萬人的超級群衆場合，只有煽動之力，難奏安撫之功。其次，領隊米克・傑格（Mick Jagger）虛榮心太強，爲了過明星之癮，竟讓三十萬人鵠候終日，才在熠熠的舞臺燈下，很戲劇化地登臺；到了那時，群情早已浮躁難安，一觸即發了。第三，米克・傑格那一身「超性別」的服裝，既欠男性的雄偉，又乏女性的嫵媚，更無民歌手純樸爽朗之氣；戴高帽，披花衣，面有煙容的米克・傑格，好像一個變戲法的魔術師，只令人覺得他矯揉造作，花招太多。「亞塔門特音樂會」的現場實況，已經拍成紀錄片「給我躲一躲」（Gimme Shelter）。披頭唱片「讓它去」（Let It Be）的灌製實況，也拍成了同名的紀錄電影。兩部片子，我在美國時都看過。相形之下，披頭的演奏就自然多了；蘭能和麥卡特尼在「蘋果公司」的屋頂露臺上，披髮當風，鼓琴而歌的氣概，該是搖滾樂最動人的一幕。

所謂民歌，不僅是一種歌誦的方式，更是一種信念，一種情操，一種生活態度。最重要的，是江湖的豪氣，草野的清新，泥土的稚拙，人性的純眞，而不是枝枝節節，技巧上的小花招。現代的工業文明，把湯姆・瓊斯誘進了拉斯維加的夜總會，並且把格蘭・康波映現在螢光幕上，好處固然是方便萬千的聽衆，缺點則是喪失了江湖上那一股沛然之氣。

可是，比起臺灣一般的所謂「歌星」來，美國的民歌手，甚至搖滾歌手，仍是純厚得多。以女性爲例，臺灣的歌星大半濃於化粧，艷於服飾，不如美國的歌手天然本色，甚且穿著毫無曲線的粗麻布衣，赤腳上臺。臺灣的歌星大半不善表情，不是失之刻板僵硬，便是失之流盼過度，淪於公式化的商業氣息，美國的歌手表情就自如得多，大半神色莊重而不拘謹，活潑而不放蕩，很少做出「巧笑倩兮」的塑膠媚態來。臺灣的歌星大半只會張口，不能動手，美國的歌手大半會彈吉打，甚至會彈鋼琴，有才得多。最後，臺灣的歌星大半只會照著唱（不管唱得怎麼樣了）；美國的歌手往往自己寫詩、譜曲、配音，退一步說，即使唱的是別人的歌，也往往和原作者唱得不同，有自己獨到的韻味。例如金凱羅的「你有個朋友」，由芭芭拉・史翠珊唱來，音域就更闊，變化也更大。

總之，國內歌星和美國歌手之間的不同，不僅是音樂的高下，而是人的不同。前者的聽衆，知識比較低下，態度比較輕佻；後者的聽衆，以大學生爲主，對音樂的態度嚴肅而熱誠，對歌者的態度當然也敬重得多。我們很難想像，誰敢去跟瓊・拜斯開玩笑。我想選下列幾位代表性的女歌手，一一介紹給讀者：

瓊・拜斯（Joan Baez）

久迪・柯玲絲（Judy Collins）

瓊尼・米巧（Joni Mitchell）

洛娜・奈羅（Laura Nyro）

金凱羅（Carole King）

艾莉莎・富蘭克林（Aretha Franklin）

瓊・拜斯在美國新音樂的地位，十分顯赫，但不太穩定。顯赫，當然是夠顯赫了。早從一九五九年的「新港民歌節」（Newport Folksong Festival）起，十三年來，她一直是大報刊最爲注意的音樂家之一：她在新港初試新聲，一鳴驚人，立刻引起《紐約時報》的注意；一九六二年十一月二十三日，《時代週刊》更用她做封面人物，稱她作「彈吉打的女先知」。瓊・拜斯在政治上是一個頗爲激進的人物，她的歌聲不但爲音樂，也爲她信奉的社會思想服務。她本身就具有少數民族的血統，在黑人爭取民權的運動中，她更是知名的鬥士之一；一九六六年在密蘇里州的格蘭納達，是她，牽了黑人女孩的手，去上白人的學校。在美國大學生的心目中，她不但是民歌的第一位女歌手，也是青年運動的一個領袖。在「伍德斯塔克音樂會」上，她是待遇最高的歌手：演唱一次，酬金二萬五千美元，超出其他歌手很多。

可是她的地位，我認爲並不很穩固。瓊・拜斯的名字，常與葛世瑞（Woody Guthrie）、席格（Pete Seeger）、巴布・狄倫諸人相提並論，成爲美國民歌復興的功臣之一。上述四人在民歌史上往往並列在一起，是因爲他們不但把民歌當做一種嚴肅的藝術，更當做不平之鳴的大衆心聲，成爲一種抗議的方式。不過，其他三位都是著作等身的作曲家；葛世瑞晚年纏綿病榻，席格的唱片從未列過暢銷名單，可是兩人都是美國新民歌的重要先驅，巴布・狄倫更是左右一代樂風並且形成文化氣候的核心人物。瓊・拜斯則不同。她是一個述而不作的天才，她詮釋的大半是別人的作品。她偶爾也寫歌，只是產量很少，也不見得怎麼出色。她的回顧唱片集「第一個十年」（The First 10 Years），二十三首歌中，只有一首是她自己的作品。

瓊・拜斯今年三十一歲。從西方女性美的傳統角度看來，她並不美。可是她的臉有個性，有表情，有神祕感。飄飄披肩的黑髮，常常遮住杏形的臉龐，但遮不住深黃玉色的眸子炯炯的眼神。顴骨相當高，眼眶相當凹，鼻子挺直，修長而微微隆起，加上豐厚的嘴唇那種難以妥協的線條，這一切，給人一種鷹的感覺。一切都是長長的，身材，頭髮，臉，鼻，手臂和腿，凝神的注視，和悠悠的歌聲，沒有一樣不長，沒有一樣不自由而狂放，帶一股印地安或吉普賽的野味。她不化妝，身材雖然宜於舞蹈，也不願為曲線而穿衣，早年出現在臺上，往往只是一套毛衣粗裙，不然就是帶點東方風味的粗麻布裝。

瓊・拜斯的家庭背景相當特殊。一九四一年一月九日，她出生在紐約的斯塔騰島。她的母親是英國和蘇格蘭的混血種，外祖父是聖公會的牧師，還做過戲劇教授。她的父親是墨西哥人，七歲便遷去紐約，後來成為物理學家，先後在洛杉磯、布法羅、波士頓、巴格達各地大學工作，還在巴黎擔任過聯合國教科文組織的顧問。這樣的家庭本來富於文化的氣息，照說瓊・拜斯和她的兩個妹妹應該有個快樂的童年，可是橄欖膚色洩漏了她們異族的血統，使她們見外於白人的社會。先是鄰居有一個老頭子叫她們做「黑小子」，她們回敬他「老妖怪」。後來在加州，學校裡白人的孩子也不跟墨西哥種的孩子來往。瓊・拜斯很傷心，她的個性竟由爽朗轉趨陰鬱。十三歲生日的那一天，她對母親說：「媽咪，我不要長大。」這句話她說了好幾年。長大後，瓊・拜斯那樣熱心贊助黑人的民權運動，不是沒有原因的。

她在帕羅・奧托上高中，常常光腳走去上學，音樂老是拿A，生物老不及格，讀書非常任性。她在西爾斯・羅伯克百貨公司買了一把起碼的吉打，更參加了學校的合唱隊，可是家裡唱機上放的，還是巴哈、莫札特、韋瓦第。

高中畢業後，瓊・拜斯家遷去東岸的文化古城波士頓。她的父親在哈佛和麻省理工學院教書，她呢，只在波士頓大學讀了一個月的戲劇，就沒有再讀任何大學。一天晚上，艾爾・拜斯博士帶了他的三個女兒，去「磨咖啡的人」聽業餘的民歌手唱民歌，彈吉打。不久，瓊・拜斯就在那裡唱起歌來，漸漸地，她活動的範圍擴展到哈佛廣場一帶的咖啡館。那一帶地區可以叫做「地下哈佛」，出沒其間的，大半是一些冒充哈佛學生而實際上只是跟進跟出偶爾旁聽的江湖少年，牛仔褲裡插幾本「企鵝叢書」罷了。她的聽衆裡，當然也有哈佛的正式生和一般市民；這些人漸漸增多，終於把那批遊學少年擠走。即使在那時候，瓊・拜斯對聽衆的態度，也已冷峻不可侵犯，臺下有誰要她唱歌，往往疾言厲色以對。後來有人解釋，說當時她那種一反傳統的臺風，其實是在掩飾心虛，因爲她能唱的歌實在有限，那裡經得起一點再點。她並沒有學過什麼聲樂，更沒有好好研究過什麼民歌、民俗，只曉得就地取材，把周圍朋友所懂的一套全部吸收過來，就那麼滾雪球似地把自己滾大。

終於在一九五九年的夏天，在第一次的「新港民歌節」中，名歌者巴布・吉布森（Bob Gibson）從聽衆裡面挑她上臺去合唱。她那清冷滑溜的歌詠才一啓齒，一萬三千個聽衆立刻驚喜莫名，完全給迷住了。她立刻成爲各唱片公司「才探」獵捕的對象。哥倫比亞的代表問她：「妳要不要見見米奇，娃娃？」

「誰是米奇？」她問道。

結果她跟「前衛」（Vanguard）公司簽了合同。一直到現在，她的唱片還由「前衛」代理。成名後，瓊・拜斯定居在加州太平洋岸的卡美爾一帶。成名，並沒有改變她的氣質和生活方式，除了購買一輛有活動單人座位的「花豹」跑車（Jaguar XKE），在沙漠裡疾駛以外，她的生活一直自由而純樸，衣著尤其簡單，隨便。她每年把應繳的所得稅扣下百分之六十，因爲她認爲那一部份是國防預算。美國稅務局當然不答應，結果是沒收了她的跑車、房屋，並凍結她的存款，最後，連存款也充了公。瓊・拜斯改革社會的熱忱，往往超過她對音樂的興趣。她經常支持並參加各項民權及和平運動，並熱心爭取黑人的平等機會。在德州的一次音樂會上，她忽然停止歌唱，對聽衆說，她很高興看到一些有色人種能在場參加。臺下聽衆報以掌聲和歡呼。她的丈夫大衛・哈瑞斯（David Harris）也是和平運動的領導人物，曾經監禁，終被釋放。

瓊・拜斯有兩個妹妹，叫做寶琳（Pauline）和咪咪（Mimi）。三姐妹中，咪咪最小，也最美，開朗柔麗，有如晴爽的夏日。咪咪的丈夫法瑞尼雅（Richard Fariña）是搖滾樂和新文化運動最多才的作家之一。愛爾蘭和古巴的血統，使他大膽而英俊；巴布・狄倫還沒有出現之前，他已經出沒於格林尼治村的民謠世界。遇見咪咪之後，兩人便常在民謠節中合唱，有時瓊也參加合唱。像法瑞尼雅那樣又能寫詩，又能譜歌，還會演唱的全才，在搖滾樂運動的早期，是很罕見的。他一共出了兩張唱片：「慶祝灰色的一天」和「水晶風裡的倒影」。其中「收拾你的悲哀」一歌是他的代表作，先後有江尼・凱希夫婦、彼德、保羅和瑪莉、久迪・柯玲絲、瓊・拜斯爲之錄音，早已成爲古典作品了。他的小說《落魄到盡頭反而像騰達》（*Been Down So Long It Looks Like Up To Me*）一九六六年初出版。就在出書之日，也就是咪咪二十一歲生日前夕，大家聚會紀念雙慶。會中，法瑞尼雅駕了他的電單車上街，失事而死。

至於瓊・拜斯和巴布・狄倫之間的私交，則已成爲搖滾樂史令人注目的一章了。瓊・拜斯成名早於狄倫，早年她對狄倫很是提攜。他們在「蒙特瑞民歌節」中相識。一九六三年夏天，他們在「新港民歌節」中合作演唱，成爲歷史。在錄製唱片或單獨演唱時，瓊・拜斯經常介紹狄倫的作品，成爲狄倫最熱誠的詮釋者。兩人雖然是齊名的好朋友，可是在藝術和思想上，也有很多相異之處。第一、在演唱的天賦上，瓊・拜斯的音色、音域和旋律的控制，都好得不能再好；但純以技巧而言，狄倫恐怕是一切歌手中最弱的一位。第二、瓊・拜斯在音樂思想上是一位保守的古典主義者，狄倫則是融合民歌和搖滾，在風格和技巧上不斷求變的核心人物。瓊・拜斯是詮釋者，狄倫是創造者。

同樣是民歌手出身，狄倫敢於吸收搖滾樂，造成了一九六五年「搖滾民歌」的潮流；瓊・拜斯則始終沒有由衷接受搖滾樂。一九六六年，受了狄倫的感染，在妹夫法瑞尼雅的監製下，她曾經灌了一張使用電吉打的搖滾歌集，可是後來改變了主意，不肯讓它發行。第三、瓊・拜斯的藝術觀接近托爾斯泰和甘地，認爲一切藝術應以趨向眞理與善爲原則。我們不要忘了，她的祖父和外祖父都是牧師。早年她和狄倫在臺上唱的，大半是抗議的歌，後來狄倫放棄了抗議歌，回到民謠和南方納許維爾的傳統，風格一再蛻變，可是瓊・拜斯十年來一直不曾離開抗議的陣營。

一九六六年九月五日，在電話中接受記者訪問時，她曾經說，當日所以不肯出那張大樂隊伴奏的搖滾唱片，是因爲她相信甘地所說：爲藝術而藝術，雖然沒有什麼不好，但是不能尋求眞理。她說，那張唱片的毛病不是做假或說謊，而是沒有意義，所以她改灌了一張耶誕歌集，背景音樂則一律改成巴洛克時代的古典樂器。她在電話裡對記者說：「那些搖滾歌曲也不一定就不眞實，可是甘地說過，藝術應該『提高』心境。搖滾樂並不能提高我的心境；耶誕歌曲呢，只要安排得好，倒『眞能』提高我的心境的。」

接著記者又問她對於狄倫的新唱片（一九六五年八月的「重遊六十一號公路」和一九六六年五月的「金髮疊金髮」）有什麼看法。她說，音樂很美，可是也很「傷人」，只有她心情很壞的時候才聽得進去。她又說，到某種限度爲止，她跟狄倫的看法沒有什麼不同，兩人都認爲一切事情都荒唐極了，簡直無理可喩；不過她認爲總不能輕言放棄，見死不救，見饑不賑，狄倫卻說「管它娘」。

她不勝感慨地說：「他眞是個音樂天才，聽他的歌好美，可惜太沮喪了。我是說，拿出像『任誰都必須飄然』的歌來，那不簡直是在幫倒忙嗎。我是說，太傷人了一點。」瓊・拜斯曾經對法瑞尼雅說：「我不喜歡在歌裡出現『炸彈』這種字眼。」在臺上合唱的時候，她跟狄倫雖然大聲疾呼，反對核子戰爭；兩人單獨談天的時候，卻寧可閒調琴弦，配一曲搖滾歌，或是談談電影。

瓊・拜斯成名之後，爲自己訂下一條守則：每年只灌一張唱片。從一九六〇年到一九七二年，她一共出版了十三張唱片。其中一九六六年的「耶誕節」（Noel）便是那張搖滾樂曲的替身，裡面全是耶誕名曲，甚至包括舒伯特的「聖母頌」。一九六八年的「洗禮——時代的巡禮」（Baptism-a Journey through Our Time）只是一張吟誦詩集，包括惠特曼、康明思、布雷克、洛爾卡、歐文、喬艾斯，甚至中國和日本的詩作，可說附庸風雅，不甚動人。一九六九年的「日子已到」（Any Day Now）所唱皆爲巴布・狄倫的作品；顯然，她挑選的，都不是狄倫「中期」（一九六五至六七）那種絕望而傷人之作。以我個人而言，還是比較喜歡她早期的唱片，尤其是一九六一和一九六二那兩張。

瓊・拜斯錄唱的作品在百首以上，表面上繽繽紛紛，事實上大半是民歌。早期她唱的多半是古典民謠，一九六三年以後才漸漸注意到現代的民歌。她唱的歌大致上可以分成下列六種：㈠**抒情民謠**：這類歌是民謠中抒情多於叙事的作品，有的來自古英國，例如「河之廣矣」（The Water Is Wide），有的來自美國本土，例如「小馬伕」（Wagoner's Lad）。㈡**古典民謠**：十九世紀末年，哈佛大學教授蔡爾德（Francis James Child）出版的五大卷《英格蘭與蘇格蘭民謠集》，早已成爲美國民俗學家和民歌手衆所崇奉的經典。其中有不少首傳至新大陸後，歌詞屢加改竄，已經成爲美國各州民俗的一部分了。《英格蘭與蘇格蘭民謠集》共收古民謠三百零五篇，恰與中國《詩經》篇數相同，眞是可喜的巧合。瓊・拜斯常唱的「芭芭拉・艾倫」（Barbara Allen）和「瑪麗・漢密爾頓」（Mary Hamilton）等便屬於這一類。㈢**寬邊民謠**（broadside ballads）：這類民謠往往印在單張歌譜上，橫闊豎短，只印一面，由街頭歌者或江湖藝人在市集上向人兜售，每張只賣幾分錢。這些歌往往是錄事文人餬口之作，品質遜於正宗的古典民謠，但流傳既廣，衆口交吟，也有脫胎換骨，去蕪存菁，終成雋品的。「約翰・萊利」（John Riley）和「銀匕首」（Silver Dagger）都是有名的例子。㈣**美國歌謠**：這些都是美國土生土長的民謠，有的是抒情歌，有的是敘事歌，有的詠歎愛情，有的述說牛仔和浪子，有的甚至描寫怎樣釀製私酒，形形色色，總不外典型的美國民間生活。「長長的黑面紗」（Long Black Veil）和「銅壺」（Copper Kettle）是我最喜歡的兩首。㈤**宗教民謠**：包括讚美詩、催眠曲和靈歌。所詠所歎，大半是黑人，一個被奴役的少數民族，內心的悲苦和希望，感受眞摯而又深厚。這些歌謠本來是美國黑人的遺產，也有流傳去西印度群島後再倒輪回來的；「我一切的苦難」（All My Trials）和「來吧吾主」（Kumbaya）都是實例。㈥**現代民謠**：所謂民謠，可能是民間的集體創作，年淹代遠，口口相授，已經難以追溯當初的起源；也可能是眞正的音樂家有心之作，由於引起了廣大的共鳴，遂在江湖上流傳開來，成爲新的民歌。像芮諾茲（Malvina Reynolds）描寫原子彈爆炸的「他們把雨污染成那樣」（What Have They Done to the Rain）和席康達（Sholom Secunda）的猶太民歌「唐娜・唐娜」(Donna Donna)，都是瓊・拜斯早期愛唱的新民謠。至於她後期常唱的一些現代歌曲，像披頭的「哀莉娜・麗格碧」，法瑞尼雅的「伯明安的星期日」，和巴布・狄倫的許許多多名歌，爲方便計，也可以歸在這一類。

甘迺迪遇刺前不久，副總統詹森曾打電報給瓊・拜斯，邀她去白宮爲甘迺迪演唱。達拉斯悲劇之後，瓊・拜斯再度接受詹森的邀請，這一次是在民主黨的募款會上爲新總統詹森表演。瓊・拜斯屢次被各大刊物選爲美國婦女界或年輕一代的代表人物，她的藝術地位究竟怎樣呢？

她的歌聲之美是無法形容的。直到一九六六年的夏天，我才聽到她的民歌。最早聽到的，是「俄亥俄河畔」和「城有十二門」；那樣的歌音，我的耳朵一時不能相信，可是，喜悅的淚說，它相信了。《時代週刊》說：「她的歌聲清澈透明如秋天的空氣，一種激盪、堅強，美妙天成，撼人心弦的女高音。」

瓊・拜斯音色純，音域廣，對旋律極有控制。她的音色十分清純，乾淨，不帶一點雜質，柔美之中有令人快慰的鼻音，聽來像一個年輕的母親。她的咬字又清又準。她的音域很闊，低到極處仍然一絲相牽，清晰入耳，忽然拔高上去，再上去，到了響遏行雲的程度，她的聲音仍然保持圓渾和飽滿，沛然盈耳，令人無憾。在天賦上，六十年代的民歌手幾乎沒有人可以媲美。

可惜成名以後，瓊・拜斯的注意力分散在太多的社會活動上，沒有在音樂上充分琢磨自己。雖然她有「一年一片」的可貴自律，可是她吟唱的風格很少變化，十年如一日，令人聽了一張有如聽了全部之感。她的歌聲雖美，可是發展不多，總是那麼柔麗優雅，從容不迫，而結句總是那麼舒緩，曼長，曳著一串顫音。聽多了，你會覺得她的歌太甜太膩，本質上，她是傳統而感傷的。她是一個「性格歌手」，民謠也好，靈歌也好，賽門（Paul Simon）或狄倫的歌曲也好，由她唱來，都成了瓊・拜斯自己，慢慢地，幽幽柔柔地。在器樂方面，她的吉打並不出色，也不會鋼琴；這一點，輸給了好些女歌手。

在搖滾樂史上，她是一個邊緣人物。她一直不肯接受搖滾樂，甘於較爲單純的配樂伴奏；近兩年來她才改變主意，接受了電吉打和搖滾樂隊，可是這一切和她那曼長柔美的歌詠，似乎不很調和。她的節奏「搖滾」不起來，她是白人之中最不學黑人的一位。

回到她民歌的本行呢，她不是席格那樣的民歌大師，也無意研究民俗的種種，更無意維護民歌的純正風味。接見記者的時候，她寧可談論甘地、民權，和她創辦的「反暴力學校」，而不願談論民歌。她的歌聲太精緻，太高雅，略失民歌那種樸拙天眞之味。可以說，她把民歌唱得有幾分像古典的藝術歌，難怪一般人容易喜歡。可是，正宗民歌的忠實信徒，卻嫌她不夠道地，認爲她「出賣」了民歌的傳統。有一次，正宗民謠的名歌手歐英斯（Buck Owens）在舊金山附近舉行民謠演唱會，聽衆情緒非常熱烈。在休息期間，報幕人宣佈：「美國最偉大的民歌手之一，瓊・拜斯小姐，也在聽衆席上。」聽衆的反應是：噓聲蓋過了掌聲。

瓊・拜斯的聽衆，還是知識青年，尤其是剛入民歌之門的大中學生。她從古典民謠進入了抗議歌後，就再也出不來了。她把太多的精力放在抗議上面，乃有抗議日多歌日少的趨勢。在美國新音樂運動史上，她的聲名非常顯赫，但地位並不那麼鞏固。她述而不作，只是一個詮釋者。她使美國民歌普及於大學生之間，但沒有像巴布・狄倫那樣，為它增加了許多生命。

——一九七二年四月十五日

論久迪・柯玲絲

——〈聽，這一窩夜鶯〉之二

車到紅石劇場，距離音樂會開始還有半小時。山頂的紅土停車場早已客滿，後來的聽眾只好把車停在道旁，順著山勢而下，首尾相接，蜿蜿蜒蜒，怕不有半英里長。依著警察的手勢，停好車子，尾隨人潮，攀上好幾百級石階。眼前豁然開朗。富於幾何美的幾十排大圓弧，在垂直切開遙相對峙的兩塊巍巍赤壁之間，梯田似地擴展開來，看得人馳目動心。晚霞映在面西的岩壁上，赤上加紅，浮光非常晃眼。赤壁下，一萬四千座位的半圓形劇場，全坐滿了人。

我手裡握著四元買來的入場券，找不到空位，只好在過道的石階上找一角坐下。再晚幾分鐘，連石階也要滿座了。這才發現，兩側的岩石上，高高低低，竟也棲了三兩百人。遠遠近近，坐的全是年輕人，褐髮、紅髮、金髮、銀髮，直者如瀉，曲者如波，隨著他們的俯仰轉側而起伏飄搖，萬頭攢動，髮潮髮潮。雖是仲夏季節，夕陽一落，海拔七千英尺的高處，山風吹來，仍會兩臂生寒，入夜更冷得人坐立不安。好多青年學生，索性帶了毛毯來，準備冷時半墊半披。距離開場還有十幾分鐘，好些學生懷抱吉打的，心焦加上手癢，便調琴弄弦，拂動起來，然後有一句沒一句地哼著，此起彼落，遙相呼應。究竟不是職業歌者，揮手一琤瑽，引頸數吟哦，怯怯啓唇，草草收場，只贏得零零落落的掌聲。這便是美國的大學生，新浪漫主義的信徒，文明的蠻族，二十世紀臥聽賽倫歌聲的食蓮人。行吟江湖的民歌手，是他們的奧爾菲厄斯和繆思，也是向他們傳神諭的先知。哪一個披髮的女孩不想做瓊・拜斯？哪一個抱琴的男孩不想學巴布・狄倫？

八時十分，圓錐形的燈光撲向梯田下面的劇臺，白衣的女歌手出現在柔藍的光中。掌聲四起，被兩邊的岩壁反震得分外熱烈。她開口了。她說，回到丹佛來，好高興好高興。又說，昨夜在洛杉磯演唱，如何如何。兩三分鐘的開場白，從尼克森說到馬丁・路德・金說到瓊・拜斯和她在獄中的丈夫。她第一首唱的便是拜斯所作「大衛之歌」。唱片上的歌聲，忽然還原爲棕髮飄飄白衣翩翩的血肉之軀，那是怎樣的一種感覺？她的長髮垂到肩頭，白衣一直罩到腳踝，背著的吉打抱在胸前，一邊唱，一邊緩緩搖擺，擺得頭髮和衣裳翼然而舞，同時不斷地移動兩腳，前後踏步。她是風，一萬四千聽衆是青秧，在風中欣然搖晃。她的胸脯很寬博，富於母性。臉上的一切，包括笑容，都寬寬大大的，就像她的歌聲，就像所有的民歌。顴骨闊而高，眉毛直而長，鼻梁高而挺，下面的嘴很闊很薄。眼睛又大又藍，藍得虛虛幻幻，很像傳說中傳說的那樣，令人心慌，燈光反射在上面，很像寶石，與其說可愛，不如說可疑，哎，可怕。要我在夜裡獨自守住這麼一對瞳仁，碧燐燐的暗裡閃光，我是不敢。雖然帶點男性的豪爽，她仍不失爲一個美婦人。

那一晚她唱了好些歌。有的我以前沒有聽過，有的，我現在忘了。只記得，她唱了披頭的「我這一生」，巴布・狄倫的「貨鼓郎」和「明天是段長時間」，也唱了披特・席格的「哦，願我有條金絲線」。她特別提起加拿大詩人柯恩（Leonard Cohen），並且唱了他兩首歌，只記得其中一首是「嘿，不能那樣說再見」。

她一面唱，一面自己彈吉打伴奏，有時也坐下來彈鋼琴。大半的時間，她自己帶來的小小樂隊在背後爲她伴奏。到了半場休息的時候，她轉過身去，一一介紹那些隊員。鋼琴手是邁可・沙爾，低音大提琴手是金・泰勒，鼓手是蘇珊・艾凡思，第二吉打手是艾立克・魏斯伯格。山風漸涼，幾面聯邦旗在風中拍動，應和著她翩仙的白衣。丹佛市的燈火在山下在遠方閃動，此明彼滅，像一盤細碎的七彩寶石。不曉得是哪裡在下雨，悶雷打在空山裡，滾起隆隆的回聲，餘音蜿蜿不絕。

十點鐘，音樂會結束。聽衆潮湧下山，有的背著吉打，有是披著毛毯，有的擁著自己的女朋友、男朋友。到處是汽車發動的聲音。我在一對拇指朝下作勢攔車的青年身邊，停下車來。他們的車發不動了，要搭便車回城。坐上車來，才發現那女孩是我教的寺鐘學院的學生，男孩則是一個退學生。不久，我們便上了四號的高速公路。旋上車窗，加足油門，時速針猛然指到七十，我們向丹佛俯衝下去。

那是一九七〇年八月一日。久迪・柯玲絲的歌聲沒有催眠，反而使我興奮了大半夜，很遲才睡。

美國的民歌手中，久迪・柯玲絲特別令我感到親切，因爲第一，一九七〇年初，我初聽她的唱片時，正值我三度赴美，一個人高懸在落磯山上，她的歌給了我很大的安慰；第二，我三度赴美，在丹佛山隱了兩年，對所謂「西部」的民俗，稍有領略，久迪・柯玲絲原是丹佛人，她唱的美國民謠，亦多諷詠西部事物。她早年行踪所至，像波德和中央城等等，都是我熟極的地方。愛屋及烏，愛烏及屋。不，她不是烏，她屬於那一窩好好聽的夜鶯。

一九四〇年五月一日，久迪・柯玲絲生在丹佛。她是大姐，下面還有三個弟弟、一個妹妹。她的爸爸是個盲人，四歲便患了綠內障，晝夜皆是一色，因此終身苦於失眠。可以了解的，這樣的病人脾氣好不了。久迪小時候不乖，她爸爸常用髮刷打她。十一歲那年，她跟爸爸頂嘴，欺爸爸看不見，向他吐舌頭扮鬼臉，不巧正給媽媽撞見，給媽媽打了一頓。不過久迪很愛她的爸爸，倒是眞的。她的自傳，第一句就提到爸爸，雖然自傳與歌譜是獻給媽媽，提到媽媽的時候反少得多。不曉得是不是爸爸的殘缺和盲人孤獨的世界，贏得女兒更多的同情？一九六九年五月十二日《生活》雙週刊發表的久迪・柯玲絲訪問記中，她也一再懷念剛剛病故的爸爸。她爲他寫了一首歌，就叫「我的父親」。其中一句：「色彩從我父親的夢中消失」，指的就是他的綠內障。

久迪小時候，還有幸見到曾祖父和曾祖母，並且常去他們的農場遊玩。她三、四歲的時候，媽媽常常駕車，載爸爸去各中學表演，節目包括演奏、誦詩、說故事。爸爸戲稱那一套爲「走江湖賣膏藥」（medicine show）。小小的久迪就跪在她家別克車的後座，飽覽蒙坦納、艾達和、奧立崗、華盛頓和內瓦達的森林，曠野和沙漠。這種浪遊四方的家庭背景，對久迪日後民歌性格的塑造，不無影響。

另一件事情恐怕影響更大，也更直接。十歲那年，家裡送她去女鋼琴家安東妮亞・布麗珂博士（Dr. Antonia Brico）那裡學琴。布麗珂博士年事雖高，但儀容秀雅，舉止端莊，令人想見年輕時充盈的韻致和古典美。年輕時，她曾跟西比留斯學過指揮；後來在大師八十二歲誕辰的慶祝會上，指揮過他的芬蘭交響樂隊。哲人史懷哲是她的好友，每年夏天她都要去非洲看他，在他的流動醫院裡和他合奏巴哈。久迪老把她跟挪威作曲家格里格（Edvard Grieg）聯想在一起，叫她做 Dr. Grico。她跟布麗珂博士學蕭邦、貝多芬、莫札特，常常忘了舒曼的段落，或是彈壞了巴哈，對這位氣派十足的老師異常敬畏。

從十四歲起，久迪開始對民歌感到興趣。她在落磯山上的木屋裡，和一些年輕的朋友唱起民歌來。他們教會了她好些歌，特別是民歌之父葛世瑞的作品。她開始喜歡愛爾蘭和英格蘭的古代民謠、西部歌曲，和早期移民的歌。

高中畢業後，她做了一年事，然後接受了伊利諾州一家學院的獎金，去中西部讀了一學期。然後便像瓊・拜斯和無數年輕人一樣，休了學，回到丹佛。不久她便和以前中學的同學彼德結婚，這時她才十八歲。那年夏天，他們在高峻而荒僻的落磯山國立公園裡，為人管理避暑的山居木屋，住在靠近「森林線」的湖區，遠出紅塵之上，像一對仙人。只是仙人不懷孕，而十八歲的新娘懷起孕來。他們回到人間，在波德（Boulder）租了人家公寓的地下室，住定下來。彼德進了當地的科羅拉多州立大學，久迪也在校中選了一課打字。一九五九年一月，他們的男孩克拉克出生，經過二十八小時的難產，醫生用鉗子把嬰孩鉗了出來。

但是年輕的母親，不久就在波德做起職業歌手來了。先是在鎮上的「邁可酒店」，向飲啤酒的大學生彈唱民歌，等到聲名漸起，便轉到附近觀光勝地的中央城（Central City），穿上緊身衣，尖頭鞋，披上紅緞衫，唱給旅客們聽。至於酬金，也從開始的每週百元加到每週一百二十五元。這時正是一九五九年的夏天，久迪才十九歲。中央城在十九世紀中葉，曾是淘金人匯集之地，歌舞繁華，盛極一時，現在金盡人散，廢礦荒涼，中央城也已成爲供人憑弔的鬼鎮了。我在丹佛時，去過那裡好幾次。

如是過了一年，芝加哥有名的「號角門」請久迪去演唱，她便和丈夫彼德帶了克拉克搬去芝城的南區。她和民歌名手吉布森（Bob Gibson）和康普（Hamilton Camp）一起演唱，更加受人注意。不久他們又遷去東岸的康乃狄克州，住在大牧場旁邊的一座紅磚屋裡。這時久迪・柯玲絲名氣遠播，經常應邀去各地演唱，不時開車去附近的波士頓，有時更遠去紐約、芝加哥、丹佛，甚至乘長途火車越過加拿大。這麼經常在外奔波，家裡的事自然就難兼顧。結婚後三年多，久迪一直感到做主婦和做歌手之間的矛盾。一方面，她樂於享受安詳而舒適的家居生活。寧靜的永夜，她的丈夫讀書遲睡，她就陪著烘餅，唸唸詩。有時她也跟鄰家的太太學織地氈，並且相偕去秋天的樹林裡，撿拾乾松果和榛實一類的東西，串成好聞又好看的項圈。另一方面，音樂對她的呼聲更強；民歌的旋律，江湖的自由，歌手之間的相知和廣大人群的狂熱反應，令她更加嚮往。久而久之，回到家裡，反而和丈夫相對無言，隔膜日深。一九六二年秋天，久迪離開了丈夫。

這時久迪剛剛在卡內基廳舉行過首次演奏會，可是此後數年，她的情緒一直不得平衡，身體也欠佳。她發現自己患了肺病，先是在平沙萬里的土桑接受醫治，後來又轉去丹佛國立猶太醫院，足足療養了一個冬天。出院後，她便帶著一百瓶丸藥，遷去紐約定居。

一九六四年夏天，久迪・柯玲絲跟一些民歌手南下密西西比州，去黑白衝突正達高潮的德廬鎮演唱，支持被壓迫的黑人，並宣揚民權運動。有一次，她應邀去科羅拉多的大站城（Grand Junction）演唱，由於心境不寧，情緒過分低落，竟在演唱會開始之前，搭飛機回去紐約。心理治療醫師發現她惶惶恓恓，欠缺安全感的原因，是她不但離開了丈夫，而且失去了兒子，無根可託，無情可寄。

原來她和丈夫離婚後，雙方爭奪兒子，康乃狄克州的法院，以她遠居紐約，不住本州，而且接受心理治療有欠正常爲由，判由父親撫養。久迪遭受這個打擊，很是灰心，只有利用暑期和耶誕假期和孩子相聚，不然就是寫信，打長途電話。這種情形拖了五年。一九六七年底，克拉克告訴他父親，說寧願跟母親住在一起，從此他就回到久迪的身邊。

到了六十年代末期，經過十年的辛酸、失意、挫折，久迪・柯玲絲的才華才充分受人賞識，從瓊・拜斯的影子裡跳出來，成爲一顆所謂「超級明星」。世人只見她目前的光芒，只見她時而在紐約的中央公園演奏，時而遠征英國、波蘭、蘇俄，甚至東來亞洲和澳洲，平均每個月要舉行十次以上的音樂會，但是大家都忽略了她早期辛苦奮鬥的情形。在芝加哥「號角門」演唱的時候，她往往要到清晨三點才回到旅館，獨自悚然走一段夜路。常常，在登臺以前，她感到非常緊張，可是一上了臺，面對萬千聽眾，反而感到溝通有方，又泰然自若了。她對《生活》雙週刊的記者說：「我想，要是換了我年輕的時候，出一張暢銷唱片也許會令我更加迷失。可是對於我，這只是十年努力的成果罷了。你付出去的代價是大得不可相信的——那些夜總會，那些演唱會，那些夜半更深，那麼多次孤寂的歸途。你想到那一切音樂，那一切變化……音樂會上聽眾的反應，我毫不懷疑。可是在你暢銷百萬張唱片的時候，究竟是什麼引起大眾那樣的反應，就變得很費解了。這時大眾反應的對象，是你龐大的形象，你那個盡人皆知的形象。」一個藝術家成名後，就形成一個神話，不再具有現實感了。據說美國東部有五、六個女孩子一直追踪她的旅行演唱，每會必到，散場後一定送她一根綠色的棒棒糖，耶誕節，就送她一打。有一次她在加州演唱，一盞火熱的舞臺燈鬆落下來，掌燈的人竟然把它頂住，等她唱完一曲才呼救。

「她唱的時候，我並不覺得燒痛。」那職員說。

論到久迪．柯玲絲的藝術，自然而然，就會拿她和瓊．拜斯對比。久迪和瓊只差一歲。兩人初試啼聲，都在一九五九年。兩人都有一位詩人兼作曲家的男友，都熱心社會改革的運動，當初，也都是才進大學不久就退學出來去闖蕩江湖的女孩子；比較，是不可避免的。

兩人有這麼多相似之點，拜斯卻很早就成名，而且光芒蓋過柯玲絲，爲什麼呢？我想，那是因爲柯玲絲的發祥地是西部的丹佛，城小地僻，不像拜斯崛起於東岸的波士頓，恰處美國的文化中心。後來拜斯在民歌節演唱會上，屢作驚人之鳴，柯玲絲卻在夜總會中長作職業歌手，在知識青年的觀感上也比較吃虧。其次，拜斯外型雖不如柯玲絲美，卻更富於拉丁民族的異國風味：黑髮，橄欖皮膚，齒光皎白的笑容，比起一般純盎格魯・薩克遜種的白皙女孩來，自然顯得突出、惹眼。第三，也是最重要的一點，是拜斯的印象很早便和巴布・狄倫的印象疊在一起，成爲一個相輔相成極爲動人的複合印象。拜斯的圓潤，狄倫的乾澀；拜斯的傳統，狄倫的前衛；拜斯的甜美，狄倫的淒苦；拜斯的褐暗，狄倫的蒼白；處處形成鮮明的對照。在早期的音樂會上，拜斯處處提攜狄倫，等到狄倫成名，成爲民歌最重要的詩人之後，與他「齊名」的拜斯，自然也就聲價倍增了。事實上，把狄倫的歌唱出名的，是「彼德・保羅與瑪麗」和「鳥群」（The Birds），而不是拜斯。

久迪・柯玲絲也有一位詩人兼作曲家的男友，蘭納・柯恩（Leonard Cohen）。我們說巴布・狄倫是詩人，不過是強調他的歌詞出衆，饒有詩思：他的「詩」只是歌的一部分，並不是獨立的作品。柯恩在進入美國搖滾樂的世界之前，卻是加拿大有名的作家，不但是詩人，還是小說家。他的詩纖細柔美，異常敏感，不像狄倫的那麼酸楚、憤怒，甚至晦澀。他的詩集《大地的香料匣》（*The Spice-Box of Earth*）一九六五年由「海盜」公司出版，到一九七〇年已經銷了六版。他的小說《最得意的遊戲》（*The Favorite Game*）和《美麗的失敗者》（*Beautiful Losers*），也贏得批評界的讚賞。三十三歲那年（對於開始搖滾樂的生活說來，實在是很晚了），受了狄倫成功先例的誘惑，柯恩才開始寫歌作曲，並且自己登臺演唱。到一九六九年爲止，他已出了兩張唱片：「蘭納・柯恩之歌」和「室中之歌」。一九六六年，久迪・柯玲絲出版的第六張唱片「我這一生」（In My Life）中，便灌了柯恩有名的歌「蘇珊」（Suzanne）。那是柯恩的歌第一次被人灌唱。一九六七年，柯玲絲在紐約中央公園演唱，便邀柯恩一起上臺。他的聲音細薄而遲疑，技巧之差一如狄倫，可是灌進唱片裡，卻予人一種自然親切之感，並且有一種反反覆覆的催眠性。不過，柯恩在民歌世界的名望畢竟不如狄倫，他的出現也比狄倫晚了六年，所以在這方面，拜斯算是佔了柯玲絲的上風。

可是柯玲絲自身，也具有她優越的條件。第一，拜斯於音樂，純憑天賦，沒有受過什麼正式教育。柯玲絲從小就從名師學習鋼琴，不但比拜斯多諳一樣樂器，也比她更具古典音樂的基礎。也就是這種古典的背景，使柯玲絲在一九六九年夏天，在紐約中央公園演出的格里格組曲「披爾・金特」之中，有資格飾唱莎兒維格一角。我們當然不能指望她唱得像愛琳・法瑞兒（Eileen Farrell）那麼圓潤醇美，可是以一個民歌手而竟能擔當這麼一項古典樂的重任，總是比人棋高一著的表現啊。第二，柯玲絲於文學，濡染有年，在這方面的書卷氣，有點像保羅・賽門。久迪一向喜歡唸詩。她的祖先是愛爾蘭人，在自傳裡她曾說自己雖是愛爾蘭後裔，卻不像一般愛爾蘭種那麼紅髮紅顏。也許因爲源出愛爾蘭的關係，她常唱大詩人葉慈的詩，例如〈太陽的金蘋果〉和〈茵尼斯夫利〉。拜斯好談甘地，柯玲絲則閱讀紀德、羅素、卡繆。柯玲絲的好朋友，像柯恩、狄倫、瓊尼・米巧、史蒂爾斯（Steven Stills），都是詩人兼作曲家，可是她最敬愛的一位朋友是詩人、小說家、音樂家、也是瓊・拜斯的妹夫法瑞尼雅。柯玲絲在自傳裡，對這位夭亡的才子，有至深至哀的悼念。第三，柯玲絲的文采比拜斯似乎要勝一籌。兩人都出版過自傳；也許都經人潤飾過，可是我覺得，還是柯玲絲的文字繁富些，也較有現實感。柯玲絲自己寫歌，歌詞相當可讀，「我的父親」一首，文字頗佳。第四，拜斯於抗議之歌，一入即不能出，可以說終身陷在裡面。柯玲絲到了六十年代末期，多少有了跳出抗議歌的自覺，不再在音樂會上一味唱那一類的歌。實際上，抗議歌的代表人物狄倫自己，早在一九六四年就已經改變作風了。從一九六七年起，柯玲絲也有意擺脫古典民謠和抗議歌，來詮釋當代的新民謠，甚至自己動手來創作新詞新曲。

十年來，久迪・柯玲絲錄製過十張唱片。「回顧集」（Recollections）一張是一九六三年至一九六五年之間的集錦歌選，不能算在裡面。我們可以把這十張唱片，和它們代表的不同風格，分成下列三個時期：

第一時期：到一九六三年爲止。這時柯玲絲唱的，大半是傳統的民歌，像「長恨的少女」、「日爾曼之戰」、「約翰・萊利」、「城有十二門」等等，都是例子。到了一九六三年，柯玲絲聽到巴布・狄倫、菲爾・奧克斯（Phil Ochs）和湯姆・派克斯頓（Tom Paxton）等反映社會現實的歌，極爲感動，便進入了她的第二時期。

第二時期，從一九六三年到一九六六年，一共錄了四張唱片。這個時期，她不再歌唱古典民謠，轉而介紹新興的抗議歌曲，唱得最多的是巴布・狄倫、披特・席格、湯姆・派克斯頓、理查・法瑞尼雅等幾位的作品。瓊・拜斯也常唱巴布・狄倫的歌，可是從來不肯唱他「中期」（一九六五至一九六七）那些孤絕遁世放浪形骸之作。柯玲絲並不拘泥這些。一九六五年初，她在伍德斯塔克的狄倫家中作客，住在閣樓上，某夜月光淒清，聽到狄倫自己吟唱那首有名的「貨鼓郎」（Mr. Tambourine Man）。同年八月，她就把那首歌錄在自己第五張唱片裡。在這時期，她已開始注意柯恩的作品，錄了兩首；間或也唱披頭和唐諾文的歌。

第三時期，從一九六七到一九六九年。這時她告別了反映現實的歌，又回到純抒情的浪漫之境。她介紹了柯恩、米巧、紐曼（Randy Newman）、唐諾文等新抒情主義的柔美作品；所錄米巧的「正反兩面」（Both Sides Now）出了一張小唱片（所謂 singles，一面只有一首歌，四十五轉，國內從不複製者），極受歡迎。這時她自己也開始寫詩配曲，錄了「信天翁」、「既然你問起」、「我的父親」三首，風格清雅，配樂饒有古典意味，惜乎太淡了一點，欠缺動人的節奏感。

第四時期，從一九六九年到現在。最後這一階段，柯玲絲不斷嘗試創新，不但自己寫歌愈多，而且改編了許多舊曲古調，但是在風格上，大致仍趨於清淡幽遠的一途。「鯨與夜鶯」一張唱片上，各歌風格極不一致，最成功的一首應推經她改編過的新教聖歌「大哉神恩」（Amazing Grace）。柯玲絲領先獨唱，合唱隊遙相應和，愈合愈密，愈唱愈洪，並無伴奏，實在是一首 crescendo 的傑作。

「告別塔爾瓦提」（Farewell to Tarwathie）一首，用鯨魚群的鳴聲做背景配音，嗚咽得怪異而有趣，實在是一個大膽的構想。《滾石》雜誌的批評家認爲，「告別塔爾瓦提」效果雖佳，卻是錄音室科技的花招，畢竟不是民歌正道。受了瓊尼・米巧和金凱羅等的感染，柯玲絲也雄心勃勃，想要做到自給自足的境地。從一九六七年到現在，她竟已寫了將近十首歌，改編的還不在內。大致說來，柯玲絲自作的歌，論空靈飄逸的旋律，不如瓊尼・米巧，論搖滾的節奏感和藍調的沉鬱，不如金凱羅，寫得並不怎麼出色。近作「歌贈茱迪絲」一首漸入搖滾之境，較爲生動。

論音色，久迪・柯玲絲不如瓊・拜斯那麼清澈、細膩。論音域，她也不如拜斯那麼伸縮自如，可以忽而拔高，忽而抑低，無往不利。以前我總覺得，她跟拜斯的風格非常接近，可是天賦要比拜斯稍遜，常興「既生瑜，何生亮」之歎。後來聽得多了，發現她的聲音在洪闊之中帶有一股剛勁和爽氣，雖然不及拜斯那麼柔美，嫵媚，卻也免於拜斯的感傷和哀怨。同時柯玲絲的尾韻在曳長時，仍能保持平直，舒坦，不像拜斯在餘韻之中常不能自禁地會揚起顫音。這固然很迷人，可是總令人覺得太雅緻了，反不如豪健爽朗的柯玲絲接近民歌。此外，柯玲絲吟唱的風格較有變化，從激昂的「清早下雨」到惆悵的「哦，願我有條金絲線」，從悲愴絕望的「安娜西亞」到虔誠穆肅的「大哉神恩」，其中的彈性比拜斯要大些。柯玲絲的聲音也富於母性的磁感，柔中帶剛的那種母性，在我初客丹佛的時期，給了我很大的撫慰。即使現在我回憶起來，仍是滿懷感激之情的。

——一九七二年五月十四日

苦雨就要下降

一

雅魯藏布江不斷地向東流，因爲喜馬拉雅山的北麓，太陰太冷了，因爲溫暖的印度洋在南方等它，奧秘而柔美的弦音，那千竅的羲達琴啊，在南方遙遙地喚它。繞過了喜馬拉雅山的橫嶺側峰，它的名字變得很印度：普拉馬布德拉。向西流，它匯入了另一條聖河，恆河，終於一起注向孟加拉灣。

這是世界上最悲苦的地區之一。即使匯合了兩條聖河，也洗滌不淨暴力的罪惡。維希奴也好，阿拉也好，都救不了這塊土地。東巴基斯坦，不，爭取自由的東巴人叫這塊土地做孟加拉國（Bangla Desh）。

一九七〇年十一月，颶風錘打這塊多難的鐵砧，死了五十萬人。天災未息，人禍又起。一九七一年的春天，西巴基斯坦的軍隊向東巴展現現代史上罕見的大屠殺，不但用機關槍掃射平民，轉眼便毀了整個村莊，而且在達卡城稠密的貧民區縱火燒城，根據最低的估計，至少已經死了三十萬人。

東巴和西巴之間夾了一個印度，距離是一千英里，可是感情上的距離更大。巴基斯坦是一個回教的國家，不幸十分之一的人口竟是印度教徒，而其中絕大多數又集中在東巴。可是，死於大屠殺的東巴人之中，偏偏大部份是印度教徒。所以論者認爲，巴基斯坦的內戰，政治因素多於宗教。東巴的人口比西巴多，可是政權卻操在西巴的手裡。一九七〇年十二月的選舉中，東巴在鼓吹自治的領袖席克・穆吉伯・拉曼的領導下，贏得了國民大會的多數席位。巴基斯坦的獨裁者亞牙汗，先是遲遲不肯召開國民大會，繼又遣兵去蹂躪東巴。

七百萬難民逃到印度境內。四十八小時之內，僅僅加爾各答一地，就收容了二十五萬災民。幸運的一些，還可以住在排水管裡，其餘的，就睡在露天。已經有很多人死於霍亂。已經很窮的印度，爲了維持難民的生活，每天還要耗費三百萬美金。而除了饑荒的威脅，還擔心霍亂會隨時蔓延。

二

印度羲達琴的大師拉維・仙客（Ravi Shankar）在美國聽到這些消息，心裡非常難受。他自己的父親就是在東巴出生的。他的教父烏思塔德・阿勞丁汗的家園，被西巴的軍隊燒掠一空。留美印度學生的社團，紛紛請求拉維・仙客舉行慈善演奏會，爲東巴的難民募款。拉維・仙客是印度旅美最有名的音樂家，可是他知道，如果自己單獨來做這件事，恐怕會事倍功半，募不到多少錢。「至少要五萬美金才行！」他想到了四披頭之一，也就是七年前向他學習義達琴，赫赫有名的喬治・哈里森（George Harrison）。

拉維・仙克在洛杉磯見到哈里森，便向他提出這項建議：「喬治，情形就是這樣。我知道這件事與你無關。我知道你不會……」哈里森非常動容，很快就說：「我想，我可以幫點忙。」

結果是，哈里森幫了大忙。他立刻變成慈善音樂會的發起人。以他在搖滾樂壇的地位，號召這麼一個音樂會，不是什麼難事。最初，他的計劃非常龐大，想把搖滾樂的所謂「超級明星」（super-stars）一網打盡。他打了幾個長途電話。麥卡特尼說，他不想參加。蘭能夫婦爲了爭取洋子和前夫所生孩子的監護權，正與人涉訟，無法分身。「滾石」的領隊米克・傑格在法國南部錄音，很想參加，可是不獲簽證。「壞手指」樂隊應哈里森之召，特地從倫敦飛去紐約。四披頭第四號的林戈，一聽見是爲了救濟東巴的難民，立刻答應參加。最令人興奮的，是巴布・狄倫，他在長途電話的那一頭說：「很有意思嘛。」

三

三位印度音樂家，以瑜伽之姿，蓮坐在華麗非凡的一張花地氈上。黃艷艷的，是兩側的花叢。嫋嫋升起的，是一炷印度香火。拉維・仙客司義達琴，阿里・阿克巴汗司剎羅琴，跏趺於前；阿剌・瑞嘉司小手鼓，退坐於後。拉維・仙客才一揮手，便向修長而敏感的麻栗木上，拂起了那樣清幽那樣高雅那樣細膩，在七主弦和十三輔弦之間，起伏震顫，波及至深至遠的，鼻音。剎羅琴和小手鼓追上去，忐忐忑忑，錚錚琮琮，合奏一曲柔美欲眠的黃昏頌。一波三折，一唱三嘆息，然後是羲達琴和剎羅琴此問彼答，爾呼我應，把一首東巴民謠的旋律，發展成即興揮弦的二重奏。香火不絕，玄思如夢，催眠臺下兩萬多的聽衆。

宣佈休息。臺上放起電影來。東巴的難民，黧黑、嶙峋，流離他鄉。挺著膨脹的肚子，營養不足，那些畸形的孩子。霍亂患者，一半已死，另一半正垂斃。黑壓壓的鴉群爭食著屍體。

影像消逝，舞臺陷入了黑暗。聽衆的情緒不斷地高漲，高漲，最後爆發開來，成爲一分鐘，兩分鐘，長達五分鐘的集體歡呼。喬治・哈里森出現了，不過看不清楚，因爲二十幾位歌手和演奏者簇擁著他。一大群人走上臺來，遮住了擴音器的紅燈。歡呼聲不斷。樂隊奏起喬治的「哇哇」。吉打和鼓號的聲浪淹沒了一切。彩色燈排開黑暗，一下子就罩住了喬治，這才看清，今晚音樂會的發起人和主角，穿著一身白衣，領口露出橙色的襯衫，鬚髮昂揚，抱著一張吉打，正在鼓動音樂或是爲音樂所鼓動。他的周圍全是一流的樂手。左邊是吉打大師克拉普頓（Eric Clapton），里昂・羅素（Leon Russell）在後面猛捶一架鋼琴。林戈和凱爾特納雄據在兩副鼓後。普瑞斯頓（Billy Preston）司電風琴，伏在喬治右翼，傑斯・戴維斯和四披頭漢堡時代的德國朋友武爾曼（Klaus Voormann）則彈奏吉打和低音吉打。這些高手，任挑一位出來演奏，都可以輕易號召好幾千人。

舞臺的另一端，也是人才濟濟。「壞手指」的四個隊員很文靜地撥弄著傳統的諧音吉打，誰也聽不出他們在彈些什麼。旁邊是七人的喇叭隊。再過去，是九人的合唱隊。衆響齊作。喬治的歌聲偶爾昂起，騎在音潮之上。這是有史以來最龐大的搖滾樂隊，喬治一面挑撥自己的白吉打，一面四下巡視，有點緊張。

「哇哇」甫畢，「大哉上帝」的歌聲又起。兩萬聽衆有節奏的掌聲，追隨著歌的旋律。喬治的聲音低徊而有感情，穩定而有信心。哈利露亞的合頌從臺上延伸到臺下，融成了一片。電吉打的鼻音又柔婉又亢奮。

接著喬治說，要唱普瑞斯頓的「上帝的安排」，並且把普瑞斯頓介紹給聽衆。普瑞斯頓把他漢蒙牌的風琴鼓成一座肺活量奇大的教堂，和克拉普頓鏗鏘的吉打一呼一應，震得兩萬聽衆不安於座。七支喇叭加進來，迴旋梯一樣地愈轉愈高。皮衣紫帽的普瑞斯頓從風琴後面縱出來，在喬治的面前舞得很瘋很野。聽衆都站起來，齊聲喝采。

還沒有喘過氣來，圓錐體的燈光忽然撲向鼓和鈸，攫住了躲在濃髮、密髯，和傳教士黑衣裡面的林戈。他笑得很含蓄；他的衣領上別著一枚後臺工作人員的鮮黃證章。他唱起自己的新作「來之不易」，一面向鼓上鈸上擊起轟轟轟的一片節奏。喬治的吉打在結尾時參加進來。掌聲采聲爆起。

喬治接著唱他的「謹防啊黑暗」。剛唱完第一節。他回過身去，里昂・羅素繼續唱下去。因爲羅素正好給克拉普頓遮住，聽衆不由一怔，然後又揚起一片歡呼。

下一首是「當我的吉打在輕輕哭泣」。克拉普頓擔任主奏，喬治和戴維斯伴奏。聽衆靜了下來。

接近尾聲的時候，吉打和喇叭交織如網，喬治的吉打間歇可聞。這是一九六八年出品的披頭舊歌。音樂喚回了披頭的往昔，利物浦四位少年可歌的記憶。聽衆之中，有人哭泣起來。

里昂·羅素放下嘴角的紙煙，把遮住眼睛的長髮掠向背後，向鋼琴上敲打「小丑跳一跳」。聽衆鼓掌打拍子。喬治走向麥克風去，哼起「就是你」，他時哼時輟，因爲麥克風有點走電。歌畢，演唱的人群全部下臺，只留下喬治和「壞手指」的韓彼德，諧音吉打幽澹地彈奏喬治·哈里森的「出太陽」。

燈光黯下去。里昂·羅素重新出現在臺上，插好他低音吉打的插頭。喬治抱起一張電吉打，在手指上套一個鋼的琴撥。林戈從臺側出現，手裡捧著一面小手鼓。舞臺上仍是昏暗一片。一個瘦小的人，長髮蓬鬙，幽靈一般隱現在臺右。喬治走到麥克風前面，只說了一句「我請來一位朋友，大家的朋友，巴布·狄倫先生。」

果然是他。咖啡的燈籠褲，棉布外套裡露出綠色汗衫，手裡拿著一把四號的馬丁吉打，頸子上架著一只口琴。長長的歡呼聲中，他僅僅微啓笑容，舐舐嘴唇，錚錚琮琮撥響吉打，向麥克風吟起「苦雨就要下降」。六十年代民歌和搖滾樂最重要的人物，美國青年最尊重的新文化英雄、詩人、作曲家、歌手的巴布·狄倫，每一次出現在公開的場合，都是年輕人世界的一件大事。除了吟唱，巴布·狄倫不肯多吐一個字，也不作任何解釋。他是最活潑最狂放的搖滾樂壇上一尊最嚴肅最沉默的史芬克獅。現代酒神的孩子們唱起歌來，他是唯一不醉的歌者。他的神祕，多出現一次，就增多一分。巴布・狄倫今晚的出現，使這場音樂會具有歷史的意義。他站在那裡，兩腿向外微彎，每唱一句，便從麥克風前退後一步，把臉藏在口琴架後。他的聲音仍然瘦瘦的，利利的，富有鼻音，但是很有控制。

接著他唱「笑也不容易，哭也不容易」（註）。歌到一半，他吹起口琴來，那薄薄尖尖的聲音，好像一把憂鬱的刀，削痛了誰。喬治淡淡地撫弄吉打配他。

然後是他九年前的成名作，也是六十年代第一聲抗議的「在風中飄揚」。這首歌的聯想太多太多，它牽動了「彼德・保羅和瑪麗」到「菁華三姝」到瑪琳・狄翠琦的回憶。他的髫鬚一直修到頦下，頭髮不算太長，可是很剛很硬，他的神態，像剛從「逍遙遊」（Freewheelin'），唱片的封面上走出來。

掌聲退潮，巴布・狄倫只喃喃說了一聲「謝謝」。他換了一把口琴，和里昂及喬治協調了一下，便唱起「貨鼓郎」（Mr. Tambourine Man）來。淒清的琴音在空廳中迴旋，有多少流浪漢在江湖上有多少失意。他一句一頓：

僅僅跳舞，在鑽石的太空下
一手自在地揮啊揮
側影反襯著海水

四周，是圓場的黃沙

又是一陣掌聲。又是和里昂切切私語。然後與喬治對坐調琴。巴布・狄倫撥出了反反覆覆的一段墨西哥曲調，一聲劃斷，吹了一段口琴，又停下來，最後鼓弄吉打，唱起「就像個女人」。兩側的麥克風啞了，里昂和喬治就擠到巴布的這架來和他。巴布的節拍下手很沉很重，喬治的電吉打鏗然回應。

歌止。燈亮。巴布舉目四顧，有點失措，然後他像力士一樣揚起雙拳，露齒一笑，大步跨下臺去。

掌聲劈劈拍拍鼓了足足兩分鐘。顯然巴布・狄倫不會再出現了。一位歌手能教林戈搖小手鼓在後面伴奏，自然不需要出來謝幕。終於掌聲也止了。樂隊重新回到臺上，各自就位。喬治對麥克風說：「巴布一唱過，就難以爲繼了。」爲了讓聽衆喘一口氣，喬治逐一介紹臺上的音樂家。

瑽瑽琤琤，喬治敲響了「有樣東西」，整個樂隊跟上去，音樂會又掀起一次高潮。這是最後的一曲了。臺上人散。臺下人不肯散，掌聲一直堅持下去，把臺上人召回臺上，兩萬人嘶叫成一片瘋狂。樂隊奏出喬治的新作「救救孟加拉」：

他說，救救我，救救我
否則我的國家就滅亡

樂隊走下臺去，這次是眞的結束了。聽衆仍癡癡地站在座前，一連五分鐘不肯散去，好像他們不散，這場音樂會就永遠不結束。

麥迪森廣場花園外紐約市正下著滂沱大雨。那是一九七一年八月一日。場外擠滿了向隅的聽衆。在黃牛的手裡，七塊五美金的入場劵漲到五十塊，剩下最後幾張時，更提高到六百元一張。有些聽衆藉賄賂警衛始得入場。欠缺耐性的一些，企圖破門而入，被警衛拖了出來，還挨了好幾警棍。大致上說來，秩序不壞。一個成功的搖滾樂會。

四

喬治・哈里森發起的這個搖滾樂會，具有好幾層深厚的意義，値得我們細細玩味：

首先，披頭樂隊雖已解散，利物浦四少年仍然繼續創作，各自出版唱片，並且發展一己的獨特風格。我們當然深深懷念披頭樂隊昔日的華美與激情，可是無權要求四少年永不分手，爲了滿足聽衆而長期壓抑各自的性情。何況，富麗堂皇的大樂隊，已經漸漸過去了。解散了的披頭，仍然具有神奇莫測的號召力。篤實、好學、寡言，且熱愛印度文化的喬治・哈里森，當日在四披頭之中，被蘭能的霸氣和麥卡特尼的嫵媚所蔽，成爲不很起眼的第三號人物。現在脫離了兩人的籠罩，不但新出的唱片「萬物皆逝」沛然可聽，即使獨當一面，主辦這麼龐大的一個音樂會，也井井有條。同時，他一口氣答應拉維•仙客之請，可謂不忘師恩，遍邀搖滾名手，尤其是巴布•狄倫，可謂潭潭大度，略無妒才之意。林戈爲人最忠厚，肯和喬治合作，並爲巴布•狄倫伴奏，自然是意料中事。喬治和林戈同時演出，已經等於半個披頭樂隊，當然令人興奮。四披頭最後一次的現場合演，是一九六六年八月二十九日，在舊金山。那已經是五年前的事，而五年，在搖滾樂史上，就是很久很久了。

其次，巴布•狄倫的出現，也是令人振奮的大事。自從一九六七年他騎電單車失事以來，他就很少在公開的演奏會上露面。在英國威特島出現的一次，吸引了二十萬聽衆，演唱一夕，索酬八萬五千美金，頗爲論者詬病。這次他趕來紐約，爲救濟東巴難民免費演唱，可謂澄清了大家對他的誤解。巴布•狄倫肯來，其他歌手自無不來的道理。臺上出現里昂•羅素、艾立克•克拉普頓，固不待言，即使臺下的聽衆席上，也坐滿了瓊妮•米巧、格萊安•納許，以及「大低潮」樂隊等等高手。巴布•狄倫從未與四披頭一起露面過；這次和其中的兩位共同登臺，也是歷史性的大事。

第三，這次的搖滾樂會是一個純粹的慈善音樂會：除了八月一日下午和晚上兩場的收入，二十五萬美金全部捐給東巴流亡的孩子以外，現場錄音灌製的唱片，和拍攝成功的電影，兩者未來的收入，也悉數指定贈與難民。此舉充分顯示了搖滾樂壇的正義感和同情心。這次的搖滾樂會，場地所限，兩場的聽衆加起來不過五萬人，在同類的演奏會中，不能算多麼盛大，可是象徵的意義最爲深長。美國的搖滾樂會，到了一九六九年八月，四十五萬青年在伍德斯塔克三天的盛會，可說臻於巔峰狀態，值得年輕的一代自豪。不幸幾個月內，就在那年的年底，「滾石」樂隊在加州的亞塔蒙特舉行臨別美國的免費演奏會，竟發生了流血的慘案。一時論者皆謂年輕的一代天眞喪盡，搖滾樂已淪爲魔鬼的藝術。其後搖滾樂人拜金成風，很有一些甘心聽從商業主義的驅使，以反抗工業文明始，竟以役於工業文明終，搖滾樂初期來自民歌的那一股清新樸實之氣，幾乎蕩然無存。氣得菲莫爾劇場的主人毅然關門誌哀。現在喬治・哈里森、林戈和巴布・狄倫等領導人物能聯合同輩，在救濟難民的人道主義之下，重振搖滾樂的聲望和尊嚴，並且表現出漸趨成熟的責任感，令我慶幸之餘，更相信搖滾樂，酒神的新藝術，是可以釀出更濃更純的芬芳來的。

——一九七一年十月

註：

原文是 It Takes a Lot to Laugh, It Takes a Train to Cry，歌題有點一語雙關，因爲其中 Lot 有「命運」之意，而 Train 有「火車」之意，要譯得貼切，是不可能的。

論披頭的音樂

我現在正努力做的一些事情，昨天還不成其爲重要。

——約翰・蘭能

我現在是再也不去聽古典音樂會了；我不知道還有誰在做這種事情。今晚會不會有某位鋼琴大師，比昨晚另一位大師，把「月光奏鳴曲」彈得更好一點或是更壞一點，也難得有人還在關心了。以前常有人稱爲前衛的那種獨奏會，我仍不時參加，可是很少感到欣悅；我總不禁四顧自問：我來這裡幹什麼？我在這裡學到些什麼呢？以前常擁聚在這種場合的那些詩人、畫家，甚至作曲家們，現在都到那裡去了呢？嗯，也許我來這裡是盡一種義務，例如聽聽我這一行有什麼新發展，爲了可以理直氣壯地衷心憎惡這一行，或者抄襲別人一兩個意念，或者僅僅對於節目單上的那個朋友表示慈善而已。可是我能學到的東西愈來愈少了。而同時，那些缺席的藝術家卻躲在家裡聽唱片；在音樂會上再也找不到的東西，終於再度引起他們的反應。

對什麼反應呢？披頭了，當然——披頭的出現，已經成爲一九五〇年以來音樂史上最健康的盛事之一，對於這件事，任何有識之士都不能或多或少不有所感應的。我所謂「健康」，是指「生氣蓬勃」而且「有感而發」——音樂界久已不用的兩個形容詞。我所謂「音樂」，不但包括爵士的一般範疇，也指室內樂、歌劇、交響樂等部門所包含的種種表現：簡言之，是指一切音樂。我所謂「有識」，與其是指「高尚的愛好音樂人士」修養有素的欣賞力，不如是說與生俱來的判斷力。（時至今日，仍然有人大聲疾呼：「像你這麼好的一個音樂家，要用披頭來騙我們做什麼呢？」也就是這般人士，時至今日，仍然重戲劇而輕電影，而且因爲流行音樂玷污了他們的才智，仍然去聽交響樂演奏會，不知道今日的情勢正好相反。）一九五〇年前後究竟發生了些什麼事，是我這篇以音樂判斷爲主的短文所關切的出發點。專論披頭的文學書籍，大半頌揚四人的抒情詩如何適應時代潮流，道人所不敢道，卻將其主旨、音樂的一面，一筆帶過。披頭的詩也許是孵生那夜鶯的蛋，可是仔細分析起來，夜鶯仍應居先。

有一類音樂家，傳統上叫做長髮作曲家，他們通常是頗爲失意，出身於音樂學院，然而（正如任何美國人都勢必經歷的）終其一生都在爵士樂的薰陶之中；我所謂「音樂判斷」，正是來自此輩。我這篇短論不敢以全面的評價自命；我只能說明一件事實，那就是，將我和我的音樂同道們從一場消過毒的大夢中欣然撼醒的，是搖滾樂，以披頭的表現爲主的搖滾樂的活力。我對這一股活力自然而然感到好奇。它是從那些源頭噴射出來的呢？它滿足了什麼樣的需要？披頭似乎是一件美好事物中最美好的部份，他們實際上遠勝於想效顰他們的一切樂隊，而學他們的樂隊卻大半是美國人，只是要將曾經是美國本位的東西繼續發揚罷了——可是披頭何以偏偏崛起於利物浦呢？果眞如韓托夫（Nat Hentoff）所說，披頭「使數百萬美國少年迷上了在美國本國令人傷心已久的東西……只是美國的年輕人一直不願活生生地接受它，所以要靠英國人來過濾才能吸收」？披頭果眞令人傷心嗎？他們果眞是這麼新奇嗎？他們的吸引力，無論是令人痛苦或是欣悅，究竟是來自他們的歌詞，或者是來自他們所謂的「歌喉」，或者坦白地說，是來自他們的曲調？這些就是我或多或少要依次研討的問題。

一九四〇年前後，經過了一段渾沌的青春萌發期，美國音樂終於自立了。美國的土地當時得不到外來的肥料，遂開始結出眞正屬於本土的果實，作曲家遍地茁生起來。到了大戰結束，我們耕耘的收成已經値得輸出，因爲音樂之樹的每一枝柯都在欣欣向榮：各式各樣的交響樂成打成打地在琢磨；歌劇的觀念正移植到中西部的城鎭之間；而且就本文的論點而言，獨唱的歌者也正在各地作驚人之鳴。一面有辛納屈（Sinatra）、霍恩（Horne）、何立岱（Holiday）等一流的風格家在作精采的演唱，只是所唱的歌，以音樂價値而言，除了效顰二十年代的格希文和波特的一些，都平平庸庸，以文學內容而言，則渺不足道。另一面則為演唱會專業的歌者，如佛瑞希（Frijsh）、費班克（Fairbank）、譚吉盟（Tangeman）；這些歌者雖然在聲樂上不無問題，卻因勸導一些較年輕的作曲家用優美的歌詞譜可唱之歌，仍然創造了一種新聲。

到了一九五〇年，美國音樂的輸出已進入盛況。可是當我們發現外國人都不很在乎時，我們的興頭很快就減退了。爵士樂自然而然一直大行其道於歐洲，但歐洲卻抹煞了美國的「嚴肅」音樂，認為它不夠嚴肅；畢竟歐洲本身，在希特勒的陰影下痲木了二十年後，也正在復甦之中。但那種復甦事實上是復興，也就是說，把在美國已經萎縮而在德國已為戰爭所遺忘的十二音體制恢復起來。這種技巧（不，不是一種技巧，而是一種思考方式，一種哲學）當時正在恢復之中，不在它當初興起的德國，天下之大，卻在法國！到了一九五〇年，布雷士（Pierre Boulez）已經隻手開道，奠定了其後十年全世界的音樂要奉行的音調。美國接受了提示，且讓自己新發現的個性融入了終於成為遊行樂隊車似的國際學院主義。

樂風如此轉變，沒有人的驚駭更甚於「所有的人」，也就是說，我們最親切最聞名的作曲家們。柯普蘭（Aaron Copland）苦心錘鍊出來的貧瘠的旋律，久已成為衆所接受的「美國風格」，這時終於見棄於青年一代。繁複而浪漫的德國湯，沉浸了樂壇凡一世紀，到了二十年代終於激起兩種反抗，一種是沙提（Satie）或湯姆森（Thomson）那種斯巴達式的樸素樂風（亦即柯普蘭「美國風格」的根據），另一種則是達達主義笑傲一切偶像的精神，雖然，像超現實主義一樣，達達主要是畫家和詩人的媒介，在音樂一面它仍表現於「六人派」的某些作品。到了五十年代，名副其實帶點報復意味再度發揚繁複樂式的，是柯普蘭君臨的四十年代中被冷落的一些中年作曲家（卡爾特 Elliot Carter、巴璧特 Milton Babbitt、伯爾格 Arthur Berger 等人），也是一般的青年。如果說現在凱濟（John Cage）面無表情地恢復了達達式的放浪不羈，則此時柯普蘭自己，也是面無表情地，像是被比他年輕一半的那些極其嚴肅的作曲家所威迫似的，決定再度追求十二音制的格式。

我們可以了解，爲了趨附時尚，這一般「嚴肅的」青年作曲家對於科學的實際關心，勝過了對於表示自我的「多餘」考慮。他們愈來愈不爲聲樂作曲，即使爲聲樂作曲的時候，也無意用人聲來詮釋詩，甚且也無必要去詮釋文字；他們處理人聲一如機械，還時常用電子加以修飾。詩句不再「與」音樂結合，甚至不再「被」音樂所局限，只是「透過」音樂加以例解罷了。活生生的歌者已經沒有用武之地了。

登台演唱的歌者，至少那些科班出身的。才不理會這一套呢，現代音樂本來就太難唱。何況它根本沒有聽衆，而古典歌曲獨唱會，在業已遠逝的泰特（Teyte）和雷芒（Lehmann）的年代雖然普受喜愛，這時也不再有什麼聽衆了。年輕的歌唱家們受到別的誘惑，紛紛捨去德國的歌曲（lieder），法國的歌調（la mélodie），甚至自己美國的藝術歌（art song），終於沒有一個專業藝術歌唱的人留下。古典大歌劇優厚的收入和成名的希望，把他們全誘走了。即使在今天，少數的幾個例外還是歐洲人，像史華茲考夫（Schwarzkopf）、蘇隨（Souzay）、費雪・狄思考（Fischer-Dieskau）。美國精美的歌唱家皮爾姿麗（Bethany Beardslee）一點也不賺錢，與她齊名住在西岸的傑出歌唱家瑪妮・尼克森（Marni Nixon），現在卻改業電影配音和歌舞喜劇了。現代大多數的專業歌唱家，聲音都很不堪，即使爲充場面而開演唱會，也是爲邀來的貴賓而唱。

此外，當時正在發展中的，還有布魯貝克（Brubeck）、坎頓（Kenton）和麥立根（Mulligan）的「前進爵士」，又稱「涼爽爵士」，但那種脆薄的表現，既不宜歌，又不宜舞。「名歌錄」已煙消雲散，黑人風格的歌唱家都失了業，大學樂隊庸俗的歌手爲人所鄙。歌已死。

而同時，所謂古典與所謂爵士之間的圍牆也在崩潰之中，彼此正企圖融合並革新對方。今日衆所嗟歎的「溝通」之需要，當日能藉音樂，任何形式的音樂，以解決者，似乎遜於其他藝術，尤其是電影。電影在成爲公認的美術之後，即使對於知識分子，也成爲能夠暢言今日無法言宣之種種的唯一媒介了。可是十分矛盾可笑的是，音樂的知性化，卻日漸疏遠了知識分子，而對於知識分子以外的任何人，也激不起什麼興趣。舉個例，史特拉文斯基的大名容或家喻戶曉，可是事實上，無論是哪裡的演奏會，節目單上已經少見他一九三〇年以後的作品，而一九五〇年以後的作品則根本見不到了。要聽史特拉文斯基的近作，僅有的機會，是看巴倫辛（Balanchine）的配畫電影，或是每年兩度去聽克拉夫特（Robert Craft）的演唱（還要靠大師親臨會場才引來如許聽衆），不然只有從哥倫比亞的唱片上聽取大師親手指揮了，因爲史特拉文斯基只和該公司簽訂製片之約。

至於我自己和一群寫歌的朋友（包爾斯 Paul Bowles、平肯 Daniel Pinkham、佛朗納根 David Flanagan、戴盟德David Diamond），在四十年代開始寫作，在我看來，到了這時也以殿後的姿態繼起，不合時宜地企圖救活一個患了昏睡症的怪物。當日這群朋友，近來大多很少寫歌，少得令人沮喪，而所以竟寫出了寥寥那幾首歌，與其說是由於迫切的創作慾，還不如說是由於一些死硬的專業歌唱家日漸減少的約請之故。說到寫歌，因爲錢少，而出版、錄音、演唱，甚且大衆的關懷也少，我們對於這最爲溫柔迫切的藝術媒介曾經懷抱的年輕人的熱情，說來也可悲，早已經大爲減退了。

如果說，一度繁榮的「歌之藝術」，自從二次大戰以來一直處於冬眠狀態，則目前已有不少跡象，顯示它在世界的每個角落都在復甦之中——而現在的這個世界也不再是當初任它冬眠的那個世界了。結果是，等到「歌」眞正完全醒來（那場冬眠是有益健康的），它的譜寫和詮釋將大爲改觀，它的聽衆也大不相同了。

由於普萊斯（Leontyne Price）一類的歌唱名家，因爲經濟的關係，已經不再專注於小格局的曲式，由於斯塔克豪森（Stockhausen）一類的「嚴肅作家」，因爲科學試驗的關係，已經不再專注於人聲（而歌唱又是人聲之中最原始所以也是最傳神的表現），復由於史特拉文斯基一類的大師，其作品似乎只有在作者出現時聽衆才有緣聆聽，偉大歌曲的藝術傳統，已經從少數欣賞者的圈子轉移到四披頭和他們徒子徒孫的身上去了；而並非專業音樂的任何知識份子都會向你述說，我們這時代能溝通心靈的最佳音樂，正以披頭等等爲代表。

這種音樂在十年前早已興起，其代表人都是一些單純的男性象徵，像美國的普瑞斯利（Elvis

Presley）和法國的海立地（Johnny Halliday）；後來英國人製的一個影片，叫「快艇」（Expresso Bongo，也就是特權 Privilege 一片的前身），描述一個不甚高明的搖滾歌手，就是以普瑞斯利和海立地爲諷刺的對象。這兩位年輕的獨唱家今日仍在演唱而且收入甚豐，但當日確實孕育了比他們自己更微妙，更具使命感的獨唱家如巴布・狄倫（Bob Dylan）和唐諾文・李琪（Donovan Leitch）；後二者復輾轉滋生了一群男性子孫，其中包括一胎雙生的最富書卷氣的賽門與高梵珂（Simon and Garfunkel），一胎五生的最富異國情調的江湖佬與魚（Country Joe & the Fish），一胎六生的最爲思古的大結義（The Association），甚至一胎七生的刺時最狂的創造之母（Mothers of Invention）。女歌手遠不如男歌手誕生之頻，但也有「菁華三姝」（The Trio of Supremes），以及艾安（Janis Ian）和甘璀（Bobbie Gentry）：後面兩位各寫了一首，僅有的一首好歌，而等到讀者讀到本文時，她們若非已經湮滅，便是已經不朽了。上述這些樂隊，加上其他二十個相當優秀的樂隊，和他們的「祖父一代」不同之點，就是他們大部分的歌曲，都是自己寫的；他們把十二世紀的行吟詩人，十六世紀的合唱隊，和十八世紀自譜自唱的樂師等等的傳統融和在一起——總之，他們把二十世紀以前除了歌劇以外的一切歌唱上的表現，全熔爲一爐了。

要說明這種新表現，我們必須使用（我已經在這裡使用了）直截了當的「歌」字，而不得使用令人誤解的 lieder 一字，因爲 lieder 只適用於德國音樂，或是大言不慚的「藝術歌曲」一詞，因爲「藝術歌曲」一詞不再適用於任何音樂了（在英文裡面，眞能使「嚴肅的藝術歌曲」有別於衆人慣稱之爲「流行調」的東西的，是「演唱曲」recital song）。既然何立岱和「大樂隊」在一個不僅昏沉抑且死寂的時代曾經演唱過的流行調，到今日不但可以在夜總會和戲院裡聽到，甚至可以在獨唱會和音樂會上欣聆，既然那些流行調比起今日作曲家譜的任何「嚴肅」作品來，即使不更好，至少也無遜色，則可以包羅一切的最佳用語，乾脆就是「歌」字。僅有的進一步的分類，只有「好歌」和「壞歌」了。最奇怪的是，音樂之所以恢復健康，憑藉的不是我們那些世故的作曲家文雅的改革，卻是成群的小夥子老式的引吭而歌。

至於這些小夥子裡最好的一隊竟來自英國，這件事實倒並不重要，因爲他們也可以來自阿肯索州。披頭的世界正是渾沌不分的國際學院主義的一部分，因爲在這種天地之中，問題不在「異於」，而在「勝於」。我以爲，四披頭的動人之處，和韓托夫暗示的什麼「在美國本國令人傷心已久的東西」沒什麼關係，恰巧相反，其動人處卻是令人愉快。

蘇珊・宋泰格（Susan Sontag）剛解釋說：「新感性對於快感的看法有點模糊，」我們立刻就發現她的「新」感性正在霉腐之中。她說這話，是指一群振振有辭到了可疑程度的作曲家，可疑，是因爲他們花在滔滔自辯上的時間，多於作曲的時間。這般作曲家貶低對於音樂的「喜愛」，對於音樂「全身感受」的喜愛。說眞的，沒有人是「喜愛」布雷士的，是不是？這般作曲家關心的不是有沒有人喜愛，而是有沒有人領會。實實在在，「有趣」是披頭具有感染性的音樂表現之精髓：日本人和波蘭人（後者對於披頭歌詞中自殺和核子彈的主題並不理會）對於四披頭的愛好，不下於英語世界的披頭迷；實實在在，那樣的表現，由於它發乎天然順乎潮流的本質，應必爲宋泰格所接受。披頭正是針對新（意即「舊」）感性之毒的一帖解藥，且容許知識份子毫不慚愧地承認，說他們喜愛這種音樂。

披頭眞是精采，儘管人人都知道他們眞是精采，也就是說，儘管三十歲以下的一代強調披頭能夠適應諸如民權與LSD等社會的新需要。我們對披頭的需要，既無社會意義，也不新穎，而是藝術上的古老的需要，尤其是需要一次「復甦」，快感的復甦。十年來其他一切藝術莫不或多或少地感受到這種復甦；唯獨音樂不但是人類史上最後發展的一項「無用的」表現方式，而且是任何特定的世代中最後成長的表現方式——即使，像在今日，一個世代最多不過延續五年（也就是可以感染到「新感性」的短暫時期），那情形也是一樣。

何以披頭最爲傑出呢？我們很容易指出，和他們競爭的大多數樂隊，正如世界上多數的事物一樣，皆不值一顧；更重要的是，披頭的傑出是貫徹始終的：他們近日推出的三張唱片，每一首歌都令人過耳不忘。這些難忘的歌曲中，最好的一些（最好的百分比也很高），例如「這裡，那裡，隨便是哪裡」、「日安啊陽光」、「蜜修兒」，和「挪威森林」已經成爲經典名作，且可比擬蒙特維地、修曼、蒲朗克等歌曲全盛時代的大師們的作品。

美好的旋律，甚至完滿無憾的旋律，是既可以界說也可以傳授的；音樂的其他三度「空間」：節奏、和聲、對位，也是如此，雖然其中只有節奏能夠獨立存在。我們不妨這樣形容旋律：形成一種可以認識的音樂形式的那麼一串高低各異長短不一的音符。如果旋律（又稱音調）爲配合文字而譜成，則音樂的進行必隨詩句曲折起伏，詩句必將旋律推向「高亢的」一點，通常稱爲頂點，再從那一點進行到終點。這種「必然性」正是使旋律美好甚或無憾的要素。不過天衣無縫也會空洞無物的，只要看看昔日「錫鍋巷」流行曲作者和今日，哪，「傑佛遜班機」敲打出來的千百首三十二樂節的模範曲，就知道了。如果和歌詞拆開，我們眞能記起那些調子嗎？

高超的旋律也用同樣的食譜烹成，不同的是，其中的某些作料要靠「天才之變形」來保佑。披頭的歌詞常是和音樂相背而馳的，例如「浮生一日」一曲中壓人而來的起句詩，竟配以溫柔之至的旋律；這情形很像瑪莎·格萊安（Martha Graham）的配樂常和她的舞蹈矛盾相對一樣，因爲她會在截然的靜寂中劇烈地迴旋，但樂池中衆樂狂號時她卻立地不動。披頭的變調既是自然流露的，他們的歌曲恆是結構堅實，但效顰他們的人，變調變得很做作，因此學到的是獸形的簷漏，不是整座大教堂。

當然，出奇制勝這手法，本身並非什麼美德，雖然一切偉大的作品都似乎有這成份。此地僅以上述四首歌爲例；譬如「這裡，那裡，隨便是哪裡」吧，聽到一半，不過像大學表演會上一首討人歡喜的歌，可是剛一唱完，立刻就變得繞樑不絕了。何以如此？因爲在「她一揮手」這句歌詞上，和聲精細轉位，出人意外而又令人滿足得「恰到好處」，正如「旋律的太陽」一類蒙特維地的六部合唱曲中所見的那樣。「日安啊陽光」節奏極爲充沛，但初聽時，其樂譜變化多端令人懊惱的程度，一如艾夫斯（Charles Ives）的某些手法；後來我才恍然，悟出那是「跨越的三連音符」所造成。四披頭在此的「出奇制勝」，是將這麼單純的一個過程安排得內行人聽來這麼繁複，而一轉三折之下，又能讓任何「有節拍感」的外行人立刻可以學唱。「蜜修兒」一曲在第二拍（也是歌詞的第二個字）上竟就變了調。這手法本身是「可以允許的」——蒲朗克就時常這麼做，而蒲朗克卻是有史以來最善解人意最正確無訛的作曲家；要點在於他恰好決定在第二拍上這麼做，而這決定生了效。天才不在於不師承他人，而在取捨之間取正捨誤。至於「挪威森林」，則使那首歌獨特難忘，而不僅止於創新的，卻是它拱形的旋律，一種愈來愈多休止的律動，一個交錯而成的倒金字塔形。

當然，分析到底，披頭之優於其他樂隊，其難於捉摸，正如莫札特之優於克雷芒提：莫札特和克雷芒提皆熟練地使用同一音調的語言，只有莫札特使用時特別有一種天才的魔術。誰會爲這種魔術去下界說呢？大衆在覺察四披頭的優於其他樂隊時，著眼點是正確的，不像平時那樣找錯了原因——不像，譬如說，十年前之誤解《羅麗塔》。當時大衆之接受《羅麗塔》，頗以爲它只是一本俏皮的小說，但是今日，年齡不同境界互異的大衆，都能名正言順地吸收披頭的音樂：我們大可一面聆聽這種音樂，一面跳舞或吸煙，或者甚至舉行葬禮（劇作家奧爾頓 Joe Orton 在倫敦的葬禮便是如此）。同樣的大衆，在討論披頭時，並不將披頭和他人相提並論，卻將披頭和他們自己的種種特點相提並論，好像披頭是一整個運動的可以自圓其說的定義，又似乎在如此短暫的音樂生命之中，披頭已經像畢卡索或史特拉文斯基那樣，經歷了也揚棄了好幾個「時期」（事實也確是如此）。例如「花椒軍曹」那張唱片才一發行，立即引爆起一串爭論，爭論這張唱片比起披頭前一張唱片「旋轉人」或「橡皮靈魂」來，有無遜色。可以這麼說，披頭是自我滋生不息的。可是「哀莉娜・麗格碧」究竟是他們的母親或是女兒？「蜜修兒」究竟是他們的祖母還是孫女？而「她正出走」中的那個「她」，由於最晚出生，可能是姐妹呢，還是妻子？

據說保羅・麥卡特尼因傾向斯塔克豪森和電子而獲得靈感，克服了交響配樂的困難，產生了種種迷幻之境的效果；我們能從這種音樂裡聽到些什麼呢？哪，像最早在「明日永難知」和「草莓田」中所顯示的那樣，他們的聲音顯得著重音調的品質而不重內涵，著重迷人的恍惚而不重結構。麥卡特尼的樂曲並未受到這些「改革」的影響，因爲這些「改革」只是將樂曲修得光潔平整的有關樂器的一些技巧。而樂曲本身的任何方面，比起古遠的「大樂隊」或是昨日的「涼爽」樂團來，也不更爲進步。披頭的和聲，即使再大膽突出，像在「我要跟你說」中那樣堅持的不諧和音，基本上也只是印象主義的餘風，並沒有超越拉維爾的「馬德卡斯歌集」。披頭的節奏，像「日安啊陽光」中那樣，也會變得異常巧妙，但仍幾乎經常守住四分之四的拍子，比起巴爾托克五十年前最單純的樂曲來，還要單純。諸如「補洞」或「蜜修兒」中的旋律，雖然譜得十分精美，卻是根據標準的調式——諸如黑人藍調的降低三度音程和七度音程。披頭的對位法，即使像「她正出走」的某些部分那樣嚴格的時候，也不比「三隻小老鼠」更爲複雜；至於像「必需和你共此生」那樣自由的時候，則活潑自如像興德密特（Hindemith）——事實上，正如沒有「問題」的巴哈一樣，也就是說，無須逐步解決十八世紀譜寫聲部的苛嚴要求（姑不論柯爾門 Ornette Coleman 一類的器樂家，即使「菁華三姝」在這方面也已超越了披頭了）。至於整體樂曲的形式，「花椒軍曹」的那些歌大致上都不及以前幾張唱片複雜，而以前幾張唱片本身，也很少敢於超越基本的「歌詞加合唱」的結構。麥卡特尼的獨創性，不在革新，而在凌越。至於他有無可能以及如何處理更浩大的曲式，我們尚須拭目以待。可是以具體而微的樂壇，以歌壇而言，他已經是一位現代大師了。準此，他確是四披頭中最有份量的一位。

蘭能的抒情詩，或者不如說他的那些歌詞，已經被人心理分析得面目全非了。他的歌詞確很機巧，動人，合乎潮流，而最重要的是，和歌曲極爲相配。可是一旦和歌曲分開，蘭能的歌詞果眞就遠勝於，譬如說，波特（Cole Porter）或布里慈斯泰因（Marc Blitzstein）的歌詞嗎？當然，布里慈斯泰因的音樂，無論其歌詞的論點多麼陳舊，仍然是成功的，而波特的歌，即使全不依憑文字，仍然不改其美。我們總是聽說（例如柯拉爾在〈星期六評論〉上便這麼說，披頭「呼喊的是一些重大的事情」），可是這些事情果眞比昨日的「異果」或前日的「歐提絲小姐的惱恨」更切時嗎？至於李碧琪（Peggy Lee）吟唱的「何處抑何時」，是否就不如「露西在天上」那麼如夢如幻呢？即使如此，難道披頭就以此取勝嗎？影片「特權」描述一個搖滾歌手企圖推翻現狀而要求控制一切，但是事實上，正如李瑾所說，「到現在爲止，還沒有任何搖滾樂隊，甚至整個運動加起來，能像百年前吉爾伯特和沙利文那樣使一個政府惶然不安。」即使在非常時期詩能成爲政治利器，也不能證明音樂能「意味」些什麼，既非抗議，也非博愛，甚至也非起泡的噴泉，什麼都不是。固然，蘭能的歌詞不但暴露了當代的問題（例如「浮生一日」），抑且提示了解決之道（例如「補洞」）；而其歌曲據說是配合歌詞而譜的，不是先有曲後有詞，其歌曲也很相稱。但歌曲畢竟更爲強烈，正如緩慢而無節拍的格瑞哥利式的吟誦，可以改變產生它的那種急驟而放浪的街頭小調的「意義」，蘭能的歌詞起不起作用，要看你如何唱它而定。

就碧莉・何立岱而言，要緊的不是歌，而是她唱歌的方式；她和皮亞夫一樣，能化平庸爲神妙。就披頭而言，要緊的是歌本身，而不一定是他們唱它的方式；正如舒伯特的歌，即使讓妖怪去唱，也唱不壞一樣。例如「蜜修兒」這首歌，如果由一位「眞正的」歌手如巴碧蓮（Cathy Berberian）者來演唱，則其爲可愛動人固然依舊，但咬字吐音必淸暢得多。巴碧蓮的口齒（幾乎任何人的口齒）都要比四披頭的口齒淸楚，至少倫敦以外的人聽來是如此。就算披頭的歌詞不遜於曲，他們的歌，由於發音含糊，仍然迫使聽衆首先去判斷歌曲本身。

喬治・哈里森對印度的探討，則似乎是四披頭晚近語言中最難令人心悅誠服的一面。就像麥卡特尼的吸收電子一樣，哈里森之於印度音樂，似乎也止於吸收其表面；但是他的兩大作品「愛你」和「入於你」，於儼然亦吸收印度音樂的結構之餘，僅僅呈現零亂之象，並無催眠之功。哈里森的東方化無疑是誠懇的，不幸聽起來做作一如「江湖佬與魚」的五音階主義。戴布西，像所有跟隨他的音樂家一樣，深受一九〇〇年巴黎世界博覽會上峇厘島展覽的影響，從而獲得創作「中國寶塔」

與「玲黛瑞嘉」的靈感。這些作品在同類形式中之令人樂於接受，正如數十年後考爾（Henry Cowell）、巴奇（Harry Partch），甚或格蘭薇兒・希克絲（Peggy Glanville-Hicks）的演唱曲。這些聰明的音樂家並不斤斤計較「道地」與否，他們只將東方音樂的效果譯成西方音樂的術語，然後以極有把握的方式去運用那術語；但是哈里森仍然蹣跚而行試圖捕捉眞實的意義，卻徒勞而無功；用心良苦，加上「靈感」，絕對不足使他眞有那種背景，那種與生俱來的特權，而必須要有那種背景，才能產生他要效顰的那種音樂。

林戈・斯塔爾的活動，和他的披頭三同伴無關的一些，我們不得而知，可是他似乎學會了歌唱時如何發揮一種名副其實確是難以言喻的魅力，我也沒有見過蘭能的戰爭影片。總之，到現在爲止，四披頭最動人之處，是他們合作創造的過程（其動人之處甚且超過他們的合作表演）。

今日我自己的作曲動機，與其說是由於靈感的驅使，不如說是由於單純的需要（我譜出自己要聽的曲，因爲沒有別人來做這件事），同樣，我一面淘汰一面等待而聆聽的，全是我需要聽的東西。今日我所需要的，得之於創新者似乎比得之於念舊者爲少：仔細想來，過了某種年齡，我們每年又能獲得多少動人心弦的經驗呢？這種念舊之情，十分顯然，是披頭引起來的。此外，也就沒有什麼好說的了，因爲從結構上去分析他們，並沒有什麼趣味；他們僅僅恢復了激情，並未增加若何新意。這種激奮之情的來源，一部份自然是他們的才華，另一部份則由於他們純然大膽地，因此也是純然天眞地，將音樂各殊的成分熔於一爐，也就是說，運用和聲、對位、節奏、旋律、交響配樂等極爲保守的技巧，且將它們融爲一股令人感染的清新之氣（此地插一句嘴：披頭最近的歌「我是一頭海象」似乎有點令人擔心，比起以前的作品，似乎比較做作，欠缺「靈感」。儘管這首歌在理路上以威廉望 Vaughan Williams 爲裡，而以爵士樂的「劈撲」樂風爲表，且通篇十分優美，不幸總效果卻成了自我戲弄之戲弄，此亦藝術家眞正危機所在。也許神聖如披頭者，亦難免偶有胎死腹中之象吧）。

可以說，披頭已將「虛構的故事」帶回音樂之中，以取代批評。不，他們並不新奇，他們一唱三歎，那種洋溢的無可奈何之感，一如貝西・史密斯（Bessie Smith）。他們使藝術免於荒涼的殉道悲劇，且恢復了感官的世界，毫無疑問，他們才不在乎我這些引經據點的詮釋；這正是他們可愛的地方。

假設（這眞是一個大大的「設想」）最健康的音樂是出於肉體的一種創造性的反應，也是對肉體的一種刺戟，而最病態的音樂是對於理智的一種創造性的反應，也是對理智的一種刺戟——假設健康眞是藝術應該追求的一項特色，而且假設（我相信是如此）披頭正是這種特色的明證，那麼，儘管在我們這行星的垂暮之年這件事顯得巧合而奇異，我們總算達到歌曲的一個嶄新的，黃金的復興時期了。

——一九七一年春譯於丹佛

附註：

〈論披頭的音樂〉是一篇譯文，原作者奈德．羅倫(Ned Rorem)一九二三年生於美國印地安納州的里奇蒙，是一位知名的作曲家，譜有歌劇、歌曲及交響樂曲等多種，並出版現代音樂之論述《巴黎日記》、《紐約日記》、《音樂行話》、《音樂和大眾》等。本文曾經收入一九六九年的文選《作家與問題》(*Writers & Issues*, edited by Theodore Solotaroff, Signet Books, New York.)。

後記

《聽聽那冷雨》是我的第五部散文集。收在這裡的二十七篇作品，另附一篇譯文，長短不一，性質各殊，都是我一九七一年七月從美國回來以後的產物。薄薄的一本，不能算是豐收。沒有寫得更多，最大的原因，是三年來一直誤落行政工作的「塵網」，不再是「純教書」了。先是擔任科羅拉多女子學院臺北留學中心主任，繼又負責政大西洋語文學系的系務，領著這麼一大群黑髮和碧瞳的大孩子轉來轉去，有很多快樂，也有不少煩惱。無論如何，寫作的時間是相對地減少了。另有一大煩惱，便是演講。照說一位作家的最佳表演是作品，可惱聽衆（觀衆？）並不理會這一點，必驅之登臺演出而後快。動筆不夠，還要動口。實際上，有多少人是兼有彩筆和繡口的呢。往往兩小時的演講，一氣呵成，舌敝唇焦之餘，還要接受聽衆再三的盤詰和質詢。

兩年前，經不起信疆頻頻電催和面促，曾經為中國時報的〈人間〉副刊寫過半年的專欄。

集中〈蝗族的盛宴〉、〈朋友四型〉、〈借錢的境界〉、〈幽默的境界〉四篇小品，便是那時用何可歌的筆名發表的。這四篇是名副其實的小品。至於抒情散文，只有卷首的四篇：其中〈萬里長城〉是一夕揮就，在〈人間〉發表後，臺港兩地均有刊物加以轉載，〈南半球的冬天〉一文，則是前年訪澳期間在雪梨寫的。

三年來，詩論寫得不多，一方面因為讀書的空暇太少；一方面因為近年批評界熱中的話題像民族性和回歸傳統等等，早在十幾年前我就言之再三，不想舊調重彈；一方面因為年輕的一代已經舉起了好幾枝犀利的筆，像陳芳明手裡的那一枝，清新而勇健，已經有一點史筆的意味，同時從學院的圍牆裡，也伸出了顏元叔那樣的淋漓「剛筆」，有擔有當，敢言敢怒，非常「湖南」，我雖然不能篇篇贊同，卻十分樂意做一位讀者。

一九七二年十一月六日，我應香港「世界中文報業協會」之邀，在該會第五屆年會上發表演說，〈用現代中文報導現代生活〉便是為那個場合寫的。一九七三年夏天，我為政大新編了一冊大一英文讀本，耗時三月，〈從畢卡索到愛因斯坦〉一文，算是一篇編後記。〈外文系這一行〉是為《聯合副刊》的「各說各話」專欄而自說自話的。〈向歷史交卷〉則是為《中國現代文學大系》那部書寫的總序。

從卷末的四篇東西，看得出近年來我對搖滾樂的愛好。搖滾樂是黑白民歌在工業社會裡的結合與蛻變，富有新浪漫主義的精神和酒神戴奧耐塞司的狂放，久已成為英美青年地下文化的一大表現。要了解那些青年在想什麼，不先聽聽搖滾樂，是不可能的。我原來想為這一種新藝術撰寫或翻譯一部專書，因為事忙未能如願。拜斯和柯玲絲只能算是小小試筆，而且偏於民歌，未曾深入搖滾，久擬撰寫的巴布・狄倫的評論才是真正的考驗。搖滾樂是酒神的藝術，有時更成為魔鬼之聲，賽倫之歌，令人心魂俱迷。我對搖滾樂在文化上的評價，不全是正面的，這也是我不肯全力支持搖滾樂的原因。

在出版這本散文集的同時，我還出版一本詩集，書名《白玉苦瓜》。除了這些散文和詩以外，三年來，我還寫了兩萬多字英文的論述，並且翻譯了四萬多字的散文論著和幾十首詩。前者包括 **Chinese Poetry in Taiwan**（先在 *Free China Review* 刊出，後經 *The Chinese PEN*、韓國第二屆「亞洲文藝研討會」英韓對照的特刊，及 *Asian Pacific Quarterly* 轉載），**American Influence on Post-War Chinese Poetry in Taiwan**（一九七三年七月三日在第一屆亞東區美國研討會上宣讀），**The Throaty Bass of Fong Chung-ray**（馮鍾睿畫集序言）等文。後者包括美國作家米契納訪問記之中譯，和羅青、方旗等作品之英譯。併誌於此，算是沒交白卷的紀錄吧。

——一九七四年四月二十二日於臺北

九歌新版後記

《聽聽那冷雨》是我「中期」的文集，到此為止，我寫作的場景多限於台灣與美國，過此以後，場景就移去香港與歐洲了。文集裡的散文、雜文、序文等等都寫於第三次旅美之後，還港定居之前，先後為時三年（一九七一年夏迄一九七四年夏）。那三年我寫的詩合成一集，便是《白玉苦瓜》。兩本書幾乎是同時出版。

這本文集裡的作品，頗有幾篇屢經轉載，或收入選集。其中尤以〈聽聽那冷雨〉一篇流傳最廣，甚至屢見選入兩岸的國文課本。六年前，山東某出版社竟將全書盜印，甚至書名都沒有換；我回母校廈門大學演講，學生拿來索我簽名的，正是那盜印本，竟有二百本之多。

《聽聽那冷雨》原由林海音女士主持的純文學出版社印行，初版於一九七四年五月，到一九八七年四月，已印刷了十五次。其後純文學出版社歇業，我並未另找他社續印。而今海音大姐已離開人世，文壇寂寞，令我惘然追憶，當日她為出此書，親自設計封面的果斷與熱情。自從十四年前此書絕版以來，屢有朋友與讀者表示關切，更造成兩岸學者研究的不便。感謝九歌出版社願意舊書新出，給此書新的面貌來面對新的讀者。我更親自從頭到尾詳校了一遍，也改正了好多地方。

余光中

二〇〇一年十二月底
於高雄左岸

余光中作品集 05

聽聽那冷雨

著者	余光中
責任編輯	胡琬瑜
發行人	蔡文甫
出版發行	九歌出版社有限公司 臺北市105八德路3段12巷57弄40號 電話/02-25776564・傳真/02-25789205 郵政劃撥/0112295-1
九歌文學網	www.chiuko.com.tw
印刷	晨捷印製股份有限公司
法律顧問	龍躍天律師・蕭雄淋律師・董安丹律師
重排初版	2002年3月10日
重排初版8印	2018年1月
定價	**230元**

書號　0110205

ISBN　978-957-444-482-3

（缺頁、破損或裝訂錯誤，請寄回本公司更換）

國家圖書館出版品預行編目資料

聽聽那冷雨／余光中著. -- 重排初版二印.
--臺北市：九歌， 民97.03
面； 公分. --（余光中作品；5）
ISBN 978-957-444-482-3（平裝）

855 97002282